Maureen McCarthy

»Mein Interesse gilt den Jahren zwischen sechzehn und zwanzig, wenn einer zum Erwachsenen wird – die wilde Zeit, in der sich Verhältnisse und Bindungen lösen und neu entstehen, die sexuelle Identität mit Leidenschaft gesucht wird, und das Leben voller Gefühle und Bedürfnisse ist.«

Maureen McCarthy

ALIBABA

Lektorat: David Chotjewitz
Umschlaggestaltung: Andrea Di Gennaro

»Gangland«
Originaltitel: Ganglands
first published in Australia 1992 by Penguin Books
aus dem Englischen übersetzt von Cornelia Holfelder-von der Tann

Satz: Satzstudio Zeil, Frankfurt am Main
Druck: Druckerei Dan, Ljubljana
Printed in the Republic of Slovenia
ISBN 3-860 42-232-2

Maureen McCarthy

Gangland

übersetzt von
Cornelia Holfelder-von der Tann

Alibaba Verlag
Frankfurt am Main

Für meine Brüder
Thomas, 1940-1975
Paul, 1946-1990

und für meine Schwester
Gabrielle, 1942-1991

Er konnte genau sagen, wann alles angefangen hatte: Es war ein ganz normaler, glühend heißer Nachmittag im Dezember gewesen. Er war kurz vor die Tür der Pizzeria getreten, um sich von der schlechten Laune seines Vaters und der stumpfsinnigen Arbeit zu erholen, und dann hatte er drüben auf der anderen Straßenseite dieses merkwürdige Mädchen bemerkt. Sie war groß und lässig gekleidet: weites schwarzes T-Shirt, Lederschlappen und eine weite wadenlange Hose. Sie hatte helle Haut und eine lange, gerade Nase, aber das wirklich Erstaunliche war ihr Haar: Leuchtendrot, lang und lockig fiel es ihr ums Gesicht, über Arme und Rücken. Ihre Freundinnen, allesamt Griechinnen und Italienerinnen in kurzen Röcken, oder sonnengebräunte Aussies in knallengen Jeans wirkten neben ihr geradezu spießig.

Con sah, wie sie sich lachend von der Gruppe verabschiedete und dann über die Straße auf ihn zukam. Er versuchte wegzugucken, sich unter dem alten T-Shirt zu verkriechen, das er sich als Sonnenschutz turbanartig um den Kopf gewickelt hatte, aber irgendwie konnte er's nicht.

Sie war wie ein Traum, wie sie da in der Hitze auf ihn zukam.

Als sie die Straße überquert hatte, blieb sie stehen, ließ ihre Tasche fallen, raffte ihr Haar mit beiden Händen zusammen und zog es geschickt durch ein breites, schwarzes Haargummi, so daß ein dicker Pferdeschwanz entstand. Sie hob die Tasche wieder auf und verschwand durch die Tür des Zeitungsladens nebenan.

Con war wie gelähmt. Dieses Haar war ein Feuer; es leuchtete und tanzte in der Sonne wie hell lodernde Flammen.

Er ging wieder rein. Später, so sagte er sich, würde er versuchen, dieses Bild auf Papier zu bringen: das große Mädchen, das mit raschem Schritt die brütend heiße graue Straße überquerte. Er würde sich so wie früher an seinen Schreibtisch setzen und bis in die Nacht zeichnen. Er würde sich ganz in den Zauber dieses Augenblicks versenken und sich so lange konzentrieren, bis er es geschafft hatte. Es würde schwer werden. Es war immer schwer, um jede Form, jede Linie zu ringen und wirklich ein Ganzes entstehen zu lassen. Die Neigung ihres Kopfes vor den verzierten viktorianischen Dächern, die lässige Anmut ihres Gangs.

Diesmal würde er sich nicht ablenken lassen. Diesmal würde er dranbleiben, bis er es hingekriegt hatte.

I

Kelly hörte nur mit einem Ohr zu und trat von einem Bein aufs andere. Sie lupfte dicke Haarsträhnen von ihren Schultern und wickelte sie um die Finger. Es war so heiß. Ihr Haargummi war gerissen. Sie hatte zwar noch eins in ihrer Schultasche, beschloß aber, sich jetzt lieber nicht zu bücken, um danach zu kramen. Es könnte unhöflich wirken, mitten in Mrs. Hamiltons Ansprache.

»Nun ist also für euch alle die letzte Stunde des letzten Schultags gekommen.«

Die Stimme der Direktorin drang klar und präzise durch den Raum. Die kleine, dickliche Frau im blauen Leinenkostüm sah vom Rednerpult auf die Gruppe der siebzehn- und achtzehnjährigen Schülerinnen in der großen Aula.

»... und es war ein gutes Jahr!«

Kellys Gedanken schweiften. Morgen abend sollte eine Party stattfinden; sie hatte Geburtstag. Phil würde schon irgendwann vorher mit einem Geschenk vorbeikommen. Sie lächelte leise. Wie war sie doch in der Achtung ihrer Freundinnen gestiegen, seit die wußten, daß sie mit ihm zusammen war!

»... Im Lauf dieses Jahres haben viele von euch neue Freunde gewonnen und neue Interessen entwickelt. Ihr habt euch entfaltet, geistig und körperlich ...«

›Wie heißt er? Was studiert er?‹ Und später, als es sich herumgesprochen hatte: *›Ist er wirklich der Sohn von Richter Boyd? Er muß ja stinkreich sein!‹ ›Wie hast du ihn kennengelernt?‹*

Dabei hatte er ganz normal gewirkt, als sie ihn in einem Café in Carlton kennengelernt hatte, nachdem sie allein im Kino gewesen war. Sie hatten sich ein bißchen unterhalten, ganz nett, nichts Besonderes, und dann hatte er gesagt, er müsse jetzt in eine Vorlesung, würde sie aber gern mal anrufen. Vielleicht könnten sie ja zusammen ausgehen? Natürlich hatte sie das gefreut, weil ihr das vorher noch nie passiert war. Ihre Freundinnen wurden schon seit Jahren von Jungs angesprochen, und sie hatte schon gedacht, daß mit ihr irgendwas nicht stimmte.

Zwei Fliegen summten hektisch über die Fensterscheibe. Kelly beobachtete, wie sie sich schließlich in einer Ecke niederließen, und fragte sich, ob zum Sterben oder um Sex zu machen. Die Stimme der Direktorin war ein monotoner Singsang, untermalt vom Summen der Fliegen, und Kelly wurde ganz schläfrig.

»Ich möchte euch dringend ersuchen, euch weiterhin mit Menschen zusammenzutun, die euch helfen, eure Ziele zu erreichen...«

Kelly guckte sich um und sah zu ihrer Überraschung lauter bewegte Gesichter. Für einen Moment überkam sie Unsicherheit. Und wenn sie es nicht an die Uni schaffte? Alle Prüfungen verhauen würde? Sie wischte den Gedanken beiseite. Nein. Sie gehörte zu den besten Schülerinnen. Und ihre beiden Freundinnen auch. Liz, Carmen und sie hatten schon alles besprochen. Sie würden sich gegenseitig unterstützen, Spaß haben und alles prima hinkriegen. Es würde schon klappen.

»So viele intensive Freundschaften sind während dieser Schuljahre entstanden. Bemüht euch, diese Kontakte zu erhalten. Die Welt dort draußen kann hart und einsam sein. Sehr hart sogar. Also noch einmal: herzlichen Glückwunsch. Und wenn ihr vernünftig seid, geht ihr jetzt schleunigst schwimmen.«

Die Schülerinnen klatschten gerührt und scharten sich dann um ihre Direktorin, um sich zu verabschieden. Es herrschte eine überschwengliche Stimmung, und einige heulten fast während des allgemeinen Schulterklopfens und Händeschüttelns.

»Macht's gut, Mädels.«

»Wiedersehen, Mrs. Hamilton. Und danke für alles.«

»Steigt die Party morgen, Kelly?« rief jemand.

»Klar.«

»Was sollen wir mitbringen?«

»Nichts. Nur die richtigen Schuhe zum Tanzen.« Kelly machte ein paar Tanzschritte, und alles lachte. Die Gruppe bewegte sich langsam die Stufen runter und nach draußen in die heiße Sonne. Macht's gut- und Tschüs-Rufe flogen hin und her. Alle wollten zum Strand oder zum nächsten Swimming-pool.

Erregung überkam Kelly, als sie mit Carmen und Liz zur Hauptstraße schlenderte. Nie mehr Schule! Vor ihr lagen Ferien, Tage mit ihren Freundinnen, Zeit mit Phil, dann Weihnachten. Sie würde lesen, was sie wollte, nicht das, was auf irgendeinem Plan stand. Sie würde sich einen neuen Job suchen müssen, aber das eilte nicht. Ihr Dad drängte sie nie zu irgendwas, was sie nicht wollte. Er war echt in Ordnung und hatte das mit der Party vorgeschlagen. Kellys erste Reaktion war total ablehnend gewesen. Ihr Haus war klein und schäbig, und sie war es nicht gewöhnt, Freunde mit heimzubringen. Wobei sie ihrem Vater diese Gründe natürlich nicht genannt hatte. Sie hatte nur gemurmelt, sie stehe nicht so auf Partys und es sei viel zu viel Aufwand. Es war irgendwie viel einfacher und weniger... na ja, peinlich, zu ihren Freundinnen nach Hause zu gehen. Die meisten ihrer Klasse wohnten entweder weiter draußen, in großen Häusern mit Garten und Swimming-pool, oder in großen renovierten Altbauvillen mit hohen Decken, schicken Möbeln und echten Gemälden an den Wänden. Nicht, daß Kelly sich für ihre Wohnung geschämt hätte – für sie und ihren Dad war es sehr praktisch so, nur ein paar Straßenbahnstationen von der City, und sie liebte ihr Zimmer mit Blick auf die geschäftige Straße. Aber Freundinnen hatten keine hohe Meinung von einstöckigen, unrenovierten Häusern mitten in der Stadt, direkt an der smogverhangenen Nicholson Street, ohne rechten Garten und mit einer Original-vierziger-Jahre-Küche. Schon der Verkehrslärm schreckte sie ab.

Doch am Tag hatte sie noch mal über Keiths Vorschlag nachgedacht. Und wenn schon! Sie wurde immerhin siebzehn und war mit der Schule fertig. Sie hatte ihren Vater angeguckt, als er von der Arbeit gekommen war, verdreckt und wie immer mit einer Alkoholfahne.

»Ich hab's mir überlegt, Dad. Ich möchte die Party gerne machen.«

Er hatte sich echt gefreut und ihr gesagt, sie solle ruhig kaufen, was sie wolle, notfalls werde er eben ein paar Überstunden machen. Sie hatten sich zusammen hingesetzt wie Gleichaltrige und beredet, was gekauft werden sollte und wie sie den Hinterhof herrichten und den schmiedeeisernen Zaun vorn mit Girlanden und Luftballons schmücken würden. Falls es zu voll wurde, konnte sich die Party nach draußen ausdehnen. Das würde toll werden.

Kelly, Carmen und Liz standen am Straßenrand und warteten auf eine Lücke im Strom der Autos. Carmen stupste Kelly an. »Brauchst du morgen Hilfe bei den Vorbereitungen?«

»Das wär toll. Wenn du sonst nichts vorhast.«

Carmen guckte verschmitzt, und ein leises Grinsen spielte um ihre hübschen, breiten Lippen. »Wenn ich nicht im Weg bin?«

Kelly war echt verdutzt. »Was meinst du?«

»Na, du hast doch gesagt, Phil kommt.«

Kelly sah in ihre grinsenden Gesichter und schüttelte den Kopf. Sie wollte doch nicht ununterbrochen mit ihm alleine sein. Das wäre das letzte, Teil eines trauten Paars zu sein, das immer zusammenhing und alle anderen ausschloß.

»Sei nicht bescheuert.«

Carmen und Liz grinsten einander an. Jetzt ließ der Verkehr nach. Die beiden Mädchen drückten Kelly kurz die Hand und wandten sich in Richtung Haltestelle.

»Wir müssen los. Da kommt unsre Bahn.«

»Also, bis morgen.«

»Ja, Tschüs. Bis dann.«

Carmen zögerte in der Mitte der Straße und hielt Kelly zurück. »Hey, laß mich's wissen, wenn du nicht mehr an Phil interessiert bist. Ich kenn etwa zwanzig Mädels, die sich gleich an ihn ranmachen würden!«

Kelly lachte und wandte sich achselzuckend ab.

Morgen würde sie siebzehn werden. Sie blieb vor dem Zeitschriftenladen stehen, um ihr Haar zusammenzubinden, und dachte, daß sie zum Geburtstag bestimmt einen Brief von ihrer Mutter kriegen würde. Vor lauter Aufregung wegen der Party hatte sie daran gar nicht gedacht. Sie fürchtete sich vor dem Moment, wenn sie mit zittrigen Händen den Umschlag aus dem Briefkasten ziehen und hinten auf der Rückseite die kindliche Krakelschrift sehen würde: ABS. IRENE MADDEN

Ihre Hände würden immer noch zittern, wenn sie entscheiden würde, ob sie den Brief ungelesen zerreißen sollte wie die meisten, oder lieber irgendwo verstecken, damit sie ihn später noch lesen konnte, wenn die Sehnsucht und die Neugier übermächtig wurden. Wie eine Alkoholikerin, die heimlich die Flasche sucht, die sie vor sich selbst versteckt hat – so kam sie sich vor, wenn sie schwer atmend den Umschlag aufriß. Die Worte durchfuhren sie so jäh und heftig wie ein großer Schluck Whiskey auf leeren Magen.

Kelly betrat den Laden. Diesmal würde sie ihn zerreißen. Nichts sollte ihr ihre Party verderben. *Aber wenn Jason auch ein Zettelchen dazugelegt hatte? Das tat er manchmal. Dann würde sie auch die kostbaren Zeilen ihres Bruders zerreißen.* Eine schreckliche Vorstellung. Kelly holte ein paarmal tief Luft, während sie anfing, Ballons, Kerzen und Pappbecher zusammenzusuchen. Ein bekanntes eisige Gefühl begann sich in ihr auszubreiten. Sie mußte sich auf ihre Einkäufe konzentrieren. Es gab so viel zu tun. Wenn sie Glück hatte, würden die kalten Finger, die in ihrem Inneren herumgrabbelten, einfach wieder verschwinden.

Am Haupteingang der Universität wimmelte es von Studenten. Die meisten strebten mit gesenktem Kopf und angespanntem Gesicht zu dem großen Prüfungssaal und paukten noch schnell irgendwelches Zeug aus kleinen Notizheften in den Kopf. Andere entfernten sich von dem Gebäude, und die Erleichterung stand ihnen ins Gesicht geschrieben, während sie herumwitzelten und über die leuchtendrosa Klausurfragebögen diskutierten, die sie durch die Luft schwenkten oder zerfetzten und auf den heißen Asphalt warfen. Im Schatten der Bäume hatte sich eine lockere Gruppe gebildet, um einen Spontantrip an den Strand zu organisieren; eine andere wollte mit einem kleinen Drink in der Kneipe feiern.

Phil schob sein Rad auf die Straße und wartete auf seinen Freund.

»Die Strukturfragen waren leichter, als ich dachte...«

Dave kam heran und murmelte etwas Zustimmendes, während er die schwere Segeltuchtasche in seinen Fahrradkorb stopfte. Sie fuhren langsam nebeneinander die Swanston Street hinauf, Richtung Friedhof. Dave zog ein Päckchen Kaugummi aus der Tasche.

»Willst du?«

Phil beugte sich rüber und drückte mit den Zähnen zwei Kaugummidragees aus der Packung. Sein ebenmäßiges Gesicht verzog sich in der stechenden Hitze zu einer Grimasse. »Mist! Ich hab meine Sonnenbrille vergessen. Hoffentlich läßt mein Alter zu Weihnachten endlich den versprochenen Wagen rüberwachsen.«

Dave grinste sarkastisch. »Ach, Fahrradfahren macht doch viel mehr Spaß. Und es wird noch besser, wenn die Reifen schmelzen. Los, die Ampel da kriegen wir noch!«

Sie traten wie besessen in die Pedale, um noch vor den Autos, die an der roten Ampel warteten, in den Kreisverkehr zu biegen. Auf der Lygon Street angekommen, fuhren sie am Friedhof vorbei in Richtung Fitzroy Street, die Gesichter schweißüberströmt.

Auf dieser flachen, breiten Straße konnten sie ein bißchen relaxen. Phil richtete sich auf, nahm die Hände vom Lenker, zog ein kleines längliches Kästchen aus seiner Gesäßtasche und streckte es Dave beiläufig rüber.

»Willst du mal sehen, was ich Kelly zum Geburtstag gekauft habe?«

Dave nahm das Kästchen und öffnete es. Darin lag ein edles, aber klassisch-schlichtes goldenes Armband. Er runzelte leicht die Stirn und klappte das Kästchen wieder zu.

»Nicht übel. War wohl nicht ganz billig?«

Phil zuckte die Achseln. Er war sehr zufrieden mit sich, wollte aber nicht angeben. Sein Kumpel hatte keine Freundin.

»Siebzehnter Geburtstag. Da wollte ich ihr nicht irgendeinen Schrott schenken.«

Dave nickte ernst. Dann fiel ihm plötzlich seine eigene Finanzmisere ein, und er reichte das Kästchen mit besorgtem Gesicht zurück.

»Muß jeder ein Geschenk mitbringen?«

Phil grinste freundlich. Seinem schlaksigen Freund war die dicke altmodische Brille die sonnenverbrannte Nase runtergerutscht, und das strohige Haar stand wild unter dem zerbeulten Frotteestrandhut heraus. Dave war ein kluger Kopf und ein prima Freund, aber Phil wünschte, er könnte wenigstens manchmal aufhören, das Leben so tierisch ernst zu nehmen.

»Ja«, antwortete er. »Etwas Tolles, oder du kommst nicht rein.«

Sie hielten an einer roten Ampel. Die Straße war ruhig und trotz der gleißenden Sonne dunstig-verschwommen. Phil wollte schon bei Rot rüberfahren, ließ es aber bleiben. Es war wichtig, sich an die Regeln zu halten, auch wenn niemand da war. Dauerte ja nur einen Moment. Plötzlich röhrte hinter ihnen aus dem Nichts ein teuer aussehender, aufgemotzter roter Valiant heran und hupte ein paarmal ungeduldig. Phil und Dave drehten sich um, guckten einander an und verzogen die Gesichter. Der Wagen war voller junger Typen. Sie sahen aus wie Griechen oder Türken, und hinten auf dem Rücksitz hatte Phil einen kleinen Burschen mit dem libanesischen Zeder-Emblem an einem Goldkettchen gesehen. Sie trugen knallbunte offene Hemden, goldene Halsketten und Gel-Frisuren. Sie starrten die beiden Radfahrer streitlustig an.

Phil murmelte leise zu Dave hinüber: »Merkst du was? Die Westentaschen-Mafia im Einsatz.«

Der Typ auf dem Beifahrersitz kurbelte das Fenster runter und knurrte laut: »Hast du was gesagt, Schwuchtel?«

Phil seufzte und wandte sich ab, ignorierte den höhnischen Ton. Nichts wäre diesen Typen lieber als ein Vorwand, um eine Schlägerei anzufangen. Er und Dave starrten auf die Ampel. Immer noch Rot. Wenn sie nun ausgerechnet heute kaputt war? Der Valiant setzte plötzlich ein paar Meter zurück, schoß dann mit quietschenden Reifen vorwärts, kam nur Zentimeter hinter den beiden Rädern zum Stehen. Der Motor heulte immer wieder provozierend auf. Phil sah jetzt das merkwürdige Glitzern in den Augen des Fahrers, der mit geballten Fäusten auf das Lenkrad einschlug.

»Wieso besorgst du dir nicht was Richtiges zum Fahren, Arschgesicht?« Die Stimme des Burschen war feindselig-schrill. Vermutlich hatte er irgendwelche Drogen geschluckt. Phil sah zu seinem Freund rüber. Die Anspannung war jetzt um Daves Mund sichtbar. Er deutete auf die rote Ampel, und seine Stimme war leise und tonlos.

»Das gefällt mir nicht... laß uns abhauen.«

Phil brachte die Pedale in Abfahrstellung, konnte aber der Verlockung nicht widerstehen, zum Abschied noch kurz zurückzuschießen.

»Ich will nicht, daß man mich mit dir verwechselt, Wichser!« Unter einer Kanonade von Beschimpfungen fuhren die beiden Freunde an.

»Scheiß-Aussie-Niete!«

»Miese Tunten.«

Die Ampel schaltete. Der Wagen röhrte hinter den beiden Fahrrädern her, schoß über die Kreuzung, zog dann mit einem Schlenker links ran und stoppte abrupt. Phil, der nicht mehr bremsen konnte, krachte auf das Heck des Wagens und landete mit einem Schmerzensschrei auf der Straße.

Dave stürzte über Phil. Ein paar Sekunden lagen sie übereinander auf dem Asphalt.

»Scheiße. Bist du okay, Mann?« stöhnte Dave.

Phil, dem ein Knie verdammt weh tat, wälzte sich zur Seite. Von einer häßlichen Schürfwunde an Daves Ellbogen hingen Hautfetzen. »Ja, ich glaub, ich bin okay«, antwortete er.

Noch immer leicht unter Schock, rappelten sie sich halbwegs hoch und befühlten ihre Knochen. Erleichtert stellten sie fest, daß sie beide einigermaßen heil waren.

Die beiden Typen vorn in dem Wagen steckten die Köpfe aus den Seitenfenstern und lachten höhnisch.

»Ups! Oh, Verzeihung!«

»Rennt doch in die Schule und sagt's dem Lehrer!«

Zusätzliches Gelächter aus dem Fond ließ Phil ausrasten. Er vergaß seine Verletzungen, sprang auf, sah sich wutentbrannt um, packte einen kleinen Stein und warf ihn in Richtung Valiant-Heckscheibe. Als er danebenging, fischte er eine leere Blechdose aus dem Rinnstein und schmiß sie hinterher.

»Verdammte Ärsche!«

Die Dose traf die Stoßstange, prallte wirkungslos ab und landete scheppernd wieder im Rinnstein. Der Valiant schoß mit Vollgas davon und hüllte Phil und Dave in eine stinkende Abgaswolke. Hinter ihnen nahte der nachfolgende Verkehr.

Sie schleppten ihre Räder auf den Gehweg. Phil bückte sich mit zusammengekniffenen Lippen, um seines zu inspizieren. Das Vorderrad hatte einen bösen Achter, und die Lampe war zerdeppert.

»Guck dir das an! Diese Vollidioten!« zischte er.

Daves Rad hatte weniger abgekriegt. »Das Vorderrad ist hin, Mann«, sagte er.

Phil seufzte, doch sein Zorn begann sich in der Hitze zu verflüchtigen. Was brachte es, sich aufzuregen? Er würde das Rad später zur Reparatur bringen. Im Moment konnte er nur daran denken, irgendwas Flüssiges seine Kehle runterzukippen. Er kramte in seinen Taschen nach Geld, förderte aber nur einen Dollar zutage. Es blieb ihm wohl nichts, als zu Fuß heimzugehen.

»Willst du mit zu mir kommen, was trinken und einen Moment ausruhen?«

Dave, der ein ganzes Stück weiter weg wohnte, sagte dankbar: »Ja. Gern.«

Sie stapften langsam den Gehweg entlang.

»Diesen Wichser am Steuer, den hab ich schon mal gesehen«, sagte Phil. Dave nickte. »Ja. Den Wagen kenn ich auch. Der steht immer vor Johnny's Flipper-Bar.«

Dave fiel ein, daß seine Mutter, die Lehrerin an der High School in ihrem Bezirk war, in letzter Zeit öfter davon geredet hatte, daß Schüler auf dem Heimweg von Gangs schikaniert wurden. Er erzählte es Phil.

»Früher haben sich die Gangs nur untereinander bekämpft. Du weißt schon, Libanesen gegen Griechen und Griechen gegen Australier aus der Sozialsiedlung. Inzwischen gehen sie auf alles los, was ihnen in die Quere kommt. Wenn ihnen deine Nase nicht paßt, hast du Pech gehabt...«

Phil runzelte die Stirn. »Wieso?«

»Wieso was?«

»Wieso gehen sie auf alles los und nicht nur aufeinander?«

Dave zuckte die Achseln. »Keine Ahnung. Vielleicht war's ihnen irgendwann langweilig, und sie wollten ein bißchen Abwechslung.«

Phil berührte den Freund kurz am Arm. »Hey, tut mir leid.«

Dave runzelte verständnislos die Stirn.

»Daß ich sie provoziert hab...«

Dave lächelte. »Dafür hast du auch das meiste abgekriegt, oder?«

2

Am nächsten Morgen saß Kelly mit einem Handtuch um die nassen Haare am Küchentisch. Ihr langes, rotes T-Shirt war zwar zerknautscht, aber frisch gewaschen. Vor ihr lagen Berge von Partyeinkäufen. Sie begann, sie auf verschiedene Haufen zu sortieren und mit ihrem Filzstift auf der Einkaufsliste abzuhaken.

Die Küche war ein vollgepfropfter kleiner Raum zur Hofseite hin. Die ehemals weißen Wände waren dringend renovierungsbedürftig, das Linoleum verschossen und das orangefarbene Resopal verschlissen. Der Herd war ein Relikt aus einer anderen Zeit: mächtig und chromstarrend, aber mit wenig Kochfläche. Doch alles in dieser Küche, vom Herd über die schartige Arbeitsfläche bis zur Fensterbank unter dem Fenster, das auf das winzige Hofgärtchen hinausging, war blitzsauber. Ein Strauß Gänseblümchen, die Kelly durch den Zaun vom Nachbargrundstück geklaut hatte, stand in einem Marmeladengläschen mitten auf dem Tisch. Er wirkte als Blickfang und verlieh dem Raum einen eigentümlichen Charme.

Es war immer noch schrecklich heiß. Sie guckte raus und bemerkte, daß sich über dem Westen der Stadt dunkle Wolken zusammenballten. Die Party würde ein totaler Flop werden, wenn die Leute nicht auch mal raus konnten.

Kelly hörte ihren Vater in seinem Zimmer husten und vor sich hin brummeln. Er hatte Nachtschicht gehabt, konnte aber wohl wegen der Hitze nicht schlafen. Er würde es wissen. Er war nicht nur in puncto Wettervorhersage zuverlässig informiert, sondern auch über alle möglichen anderen Dinge: nationale Katastrophen, Lokalpolitik und natürlich Sportergebnisse. Kelly konnte sich ein Leben ohne die permanente Radioberieselung mit den jeweils aktuellen Sport-Highlights kaum vorstellen. Sie wollte schon zu ihm rüberrufen, hielt aber lieber den Mund. Es war immer besser zu warten, bis er auftauchte.

Keith kam in einem schmuddligen Morgenrock in die Küche. Er fuhr sich mit den Händen durch das schüttere graurote Haar, brummte »Hallo« und steuerte geradewegs auf den Wasserkessel zu, wobei seine abgewetzten Pantoffeln über das alte Linoleum schlappten.

»Alles Gute zum Geburtstag«, murmelte er mit einem schiefen Lächeln, und Kelly grinste zurück.

»Danke, Dad.«

»Tee, Schatz?«

Kelly schüttelte den Kopf und musterte ihren Vater verstohlen. Er sah schlimm aus. Die blasse Haut über den roten Äderchen auf Wangen und Nase schien geschrumpft. Wie billiges, glänzendes Plastik spannte sie sich über die Knochen. Er war immer schon zu dünn gewesen, aber ungefähr mit fünfzig hatte er angefangen, richtig mager zu werden. Fast schon zerbrechlich. Sie sah seine Beine unter dem Morgenrock herausragen: zwei gerade weiße Stecken mit zahlreichen schwarzen Haaren, die in überdimensionalen Pantoffeln steckten. Fast wie bei einer Comicfigur. Kelly sah, daß seine Augen rotgeädert waren, sagte aber nichts. Bemutterung oder Besorgnis brachten gar nichts: das bereitete ihm nur Schuldgefühle, und vom Trinken hielt es ihn auch nicht ab.

»Wie lang hast du heut nacht gearbeitet?«

Keith zog das Küchenrouleau herunter, obwohl die Sonne auf der anderen Seite des Hauses stand.

»Bin um sechs heimgekommen. Wird heut nicht viel mit Schlafen. So eine Bullenhitze!«

Kelly murmelte etwas Zustimmendes. »Warst du nach der Arbeit noch lang weg?«

Keith antwortete gar nicht erst. Sah man das nicht? Er hockte sich an den Küchentisch und wartete, daß das Wasser kochte. Dann bemerkte er Kellys Einkäufe. Er runzelte die Stirn und wartete, bis ihm wieder einfiel, was das alles zu bedeuten hatte. Als der Groschen fiel, lächelte er nachsichtig.

»Heute ist die große Party, was? Woher hattest du das Geld?«

Kelly grinste. »Ich hab deine Brieftasche geplündert, während du geschlafen hast.«

Keith schüttelte mit gespieltem Ärger den Kopf und pfiff leise und scharf durch die Zähne. »Alles gekriegt, was du brauchst?«

Kelly nickte. »Ja. Ich muß nur noch die Pizza bestellen. Die wird dann heiß geliefert.«

Ihr Vater zündete sich die erste Zigarette des Tages an. »Sei nicht knickerig... Deine reichen Freundinnen sollen nicht denken, wir sind knapp dran...«

Kelly zuckte zusammen. Ihr Vater hatte ständig im Hinterkopf, was die Eltern ihrer Freundinnen machten und wieviel Geld sie hatten. Vor sechs Jahren hatte sie ein Vollstipendium für die angesehene High School für Mädchen am Ort gekriegt, und ihr Vater schien das keinen Moment vergessen zu können. Die meisten ihrer Klassenkameradinnen kamen aus reichen Familien. Na und? Sie hatte schon vor Jahren aufgehört, sich deswegen Gedanken zu machen.

Keine ihrer Freundinnen hat sie jemals in irgendeiner Weise abwertend behandelt, weil sie aus einer armen Familie kam oder Stipendiatin war. Die Lehrerinnen hatten immer Verständnis dafür gehabt, wenn sie sich irgendeine schulische Unternehmung nicht hatte leisten können. Daß Keith altgedienter Sozialist und ein großer Kämpfer für die Rechte der Arbeiter war, half auch nichts – er war und blieb ein Snob. Kelly wollte ihm das gerade sagen, aber da klingelte das Telefon. Keith stand grummelnd auf.

»Wer ruft denn um die Zeit an?«

Kelly lachte ihn liebevoll an. »Nicht jeder macht Nachtschicht, Dad.«

Keith knurrte in die Sprechmuschel: »Ja, hier Keith.«

Kelly bemerkte, wie sich seine Stimme schlagartig veränderte. Selbst sein Gesicht schien plötzlich einen höflicheren Ausdruck anzunehmen.

»Oh, hallo, Phil, wie geht's? Ja, sie ist da. Ich geb sie Ihnen.«

Kelly nahm ihrem hyper-respektvollen Vater den Hörer aus der Hand.

»Dad! Was soll das?«

Keith deutete mit einem ernsten Nicken auf den Hörer. »Dein Freund ist dran.«

Kelly schnaubte unwirsch: »Na und?«

Keith gestikulierte hektisch in Richtung Hörer, als wollte er sagen: »Er kann dich hören.«

Kelly kehrte ihrem Vater den Rücken zu. Glaubte er allen Ernstes, sie würde höflich-verschüchtert mit Phil umgehen, nur weil sein Vater reich war?

»Hi, Phil.«

Keith begann, am Herd seinen Tee aufzubrühen, fuhr aber herum, als er den ungläubigen Ausruf seiner Tochter hörte.

»Was? Wieso? Was waren das für Typen?«

Kelly hörte mit offenem Mund zu, während Phil ihr schilderte, wie er gestern attackiert worden war. Schließlich versprach er, bald vorbeizukommen, um bei den Partyvorbereitungen zu helfen. Sie legte nachdenklich den Hörer auf. In letzter Zeit war überall – in Supermärkten, Läden, Lokalblättern – von der zunehmenden Gewalt in der Innenstadt die Rede. Eine Welle von brutalen Überfällen, Diebstählen am hellichten Tag und Schlägereien zwischen Gangs ließ den Ruf nach strengeren Maßnahmen laut werden: mehr Polizei, eine nächtliche Ausgangssperre für Jugendliche und längere Haftstrafen für die Übeltäter. Kelly hatte das alles nie so recht geglaubt. Sie war eher davon ausgegangen, daß sich Opfer und Täter gekannt hatten, daß das Ganze irgendeine Art von Fehde war. Niemand schlug einfach so einen wildfremden Menschen zusammen, oder? Sie fröstelte. Phil und Dave hatten diesen Angriff garantiert nicht provoziert. Ausgeschlossen.

Einen Moment lang hatte Kelly Angst. Angst vor der Stadt, ihrer Straße, der Welt. Angst um ihren eigenen Körper. Vielleicht lauerte ja irgendwo dort draußen jemand auf sie. Um *sie* aus Gründen, die sie nicht kannte, anzugreifen und zu verletzen. Sie stand reglos neben dem Telefon, starrte hinaus auf den kleinen, betonierten Hinterhof, den sie schon ihr Leben lang kannte, und spürte, wie sie von einer mächtigen Woge der Unsicherheit überrollt wurde. Die Welt dort draußen hatte ihre eigenen Regeln und scherte sich einen Dreck um ein paar Millionen Verlierer. Die Verletzten und Verstümmelten landeten im Abseits, so nutzlos, kaputt und überflüssig wie eine aufgeweichte Hamburger-Verpackung von letzter Woche.

Sie erklärte ihrem Vater kurz, was Phil widerfahren war,

aber zu ihrem Erstaunen reagierte er gar nicht. Er nahm nur ein paar Schlucke von seinem Tee und versuchte grunzend, den Toaster in Gang zu kriegen. Kelly dachte schon, er hätte es nicht kapiert. Aber als er sich zu ihr umdrehte, leuchteten seine Augen vor Zorn.

»Hier wird es immer schlimmer, Kel. Schrecklich, daß du in dieser Gegend aufwachsen mußt.« Keith redete immer davon, daß sie es irgendwann schaffen würden, aus diesem Arbeiterwohnviertel wegzuziehen und sich ein nettes Häuschen in einer ruhigen Straße drüben im Osten zu suchen, mit einem Garten. Dann könnten sie einen Hund halten, und vielleicht wäre auch Platz für ein kleines Gartenhäuschen, damit ihre Freundinnen über Nacht bleiben könnten... Kelly konnte sich nichts Schlimmeres vorstellen.

»Ach, Dad, die Gegend hier ist schon in Ordnung. Ganz zentral und...«

Er fiel ihr barsch ins Wort. »Ja, früher mal. Eh diese ganzen Griechen und Araber hergekommen sind, mit ihren donnernden Autos und ihren Drogen... und ihren kaputten Rücken«, setzte er höhnisch hinzu. »Oh, ja, Australien ist ein prima Ort, wenn man nicht arbeiten will.«

»Dad! Du weißt, daß das nicht stimmt. Was ist mit George und Elena und Tony vom Gemüseladen und...« Kelly haßte es, wenn er so redete. Er wußte, daß viele Kids hier in der Gegend Söhne und Töchter von Einwanderern waren und daß ihre Familien hart arbeiteten.

Die Erwähnung dieser Menschen, die er kannte und mochte, bremste Keith für einen Moment. »Ich red ja nicht von den Älteren«, knurrte er.

Kelly wollte ihn diesmal nicht so einfach davonkommen lassen. »Glaubst du vielleicht, Australier nehmen keine Drogen? Dealen nicht? Simulieren keine Berufskrankheiten?«

Keith zuckte die Achseln, hatte plötzlich genug von dieser Unterhaltung. »Ich sag ja nur, daß sie aufpassen sollten, wen sie in dieses Land lassen.«

Kelly biß sich auf die Lippe. Sie hatte auch keine Lust, das Gespräch fortzusetzen. Es war zu heiß, und außerdem war das alles schon oft genug gesagt worden. Sie schlossen einen labilen Waffenstillstand; Keith schlürfte laut seinen heißen Tee, und sie sortierte weiter ihre Sachen.

Aus dieser Sackgasse befreite sie die Ankunft von Carmen und Liz.

»Hi, Kel! Können wir reinkommen? Die Tür ist auf«, riefen sie fröhlich quer durchs Haus nach hinten in die stille Küche.

Kelly lief über den Flur, um sie zu begrüßen. »Klar, kommt rein. Ein bißchen Hilfe kommt gerade recht«, sagte sie.

»Alles Gute zum Geburtstag!« rief Liz. »Aber Geschenke gibt's erst heut abend.«

»Wir sind nur gekommen, um dich zu nerven«, kicherte Carmen. Kelly führte sie in die Küche, wo Keith jetzt die Zeitung las.

»Dad? Du kennst doch meine Freundinnen...«

»Hallo, Mr. Madden«, sagten beide Mädchen höflich im Chor. Keith legte die Zeitung weg und sah blinzelnd auf die beiden Achtzehnjährigen. Sie waren der Hitze wegen leicht gekleidet. Liz' schlanken, olivfarbenen Körper umhüllte ein leuchtend blaues Baumwollstretchkleid, das auf halber Oberschenkelhöhe endete. Ihre zierlichen Füße steckten in klobigen braunen Sandalen, wie sie in diesem Sommer Mode waren.

Die blonde, rundliche Carmen trug alte Army-Shorts, ein leuchtendes T-Shirt und Gummischlappen.

Sie waren beide hübsch, aber auf total unterschiedliche Art.

Die Sekunden verstrichen, und er sah sie immer noch verständnislos an. *Komm schon, Dad, du hast Liz und Carmen schon hunderttausendmal gesehen.*

»Hallo, Mädels«, murmelte er schließlich. Kelly merkte, daß er sich nicht erinnern konnte, wer die beiden waren, aber sie schienen es ihm nicht weiter zu verübeln. Liz lachte nur und ging an die Spüle, um Wasser zu trinken, und Carmen ließ sich auf den nächsten Stuhl fallen. »Warm genug für Ihren Geschmack, Mr. Madden?« fragte sie munter.

»Ja, eine Bullenhitze.« Zu Kellys Erleichterung erhob er sich. »Ich muß sehen, daß ich bißchen Schlaf kriege, Mädels ...«

»Schlaf?« Carmen drehte sich zu Kelly um.

»Nachtschicht«, erklärte Kelly knapp.

»Oh, klar.«

Carmen und Liz versuchten, sich das Grinsen zu verkneifen, als Keith aus seinem Schlafzimmer herüberpolterte: »Hey, Kelly, willst du mich heut abend dabeihaben oder nicht?«

Kelly verdrehte die Augen, als wollte sie ihren Freundinnen signalisieren, daß das das letzte war, was sie wollte, aber sie schaffte es, einigermaßen aufrichtig zu klingen, als sie antwortete: »Egal, Dad. Wie du magst.«

Er steckte den Kopf durch die Tür. »Und wenn es irgendwelche Probleme gibt?«

»Wird's nicht geben.«

Er hüstelte. »Na ja, dann werd ich mich lieber verziehen. Wiedersehen, Mädels, ich muß jetzt mal eine Runde an der Matratze horchen.«

Kelly stieß einen Seufzer der Erleichterung aus, als sich

die Schlafzimmertür hinter ihm schloß. Ihr Dad wurde oft ziemlich redselig, wenn er ein paar Gläser getrunken hatte, und das hätte bei der Party ganz schön peinlich werden können.

Sie wußte: Ihre Freundinnen wollten am liebsten nur dasitzen und quatschen und ihr beim Arbeiten zugucken – vor allem Carmen. Doch als sie die Salatzutaten, Käse und Obst aus dem Kühlschrank holte und Schüsseln bereitstellte, rafften sich die beiden widerwillig auf. Liz stand auf, nahm ein scharfes Messer von der Wand und tat, als bedrohte sie Carmen, die in einer von Kellys Zeitschriften eifrig nach einer neuen Frisur suchte.

»Steh auf, du faules Stück!«

Carmen sah seufzend auf die schlanke Figur eines jungen Models, das ihr von der aufgeschlagenen Seite entgegenguckte, schob die Zeitschrift zur Ecke des Tischs hinüber und starrte mißmutig auf die beiden Salatköpfe, die Kelly vor ihr postiert hatte.

»Was soll ich denn tun?«

»Streng deine Phantasie an, Carmen.«

Carmen murmelte »Okay«, erhob sich langsam und ging zur Spüle, um den Salat zu waschen. »Hey, ich werd es so machen, daß jede Platte wie ein Gesicht oder wie ein Tier aussieht«, sagte sie.

Kelly und Liz sahen Carmen mißtrauisch an. Die fuchtelte ungeduldig mit einer Handvoll tropfnassem Salat. »Ich meine, ich garniere das Ganze mit Petersilie, Erdbeeren und Melonenstücken …«

Sie nickten stumm, nicht gerade begeistert, aber Carmen machte sich unbeirrt und fröhlich ans Werk.

Liz begann mit der Salatsoße. In der Hitze war der Knoblauch- und Essiggeruch unerträglich. Kelly öffnete das Fenster und sah raus. Über ihr erstreckte sich, so weit man schauen konnte, blauer Himmel. Es würde nicht regnen. Die Wolken waren noch weit entfernt. Aber durch das Fenster drang ein solcher Schwall heißer Luft, daß die anderen schrien, sie solle es wieder zumachen.

»Was wirst du heut abend anziehen, Kelly?« fragte Liz.

»Keine Ahnung«, sagte sie grinsend. »Aber ich werd auf jeden Fall umwerfend aussehen.«

»Na, sicher.« Liz grinste auch, begann aber zu fluchen, als das weiße Häutchen der Knoblauchzehe den alten Mülleimer in der Ecke verfehlte.

»Na, was sagt ihr?« fragte Carmen stolz, als sie ihnen ihre erste Kreation präsentierte – Scheiben von Polnischer Wurst, harte Eier und Tomaten auf einem Hintergrund aus ziemlich traurig aussehendem feingeschnittenem Salat. »Ich hab mich doch für eine Katze entschieden.«

Es sah eher aus wie ein verunglücktes Schwein.

Kelly und Liz prusteten los. »O Carmen! Bist du sicher, daß es fertig ist? Sollte da nicht vielleicht noch ein Ei hin, oder ein bißchen Sellerie als Schnurrbart!« Kelly plazierte zwei kleine Tomaten unter dem Schwanzansatz der Katze und guckte unschuldig, als Carmen sie finster anfunkelte.

»Na ja, man muß doch das Geschlecht erkennen können!« Kelly und Liz erlitten den nächsten Lachanfall. »Du solltest dir ernsthaft überlegen, ob du das nicht professionell machen willst, Carmen. So ein ungewöhnliches Talent will doch genutzt sein!«

»Was wißt ihr denn schon?«

Kelly bemühte sich, nicht zu giggeln, als sie den Arm um Carmens runde braune Schultern legte. »Erotisches Food-Design! Von unserer Spezialistin Carmen Nelson. Wenn

Ihre Dinner-Partys in letzter Zeit etwas langweilig geworden sind ...«

Aber Kelly konnte den Satz nicht vollenden. Carmen stieß sie so heftig in die Rippen, daß ihr der Orangensaft aus dem Glas, das sie in der Hand hielt, über das T-Shirt schwappte. Kelly japste nach Luft. Plötzlich war die ganze Party-Vorbereitung vergessen. Sie jagten einander durch Wohnzimmer und Küche, als seien sie erst halb so alt, keuchten und quietschten, knallten Türen und schmissen Kissen.

Mitten in dieses Getümmel platzte Phil, noch immer ein bißchen steif wegen der bösen Schürfwunden an seinen Knien und Ellbogen. Nachdem er Kelly zum Geburtstag gratuliert hatte, wandte er sich ihren Freundinnen zu.

»Hi. Schön, euch mal wieder zu sehen.« Sein Ton war lokker. Kelly registrierte, daß ihre Freundinnen jetzt so still und aufmerksam dasaßen wie Katzen. Sie hatten Phil bisher immer nur kurz gesehen und noch nie Gelegenheit gehabt, ihn gründlich zu inspizieren. Jetzt musterten sie ihn, und Kelly befürchtete für einen Moment, er könnte ihren strengen Maßstäben vielleicht nicht genügen. Phil ließ sich nichts anmerken. Er faßte Kelly um die Taille und drückte sie kurz. Dann sah er sich grinsend in der chaotischen Küche um.

»Wie ich sehe, habt ihr alles absolut unter Kontrolle!«

Kelly wurde rot und boxte ihn spielerisch auf den Arm. Er war so attraktiv, daß es schon fast peinlich war. Kein Grund zur Panik. Sie konnte sehen, daß ihre Freundinnen bereits dahingeschmolzen waren.

Phil ging an die Spüle und nahm sich ein Glas Wasser. Da erst bemerkte Kelly das weiße Pflaster an seinem Knie und seinen Ellbogen. »Phil! Entschuldige, ich hab gar nicht mehr dran gedacht«, sagte sie. »Wie geht's dir?«

Er zog sie auf: »Warum entschuldigst du dich? Das waren wohl deine Freunde, was?«

Kelly lachte. »Na klar. Genau mein Kaliber.«

Phil schilderte den Fahrrad-Crash noch einmal aufs anschaulichste, sehr zu Liz' und Carmens Entzücken. Es war komisch, wie die beiden sich verändert hatten, wie lebendig sie geworden waren, seit sie ihn für gut befunden hatten. Sie umgluckten ihn mitleidig, als er seine Verbände löste, um ihnen die tiefen Schürfwunden an beiden Ellbogen zu zeigen.

»O Gott, du Ärmster!«

Kelly wußte, in Wahrheit beschäftigten sie seine kräftigen wohlgeformten Beine und sein schlanker, muskulöser Körper unter dem leuchtenden T-Shirt. Sein Kopf war auch nicht übel: ebenmäßige Gesichtszüge, dichtes, kurzgeschnittenes sandfarbenes Haar und klare hellbraune Augen. Bevor er ging, fuhr er einmal mit der Hand durch Kellys wilde Locken. »Ich komm heut abend ein bißchen früher, Kel, und helf euch, die Klapptische hinten im Hof aufzustellen.«

»Okay, danke, Phil.« Sie hatte die Hände voller Orangen für die Bowle und brachte ihn daher nicht zur Tür.

Als er weg war, machten Carmen und Liz ihrer Begeisterung Luft.

»Absolut Spitze, der Typ! Du bist vielleicht ein Glückspilz, Kelly. Hmmm, was für ein Body! Er hat dich offenbar wirklich gern.«

»Warum bist du nicht mitgegangen, um ihm noch einen Abschiedskuß zu geben?«

Kelly mußte lachen. Die Kommentare machten sie verlegen, aber sie schmeichelten ihr auch. Sie waren beide ganz schön wählerisch. In den vier Jahren, die sie sie jetzt kannte, hatten sie immer total selbstbewußt gewirkt. Vermutlich lag es an ihrem Hintergrund: Geld, Status, Bildung. Sie wußten einfach, daß ihnen früher oder später alles in den Schoß fallen würde. Tief drinnen waren sie vermutlich auch ab und zu ängstlich und verwirrt, wie alle Menschen. Schließlich sah Carmen ihren Vater nie. Er war viel zu sehr damit beschäftigt, im Ausland Karriere zu machen. Und Liz' Eltern waren zwar beide Ärzte, aber im Umgang mit ihren Kindern ganz schön neurotisch. Doch äußerlich wirkten Carmen und Liz immer unerschütterlich und absolut sicher, daß sie der Nabel der Welt waren. Es war ein netter Gedanke, daß sie, Kelly, auch einmal etwas hatte, was die beiden gern gehabt hätten.

Als sie gegangen waren, räumte Kelly rasch auf, aber die Zeit war unglaublich schnell verflogen. In wenigen Stunden sollte die Party losgehen, und es war noch viel zu tun. Sie beschloß, erst mal die Pizza bestellen zu gehen. Sie nahm drei Zwanzig-Dollar-Scheine aus der Brieftasche ihres Vaters, die auf dem Kühlschrank lag, schnappte sich die Einkaufstasche vom Haken hinter der Tür und marschierte los. Auf dem Weg nach draußen blieb sie vor der Zimmertür ihres Vaters stehen. Sie lächelte, als sie sein leises Schnarchen hörte. Armer alter Dad, er würde ein bißchen Ruhe brauchen, wenn er heute abend wieder arbeiten sollte.

Kelly sah ein paar Briefe aus dem Briefkasten neben der Tür ragen. Einer war bestimmt für sie. Sie war sich dessen so sicher, daß sie gar nicht nachzugucken brauchte. Sie würde sie rausnehmen, wenn sie von der Pizzeria zurückkam. Das war besser. Dann würde es so viel zu tun geben, daß sie erst mal gar nicht drüber nachzudenken brauchte, ob sie den Brief lesen sollte.

3

Kelly ging zu Fuß zum kleinen Einkaufszentrum. Nur ein paar Blocks entfernt, abseits der Hauptverkehrsstraße gelegen, war es eine buntgemischte kleine Welt für sich, so, wie der ganze Stadtteil vor zehn oder fünfzehn Jahren gewesen war. Da waren die griechischen und asiatischen Geschäfte, ein Gemüseladen, eine Milchbar, wo es alles gab, ein Pizza-Imbiß und ein Zeitschriftenladen. Dann gab es die schicken Läden für die jüngeren Aufsteiger, die erst kürzlich in diese Gegend gezogen waren – ein Pasta- und ein Fischrestaurant und einen Zeitschriften- und Geschenkeshop, wo früher ein italienisches Café gewesen war. Die alteingesessenen wohlhabenden Leute wie etwa Liz' Eltern kauften auch in den neuen Geschäften. Der Zustrom von trendbewußten Yuppies hatte einiges für sich. Man sah jetzt die verschiedensten Leute und Autos, vor allem Freitags und Samstags abends. Als Kelly klein gewesen war, hatte dieses kleine Center so eng und provinziell gewirkt wie eine Kleinstadt. Aber die neuen Restaurants waren offensichtlich nicht für Leute wie sie und ihren Vater gedacht. Sie konnten unmöglich dreißig oder vierzig Dollar für eine Mahlzeit blechen.

Sie winkte Maria zu, die auf der anderen Straßenseite vor ihrer Milchbar stand, wohl um ein bißchen frische Luft zu schnappen.

»Hallo, Maria!«

»Hallo. Schule fertig, eh? Herzlichen Glückwunsch!« Die mollige Frau lächelte müde. Sie tat Kelly leid: den ganzen

Tag war sie in dieser Bude eingesperrt. Es war nicht fair, daß Leute so hart arbeiten mußten. Die kleine Milchbar war täglich von sieben Uhr morgens bis zehn Uhr abends geöffnet. Und die meiste Arbeit machte Maria.

»Ja. Heiß heute, was?«

»*Si*«, seufzte die Frau. »Zu heiß.«

Drinnen in dem Pizza-Imbiß war es dunkel. Kelly blinzelte, während ihre Augen sich darauf einstellten. Sie stand am Tresen und sah zu, wie der alte George in einer großen Schüssel Teig mixte. Ein großer junger Mann spülte Geschirr, mit dem Rücken zu ihr. Keiner von beiden schien sie zu bemerken, also grüßte sie laut.

»Hallo, George!«

Der alte Mann drehte sich um. »Hey, guten Tag, junge Dame. Tut mir leid, ich hab dich gar nicht gesehen. Wie geht's deinem Vater?«

»Es geht. Ist nur zu heiß heute.«

George nickte zustimmend und rief dann stirnrunzelnd: »Hey, Con! Bedienst du bitte? Ich kann grad nicht.« Er deutete mit einer Kopfbewegung auf seine bemehlten Hände und lächelte Kelly bedauernd an.

Con, der vor sich hin geträumt hatte, schüttelte leise den Kopf, als er das Mädchen von gestern wiedererkannte, und sein Gesicht verriet Überraschung.

»Hallo.«

Kelly nickte, für einen Moment verlegen. Dieser Bursche mit der olivfarbenen Haut und dem hübschen, interessanten Gesicht schien sie zu kennen, aber sie war sich ganz sicher, daß sie ihn noch nie gesehen hatte. Er trug eine Schürze über dem weiten T-Shirt und den Shorts, zog sie aber aus, während er jetzt auf sie zukam. Das dunkle Haar fiel ihm fast bis in die Augen. Er strich es zurück.

»Was darf's sein?« Seine glänzend dunkelbraunen Augen guckten ernst, aber da war dieses lausbübische Zucken um die hübschgeformte Nase und den lebendigen Mund; er sah aus, als könnte er jeden Moment loslachen. Kelly war irritiert. »Ja, ich möchte für heute abend Pizza bestellen. Ich brauche sie so gegen elf...«

Sie hielt inne, guckte weg, schluckte und versuchte sich zu fassen. Der Typ war nicht unhöflich, er taxierte sie nicht mit dieser Art Blick, die sie haßte. Und doch spürte sie eine enorme Anziehung, die von ihm ausging, und mehr noch: Sie spürte, wie sie darauf reagierte. Sie zwang sich, den Bann zu durchbrechen und ganz normal mit ihm zu sprechen. Mit einem nervösen Lachen fragte sie: »Wer bist du? Arbeitest du hier?«

Er grinste. Sie spürte, wie seine Augen sie förmlich aufsogen: ihr Gesicht, ihr hochgestecktes Haar mit den widerspenstigen Strähnchen, die sich selbständig zu machen versuchten, ihre kleinen Ohren mit den Klunkerohrringen, ihre zarte, weiße Haut. Kelly wurde rot, fühlte sich seltsam entblößt, aber auch plötzlich sehr schön. So hatte sie sich noch nie gefühlt. Seine Stimme war tief und fast schon schroff, hatte aber trotzdem etwas Weiches.

»Seh ich vielleicht aus, als ob ich zum Spaß hier wär?«

Sie lachten beide. Die Spannung löste sich, als Con sich über den Tresen beugte und geradeheraus sagte: »George ist mein Dad.«

George konzentrierte sich immer noch auf seinen Teig. Kelly rief zu ihm hinüber: »George, ich bin Ihre beste Kundin! Ich dachte immer, Sie hätten nur einen Sohn?«

Der alte Mann sah kaum auf, hatte offenbar gar nicht mitgekriegt, was da zwischen seinem Sohn und dem Mädchen ablief.

»Zwei! Ich hab zwei. Das ist genug. Genug Kummer für einen einzigen Menschen.« Kelly sah Con fragend an, weil sie sich den bitteren Ton seines Vaters nicht erklären konnte. Er beugte sich zu ihr und flüsterte ihr vertraulich ins Ohr: »Er ist zur Zeit schwer enttäuscht von seinem Nachwuchs.«

»Warum?« hauchte Kelly und sah einen Moment lang in seine Augen. Die tanzten vor Lebhaftigkeit. Sie sah die Stoppeln auf seinem Kinn und die Art, wie seine Brauen sich zu einer geraden Linie vereinigten, wenn er nachdachte. Plötzlich bekam er wieder diesen frechen Zug um den Mund.

»Na ja, mein Bruder macht etwas Trouble. Und ich hab grad mein Studium geschmissen.«

Kelly wich ein klein wenig zurück. »Was hast du studiert?«

Con sah sie die ganze Zeit an. »Betriebswirtschaft.«

Kelly krauste die Nase, und sie lachten beide, ehe sie wegguckten. Die plötzliche, unvermittelte Nähe zwischen ihnen machte sie beide verlegen. Con guckte auf den Tresen, tat so, als sortiere er herumliegendes Besteck, und sie starrte auf die Spüle hinter ihm, und ihr Herz hämmerte wie verrückt. Was um Himmels willen ging hier vor? Es gab ja wohl nichts mehr zu sagen, und doch standen sie beide wie angewurzelt da, unfähig sich zu rühren. Die Sekunden ploppten dahin wie die langsamen Tropfen aus dem Wasserhahn. Eins, zwei, drei. Ein dünner Lichtstrahl, der durch ein Loch in dem Rouleau drang, ließ jeden Wassertropfen kurz vor dem Herabfallen aufblitzen. Kellys Hand ruhte auf dem Tresen. Sie sah ihn ihre langen Finger und ihre schlichten kurzen Nägel studieren. Das war einfach verrückt! Noch nie hatte sie sich in einer so lächerlichen Situation befunden. Sie mußte ihre Hand bewegen. Ihren Körper. Aus der

Pizzeria verschwinden. Wie konnte sie das Gespräch zu Ende bringen? Sie mußte hier raus, aber einigermaßen würdevoll, verdammt noch mal.

»Ich schätze, die meisten Jobs sind ganz schön langweilig... Mit Betriebswirtschaft...«

Er sah immer noch auf ihre Fingernägel. Sie zog die Hand brüsk zurück, atmete dann aus und lachte verlegen.

Die Stimme des Alten fuhr jetzt laut und gereizt dazwischen. »Beeilung, Con! Steh nicht den ganzen Tag da rum. Ich brauche Hilfe!«

Kelly stieß einen Seufzer der Erleichterung aus, und Con schien ebenfalls zu sich zu kommen. Er runzelte leicht die Stirn und zog mit gespieltem Eifer seinen Bestellblock aus der Tasche.

»Okay. Name und Adresse bitte?«

Kelly nahm die Speisekarte und überflog das Angebot. Schon besser, jetzt hatte sie etwas zu tun. Sie würde die Pizza bestellen, heimgehen und die Sache vergessen.

Sie nannte ihre Hausnummer in der Nicholson Street. »Ich möchte fünf große Marinaras...«

Con notierte rasch die Bestellung. Er hatte schlanke und kräftige Hände und schrieb ziemlich schlampig. Die Buchstaben füllten das ganze Papier, groß, schwungvoll, achtlos. Kelly, die von jeher eine sorgfältige, hübsche Handschrift hatte, ertappte sich bei der Frage, ob sie wohl jemandem trauen könnte, der so schrieb.

Lautes Quietschen von Bremsen ließ sie beide zur Tür gucken. Draußen hielt ein roter Wagen mit dröhnendem Motor halb auf dem Gehweg. Türen knallten, und junge Männerstimmen brüllten herum.

»Beeil dich, du Wichser!«

»Bring mir eine Cola mit, klar?«

»Hol sie dir doch selbst, Blödmann!«

Kelly sah zu George hinüber. Er hatte im Teigkneten innegehalten, eine Hand reglos in der Luft, und starrte stirnrunzelnd zum Fenster. Die Tür flog auf, und Vasilios erschien, in einem makellos weißen, nietenbesetzten Seidenhemd, das bis zur Taille offen war – so daß man das dicke Goldkettchen um seinen Hals sehen konnte –, und eleganten leichten Leinenhosen. Er war kleiner als Con, älter und kräftiger gebaut, aber Kelly bemerkte die Ähnlichkeit der beiden Brüder: Sie hatten dieselbe Haut- und Haarfarbe, und beide Gesichter waren von diesen großen, lebhaften, braunen Augen dominiert. Vasilios' streng zurückgegeltes Haar bildete einen komischen Kontrast zu Cons wilder Un-Frisur. Er ignorierte Kelly, begrüßte jedoch seinen Bruder und seinen wenig entzückten Vater mit einem breiten Grinsen und theatralisch ausgebreiteten Armen.

»Hey! Wie geht's, wie steht's?«

Weder George noch Con zeigten irgendeine Reaktion. Vasilios ließ sich dadurch nicht weiter beirren. Er marschierte zu dem großen Selbstbedienungs-Kühlschrank und nahm sich zwei Flaschen Cola. Dann holte er ganz selbstverständlich einen Schlüssel unter dem Tresen hervor, öffnete den Zigarettenautomaten und nahm ein paar Packungen heraus. Er wandte sich unbekümmert seinem Vater zu.

»Sorry, kein Geld.«

Der Alte verzog keine Miene. »Du tauchst hier wohl nur noch auf, um etwas mitzunehmen?«

Der Ärger schien an seinem Sohn völlig vorbeizugehen. Seine gute Laune war unerschütterlich. »Ach! Ich hab doch gesagt, ich komm später wieder.«

George knurrte: »Wenn die ganze Arbeit gemacht ist, dann kommst du wieder!«

Vasilios stopfte seine Vorräte in eine Plastiktüte und wandte sich zum Gehen, hielt dann aber inne und musterte Kelly mit einem jener Kopf-bis-Fuß-Blicke, die sie haßte. Er murmelte irgendwas Anerkennendes und streckte dann seinem Bruder scherzhaft die erhobene Hand hin. Der verdutzte Con klatschte sie wenig begeistert ab.

»Also, bis später dann.«

Con nickte. »Okay, bis später.«

Irgendwie hatte Vasilios etwas von den Schwingungen zwischen Kelly und seinem Bruder mitgekriegt. Er griente Kelly an und flüsterte Con zu: »Arbeite nicht zuviel.«

Con sah ihn mit undurchdringlichem Gesicht an. Kelly konnte nicht erkennen, wie das Verhältnis zwischen den beiden war. Vasilios lachte plötzlich auf, strubbelte Con einmal kurz durchs Haar und spazierte fröhlich winkend nach draußen, während sein Vater resigniert den Kopf schüttelte.

Die Tür fiel krachend zu, und Con wandte sich Kelly zu.

»Mein Bruder... Sorry.«

Da war Kelly klar, daß er seinen Bruder liebte und sich gerade eben aus Respekt vor den Gefühlen seines Vaters so distanziert verhalten hatte. In diesen Augen lag eine solche Wärme.

»Mein Bruder...«

Con kam um den Tresen herum und hielt ihr die Speisekarte hin. »Was möchtest du sonst noch?«

Kelly war fest entschlossen, sich nicht wieder von diesen verrückten Gefühlen überfluten zu lassen. Also sah sie ihn nicht an.

»Die fünf Marinaras...«

»Hab ich schon.«

»Tja, dann noch fünf von... diesen hier.«

Sie zeigte auf die gewünschte Sorte. Er beugte sich rüber,

um sehen zu können, was es war, und seine Hand streifte ihre, als er nickte und ihr die Speisekarte wieder abnahm.

»Das ist alles?« Es war ein großartiges Gefühl. Ihr war kalt, als sie murmelte: »Ja, danke.« Das Gefühl war fröstelig und erregend zugleich, und auf ihren Armen bildete sich eine feine Gänsehaut.

Er nahm wieder den Kugelschreiber zur Hand und begann zu schreiben. Noch immer dicht neben ihr, lächelte er lausbübisch, ohne aufzuschauen.

»Du mußt ja ganz schön Hunger haben?«

Kelly sah auf und wagte ein Lächeln. »Ich mache eine Party. Weil ich heute Geburtstag habe und... weil mein Freund mit seiner Prüfung fertig ist.«

Cons Körper versteifte sich ein bißchen, und er notierte den Rest der Bestellung. Er rechnete rasch die Gesamtsumme aus, riß das oberste Blatt ab und streckte es Kelly hin.

»Schlaffe fünfundfünfzig Dollar...«

Kelly nahm den Zettel. Sie hoffte, daß er nicht sehen konnte, wie ihre Hand zitterte, als sie das Geld aus ihrer Handtasche nahm. Er legte es in die Kasse und gab ihr raus. Kelly ging rasch zur Tür. Er rief ihr hinterher: »Elf Uhr, okay?«

Kelly blieb stehen, ohne sich umzudrehen. Was meinte er?

»Wir sollen sie um elf liefern?«

Sie atmete erleichtert aus. »Ja. Elf ist okay.«

Kelly trat hinaus in die Hitze und versuchte sich zu beruhigen. In ihr war eine vibrierende Erregung, die ihr ein bißchen angst machte. Sie hatte sich immer für ruhig und beherrscht gehalten, für eine intelligente, vernünftige Person. Das hatten ihre Lehrerinnen auch immer gesagt, all die Jahre hindurch. Jura? Sie waren begeistert gewesen. Perfekt!

Genau das Richtige für Kellys klaren, logischen Verstand. Auch ihr Dad gab immer mit ihr an. *»Oh, um Kel braucht man sich keine Sorgen zu machen. Fixes Köpfchen. Mußte sogar eine Klasse überspringen. Die wird sicher mal Anwältin.«*

Und jetzt spazierte sie einfach an ihrem Haus vorbei, als hätte es nichts mit ihr zu tun, obwohl dort tausend Arbeiten erledigt werden mußten. Sie wollte einfach losrennen und davonfliegen, und nichts und niemand würde sie aufhalten können. Und singen wollte sie auch. So laut sie konnte. Und tanzen und über Zäune springen und wildfremden Leuten etwas zurufen. Phantastisch. Dieses Gefühl pulsierte einfach immer weiter in ihr und schien sich überhaupt nicht darum zu kümmern, daß ein anderer Teil von ihr panisch und verwirrt war. So ähnlich mußte man sich wohl fühlen, wenn man auf Drogen war: high und über den Alltag erhoben. Die heiße graue Straße, die ratternden Straßenbahnen und die genervten Menschen, die ihre schweren Einkaufstaschen nach Hause schleppten, fand sie geradezu komisch. Die Farben sahen alle anders aus, irgendwie deutlicher und lebhafter in der einsetzenden Dämmerung. Sie sah für einen Moment sein Gesicht vor sich. Das schiefe Grinsen und die gefährlich warmen, blitzenden Augen im Halbdunkel dieser schäbigen kleinen Pizzeria. Gott, wie es sich wohl anfühlen würde, dieses Gesicht...

Sie blieb verblüfft stehen, als sie ihr Gesicht in einem Schaufenster sah, und berührte ungläubig erst ihre Wange, dann ihren Mund. Sie sah phantastisch aus! Das rote Haar, das sich überall selbständig machte, ihr Gesicht wie ein Pfirsich: rosig vor Erregung, und die Zähne wie Perlen, die darauf warteten, von einem exklusiven Juwelier präsentiert zu werden. Ihre Augen leuchteten. Sie fühlte sich, als stünde sie in Flammen.

Kelly ging weiter, um den Friedhof herum in die Royal Parade, und allmählich wurde sie ruhiger. Sie setzte sich ein Weilchen an eine Bushaltestelle, unter riesigen Ulmen, und bemerkte mit Erstaunen, daß sie diffuse Schuldgefühle hatte.

Als sie schließlich heimkam und merkte, daß sie über zwei Stunden weggewesen war und ihr kaum noch Zeit blieb, bis die Gäste eintrafen, packte sie Panik. Teller raus! Gläser auf den Tisch! Das Eis schmolz in der Badewanne vor sich hin, und die Getränke standen immer noch in dem Karton auf dem Küchenfußboden! Mist! Sie hatte auch noch ihre neue Bluse bügeln wollen.

Unter der Dusche fiel es Kelly erstaunlich leicht, den Vorfall in der Pizzeria mit einem Achselzucken als unwichtig abzutun: eine seltsame, aufregende Episode, von der sie ihren Freundinnen erzählen würde. Während ihr das Wasser ins Gesicht rauschte, sah sie sich mit Carmen und Liz kichernd darüber debattieren, ob es nun sexuelle Chemie oder schlichter animalischer Magnetismus gewesen war. Kelly erschauerte vor Erregung. Phil und sie hatten noch nie miteinander geschlafen, obwohl sie der Sache jedesmal näher kamen. Es hatte sich nie die richtige Gelegenheit ergeben, oder es waren Leute in der Nähe gewesen, oder sie hatte einen Rückzieher gemacht. Vielleicht würde es ja heute abend passieren?

Ihre Freundinnen hatten erzählt, daß man ab einem bestimmten Punkt einfach mitmachte, ob man wollte oder nicht. Aber etwas in ihr sträubte sich dagegen. Sie war doch ihr eigener Herr. Da sie nur mit ihrem Dad zusammenlebte, war sie es nicht gewohnt, sich den Wünschen anderer zu fügen. Aber sie wollte auch nicht ewig Jungfrau bleiben. Vielleicht wurde es ja leichter, wenn man es ein paarmal gemacht hatte. Vielleicht war es dann einfach nur angenehm und nicht mehr so eine Riesensache? All ihre Freundinnen machten es seit mindestens einem Jahr. Die meisten von ihnen waren zwar ein Jahr älter als sie, aber dennoch wuchs der Druck.

Kelly hatte schon erwogen, ihren Freundinnen einfach etwas vorzulügen. Das würde sie zum Schweigen bringen und ihr den nötigen Freiraum verschaffen. Sie seufzte und seifte sich noch mal von Kopf bis Fuß ab. Phil war wirklich toll. Er bedrängte sie nie. Aber der Moment nahte, das spürte sie. Würde es sich auch so anfühlen wie das heute in der Pizzeria?

Kelly drehte das Wasser ab und trat aus der Dusche. Phil konnte jeden Moment kommen. Was sollte sie anziehen?

4

Es war viel zu tun an diesem Abend. Cons Vater schob die Pizzen in den Ofen, seine Mutter Elena spülte, und Con und die neue Aushilfe, Katy, servierten. Con mochte diese Geschäftigkeit, den stummen Rhythmus, der sich zwischen ihnen einstellte, während sie ihre Arbeit machten. Da war keine Gelegenheit, an ihm rumzumeckern oder ihm irgendwelche Vorträge über die Zukunft und all seine fatalen Fehlentscheidungen zu halten.

Es war sehr heiß. Con beobachte, wie sein Vater ab und zu innehielt und ohne aufzuschauen einfach nur den Arm ausstreckte und »Elena« sagte. Sie nahm dann ein nasses Handtuch von einem Haken, reichte es ihm und spülte weiter. Wenn George sein schweißüberströmtes Gesicht abgewischt hatte, ließ er das Tuch einfach über ihre Schulter fallen, was sie mit einem kaum merklichen Nicken quittierte. Wortlose Verständigung. Wie lange mußte man mit einem Menschen zusammenleben, um dessen Wünsche so vorhersehen zu können? Einmal hatte Con beobachtet, wie sein Vater Elena das nasse Tuch wie ein Cape um die Schultern gelegt und ihr die Stirn mit Wasser besprengt hatte. Sie hatte gelächelt.

Vasilios kam wie gewöhnlich erst spät, um nach einer Stunde schon wieder zu verschwinden. Diesmal erschien er mit einer silbernen Suppenterrine, die er stolz vor sich hertrug und Elena präsentierte, als erklärte sie irgendwie, weshalb er in der letzten Woche so gut wie nie aufgetaucht war.

»Mum, ich hab dir was mitgebracht.«

Ihr Gesicht hellte sich auf. Sie gab entzückte Laute von sich, während sie den Deckel lüpfte und hineinsah und bewundernd die feingearbeiteten Henkel berührte.

»Oh, Vasili! Wo hast du die her? Nein, die ist viel zu fein für mich.«

Vasilios umarmte seine Mutter und hob sie hoch, und sie juchzte und kicherte wie ein Schulmädchen.

»Was sagst du da?« rief er. »Für dich ist das Beste grade gut genug!«

Con fühlte, wie der Knoten in seinem Magen platzte und die Wut seine Kehle empordrängte. An manchen Tagen war das Gefühl so stark, daß es ihm fast die Luft nahm. Sein Bruder war so ein Schauspieler! Manchmal mußte man drüber lachen. Con sah auf seinen Vater, der am Backofen schwitzte, und bemerkte mit einer gewissen grimmigen Befriedigung, daß sich der nicht so einfach täuschen ließ. Als seine Frau ihm die Terrine zeigen wollte, rümpfte er mißtrauisch die Nase, während seine Hände bereits den nächsten Schub Pizza in Angriff nahmen.

Wo zum Teufel, fragte sich Con, hatte Vasilios dieses Ding her? Gekauft hatte er es garantiert nicht. Aber Con sagte nichts. Elena stellte nie irgendwelche Fragen, wenn ihr Ältester solche Sachen mit heimbrachte, warum sollte er es dann tun? Mit verkniffenem Mund knallte er das dreckige Geschirr in die Spüle. Seine Mutter glaubte auf eine kindliche Art an Vasilios. Sie erzählte andauernd allen Leuten, wie gescheit er sei und daß er, wenn er erst mal den passenden Job gefunden habe, sicher bald Karriere machen würde.

»Der bringt's zu was, mein Ältester. Ich sag's euch. Der wird's allen zeigen!«

Von Con sprach sie nie so stolz und zuversichtlich,

obwohl er auf der High School so gut gewesen war und sich auch im Restaurant als verläßlich und tüchtig erwiesen hatte.

Vasilios schaffte es gerade, eine Schüssel Teig anzusetzen, sah dann aber schon unruhig auf seine Armbanduhr.

»Sorry ... ich hab heut abend eine wichtige Besprechung. Ein geschäftliches Projekt, versteht ihr?«

Sein Vater knurrte. Er hatte es längst aufgegeben, seinem Ältesten in die Augen zu gucken, wenn der mit solchen Entschuldigungen kam. Und außerdem war zuviel Betrieb, um eine Szene zu machen.

Aber Elena kaufte Visilios alles ab. Ihre Augen wurden weich, obwohl sie in strengem Ton zu sprechen versuchte. »Was für ein Geschäft, Vasili? Wirst du dabei Geld verdienen?«

»Tja, das kann ich noch nicht genau sagen, Mum, aber es sieht ganz vielversprechend aus.« Er berührte vertraulich ihren Arm und sah ihr gerade in die Augen, während er sich rückwärts in Richtung Tür verdrückte. »Versprochen, Mum. Ich komm wieder zum Helfen, sobald ich kann.«

Die Tür schloß sich hinter ihm; Con schüttelte den Kopf, sah dann auf und begegnete dem Blick seines Vaters. George lächelte ihn an und schüttelte ebenfalls den Kopf: einer jener seltenen Momente der Verständigung zwischen ihnen. Con wandte sich ab, plötzlich gerührt und verlegen. Sein Vater bedachte ihn so selten mit diesem abgekämpften Mann-zu-Mann-Lächeln. Es drückte aus, was sie beide über Vasilios wußten und ahnten, und es hatte nichts mit Ärger oder Vorwürfen zu tun, sondern nur mit Liebe, Hoffnung und Sorge. Con war froh, als jemand von einem der Tische ungeduldig nach ihm rief. Der Blick seines Vaters hatte seine Kehle ganz trocken werden lassen.

Sie arbeiteten den ganzen Abend, nickten einander kurz zu, wenn Bestellungen, Essen, schmutziges Geschirr und Besteck von Hand zu Hand wanderten. Con erntete sogar ein dankbares Schulterklopfen von seinem Vater, als er es schaffte, eine grölende Horde angetrunkener Studenten aus dem Lokal zu kriegen, ehe sie die übrigen Gäste allzusehr belästigten. Warum fühlte er sich seinen Eltern dann am nächsten, wenn sie zusammenarbeiteten? Warum mochte er sie am liebsten, wenn sie nicht mit ihm reden konnten?

Als die Pizzeria fast leer und sein Vater nach hinten verschwunden war, wandte sich Con seiner Mutter zu, die immer noch spülte.

»Hey, Mum! Ich hab noch eine Lieferung zu erledigen. Ich mach hier fertig, geh und ruh dich aus.«

Elena war erst vierundfünfzig, sah aber älter aus. Sie seufzte. »Wo ist dein Bruder? Ich möchte wissen…«

Con hatte Mitleid mit ihr. Sie sah so müde aus, und ihre Beine waren von der Hitze wieder geschwollen.

»Er ist irgendwo hinten im Hof. Mach dir nicht so viele Sorgen um ihn.«

Con nahm ihr das Geschirrhandtuch aus der Hand und schob sie in Richtung Tür. Sie war zu müde, um sich zu sträuben. »Okay. Okay. Ich geh jetzt. Wenn du ihn siehst, sag ihm, er soll kommen und was essen.«

Con öffnete ihr die Tür, und sie schlurfte müde raus. »Okay.«

Was war das nur mit den Müttern? Sie sorgten sich immer drum, was man aß.

Con fischte Kellys Bestellung aus seiner Tasche. Es war wahr. Es war wirklich passiert. Das Mädchen mit den roten Haaren war reingekommen, sie hatte neben ihm gestanden, und sie hatte all diese Pizzen bestellt. Er wurde plötzlich aktiv, nahm Backbleche herunter, öffnete die Behälter mit Teig und Belag. Routiniert verteilte er Tomatenpaste, Schinken, Oliven und Shrimps. Woher war sie gekommen? Irgendwas war passiert, als sie das Restaurant betreten hatte. Er konnte nicht sagen, was genau geschehen war, aber etwas *war* passiert. Er mußte sie wiedersehen. Sie fragen, ob sie mit ihm ausgehen wollte. Er sah sie vor sich, wie sie da neben ihm gestanden hatte: groß, fast streng mit den hochgesteckten Haaren und diesen großen Ohrringen. Das ernste Gesicht mit der hellen Haut und den lebhaften, furchtlosen Augen, die ruhig in seine guckten. Und wie sie gelacht hatte.

»Ich mach eine Party . . .«

War sie so gelassen gewesen? Sie hatte gleichzeitig ruhig und nervös gewirkt. War diese unmittelbare Anziehung zwischen ihnen real gewesen? Diese Nähe, die sie beinahe dazu getrieben hatte, einander zu berühren? Plötzlich überkam ihn Verlangen. Wie es wohl wäre, dieses Mädchen in die Arme zu nehmen, den Ohrring sachte abzunehmen und das kleine weiße Ohrläppchen in den Mund zu nehmen? Er schüttelte den Kopf. Vielleicht hatte er sich das alles nur eingebildet, war er nichts als ein geiler Bock, der seine Begierde auf sie projizierte. Und außerdem hatte sie einen Freund. Hatte sie gesagt. Irgendwo in Cons Innerem wisperte eine Stimme: *»Na und? Mir doch egal. Sie wollte mich. Ich hab's doch gemerkt.«*

Er mußte sie kennenlernen. Aber wie? Er war es nicht gewöhnt, die Initiative zu ergreifen, weil er immer schon so gut ausgesehen hatte, daß die Mädchen auf ihn zukamen. Instinktiv wußte er, daß dieses Mädchen anders war, und das machte ihn nervös. Wie konnte er sie ansprechen? Er wußte nicht mal ihren Namen? Con stand da und musterte kritisch das Dutzend backfertiger Pizzen.

Ein seltsames Gefühl überkam ihn. Er kannte sie bereits; sie war schon Teil seines Lebens.

Con knallte die Bleche in den Ofen und stellte die Uhr. Er war plötzlich unruhig und platzte fast vor Energie. Er wippte auf den Fußballen, die Hände hinterm Kopf verschränkt, die Augen halb geschlossen. Was konnte er tun? Die Vorstellung, die Pizzen auszuliefern und dann wieder zurückzukommen und einfach nur ins Bett zu gehen, war ihm unerträglich. Verdammt, er war doch erst neunzehn. Er mußte irgendwo hingehen. Tanzen. Trinken. Sich austoben. Er mußte sein Leben irgendwie ausfüllen, bis er sie wiedersehen konnte. Er ging ans Fenster, das schmierig von dem Fliegenspray und dem Zigarettenqualm war, und schaute raus auf die Straße. Die Autos fuhren vorbei, und ihre gelben Augen brannten sich in die samtene Dunkelheit. Vor lauter Arbeit hatte er gar nicht mitgekriegt, wie der Tag vergangen war. So konnte das ganze Leben an einem vorbeigleiten, wenn man nicht ab und zu etwas riskierte. Die Tage kamen und gingen, und irgendwann wachte man auf und war fünfundzwanzig, dreißig, fünfunddreißig, vierzig, umgeben von einem Haufen Zeug, das man nie wirklich gewollt hatte.

Sollte er etwas zu ihr sagen, wenn er die Pizzen abgab? Nach ihrem Namen fragen? Seinen ganzen Mut zusammenraffen und sie fragen, ob er sie mal anrufen dürfe? Nein. Heute abend würden lauter Leute da sein, und ihr Freund. Besser schleunigst verschwinden und morgen noch mal vorbeigehen. Er hatte sie aus dieser Privatschule kommen sehen, und das hieß ja wohl, daß sie reich war, trotz der billigen Schlabberhose und dem alten T-Shirt. Ihre Freundinnen würde alle Edelklamotten tragen und diese lauten selbstbewußten Stimmen haben, die er von den Studentinnen kannte. Sie redete nicht so; ihre Stimme war leise und irgendwie zurückhaltend, aber trotzdem... Sie hatte einen Freund. Schon der Gedanke, daß sie mit jemand anderem zusammen war, versetzte ihm einen Stich. So was hatte er noch nie empfunden. War er dabei, die Nerven zu verlieren? Das Leben war viel leichter, wenn man cool blieb. Nahm, was sich einem bot, und sich nicht aus der Ruhe bringen ließ.

Plötzlich ging die Tür auf, und Vasilios stapfte herein.

»Hey, du bist noch da?«

Con sah auf und sagte neckisch: »Nein, du phantasierst nur. Das bin nicht ich.«

Vasilios nahm sich im Vorbeigehen eine Getränkedose aus dem Kühlschrank und strubbelte Con durchs Haar, während er den einzigen Stuhl ansteuerte, der noch richtig herum dastand. Die anderen waren alle hochgestellt, wie immer nach Feierabend.

»Totaler Schwachsinn, daß du die Uni geschmissen hast.«

Con lehnte auf dem Tresen. »Ach, ja? Du kannst das natürlich beurteilen, was?«

Con ließ sich durch Vasilios' Direktheit nicht ins Bockshorn jagen. Diese nächtlichen Gespräche begannen immer damit, daß sein Bruder ihm irgendeine Predigt hielt. Er wußte, Vasilios fühlte sich verpflichtet, ab und zu den großen Bruder zu spielen, und wenn das erst mal abgehakt war, konnten sie über interessantere Dinge reden. Außerdem spürte er immer die Bruderliebe, die hinter den Worten rumorte. Was offen ausgesprochen wurde, war nicht entscheidend.

»Klar doch! Du solltest wieder hingehen. Wir waren alle so stolz auf dich. Der einzige in der Familie mit Grips.«

Con ging rüber zum Kühlschrank, um sich etwas zu trinken zu nehmen. »Mum denkt aber nicht so.«

Vasilios stöhnte und klatschte sich mit beiden Händen auf die Knie. »Mum hat keine Ahnung.« Er runzelte die Stirn. »Warum hast du's gesteckt? Du hast gesagt, du wirfst dich ganz auf deine Kunst und so, aber das Zeug bringt dir doch nie richtig Kohle, und außerdem machst du ja gar nichts mehr.«

Con trat unbehaglich von einem Fuß auf den anderen. Sein Bruder hatte einen wunden Punkt getroffen. Als er die Uni geschmissen hatte, hatte er allen gesagt, er wolle sich jetzt aufs Zeichnen konzentrieren, vielleicht irgendwo einen Kurs machen oder sich einen Job als Grafiker suchen. Aber nach sechs Monaten hatte er immer noch keine Ahnung, was es für Kurse gab, und er hatte noch nicht mal in die Stellenanzeigen geguckt. Und was noch viel schlimmer war: Er zeichnete nicht mal mehr für sich allein. Das machte ihn wirklich fertig. Im Jahr davor war er so eifrig gewesen, richtig besessen, aber seit er von der Uni weg war, hatte er kaum je einen Bleistift in die Hand genommen.

Es fiel ihm schwer, sich an die Uni zu erinnern. Was hatte er in diesen ganzen Vorlesungen gemacht, ehe er schließlich alles hingeschmissen hatte? Manchmal hatte er sich selbst mit einem Bleistift gepiekt und versucht sich zu konzentrieren, aber es hatte nicht funktioniert. Schnell war er wieder in seine eigene Welt abgedriftet und hatte irgend etwas anderes vor sich gesehen: ein Mädchen, dem er auf dem Weg in die Vorlesung begegnet war, oder den blauen griechischen Himmel, damals, als er noch ein kleines Kind gewesen war und an der Hand seiner Mutter auf einer weißgetünchten Türschwelle gestanden hatte – seine früheste Erinnerung –, oder ihre Augen, als sie das Telegramm gekriegt hatte, in dem stand, daß ihre Mutter gestorben war.

Hauptsächlich kleine Dinge. Seine Hefte waren voller kleiner Skizzen, Zeichnungen und hingekritzelter Gedichte, eingestreut in seine halbherzigen Versuche, der Vorlesung zu folgen.

»Weiß nicht«, murmelte Con. »Ich werd wohl demnächst loslegen.«

Vasilios leerte seine Dose und stand auf. »Du gammelst jetzt schon monatelang hier rum...«

Con wußte, er hatte jedes Recht, aus der Haut zu fahren. Was machte sein Bruder denn Tolles, daß er meinte, sich so aufspielen zu können! Er konnte ihm sagen, er solle die Klappe halten und sich um seine eigenen Angelegenheiten kümmern, und ihn dezent darauf hinweisen, daß er, Con, wenigstens jeden Abend im Restaurant arbeitete und so seinen Lebensunterhalt verdiente.

Aber er konnte Vasilios einfach nicht böse sein. Con mußte zugeben: Er liebte die unkalkuliert-spontane Art seines Bruders, einfach auszusprechen, was ihm in den Sinn kam, ohne sich um die Folgen zu scheren. Irgendwie würde es schon weitergehen. Selbst die Art, wie er seine eigenen Lügen und Ausreden glaubte, amüsierte Con. Vasilios war herzerfrischend, ein bißchen wie ein verspielter junger Hund, mit schlechten Manieren und nicht immer ganz sauber, aber er meinte es immer gut und sah stets die komische Seite. Con mußte sich eingestehen, daß sein Bruder oft der einzige Mensch war, der seine Stimmung aufheitern konnte.

Vasilios fuhr fort: »Ich mach mir Sorgen um dich, Con. Du gehst nicht mal mehr mit deinen Kumpels weg.«

»Welchen Kumpels?« Con versuchte Zeit zu gewinnen. Vasilios schaffte es immer wieder, genau die Punkte anzusprechen, die Con zu verbergen oder zu leugnen versuchte.

»Diesen ganzen komischen Typen von der Zeitung, die du an der Uni gekannt hast. Und diese Griechen. Du warst doch jedes Wochenende mit ihnen weg.«

»Na ja«, sagte Con, »ich bin ja auch nicht mehr an der Uni, oder?«

Vasilios war echt perplex. »Hä? Die lassen dich fallen, nur weil du nicht mehr studierst?«

»Nein, das nicht. Ich könnt mich bei ihnen melden, wenn ich wollte ...«

»Dann tu's!« befahl Vasilios und strahlte warmherzig, während er die Limo-Dose mit seinem schweren Stiefel zerquetschte. »Treff dich mit ihnen, Blödmann!«

Con salutierte. »Jawoll, Sir!«

Vasilios tat, als wollte er ihm eine knallen. »Komm mir nicht mit diesem Scheiß! Ich hab doch gesagt, ich mach mir Sorgen um dich.«

Auf dem Weg nach hinten blieb Vasilios noch einmal kurz stehen. »Hey, Con, die Jungs sind da draußen. Wir machen wahrscheinlich nachher noch was. Komm doch mit!«

Con sah stirnrunzelnd auf die Uhr. Eine Nacht mit Vasilios' Freunden war nicht gerade das, was er sich unter Amüsement vorstellte. Aber es war wohl besser als nichts. Wenn nur dieser Nick nicht dabei war. Die anderen waren ja eher harmlos. Strohköpfe, aber im Notfall doch zur Vernunft zu bringen. Nick dagegen war ein ganz anderes Kaliber. Er und Vasilios waren in letzter Zeit ziemlich dicke miteinander.

»Mal sehen. Diese Pizzen brauchen noch eine Weile.«

Vasilios verschwand, und Con drehte sich wieder zum Fenster und trommelte mit den Fingern gegen die Scheibe. Dann trat er in den Hof hinaus. Sein Bruder saß auf der

Haube des roten Valiant, trank aus einer Bierdose und sprach mit Nick und Zeno, die lässig neben ihm lehnten und rauchten. Beide Vordertüren des Wagens waren offen, und laute Rockmusik dröhnte hinaus in die heiße Nacht. Con schlenderte zu der Gruppe hin und lehnte sich an den Wagen. Nick redete gerade leise und eindringlich auf Vasilios ein. Nicks Gesicht mit der dunklen Haut und der breiten Nase war ernst und angespannt.

»Wenn du mitmachst, kannst du dich drauf verlassen, daß du einen fairen Anteil kriegst.«

Vasilios runzelte die Stirn und hackte mit den Fersen auf den Boden. »Yeah, aber wenn ich erwischt werde, hab ich einiges mehr zu verlieren als ihr zwei.«

Con erstarrte, sagte aber nichts. Also doch. Er hatte schon die ganze Zeit vermutet, daß Nick Vasilios in irgendwas reinziehen wollte. Jetzt war es offensichtlich. Letztes Jahr war sein Bruder erwischt worden, als er zwei geklaute Autos auseinandergenommen hatte. Zum Glück war er mit Bewährung davongekommen. Und jetzt wollte ihn dieser Idiot wieder zu irgendwas anstiften. Am Gesicht seines Bruders konnte er ablesen, daß Nick ihn schon fast soweit hatte.

»Ach, Quatsch! Wenn du schlau bist, wirst du nicht erwischt. Ich mach das jetzt schon zwei Jahre. Ist überhaupt kein Problem. Solang du nicht größenwahnsinnig wirst und denkst, du kannst alles. Schön auf dem Teppich bleiben und still und leise dein Ding drehen. Da steckt gutes Geld drin.«

Vasilios nickte ernst. Der Chaot der Gruppe, Zeno, prustete plötzlich los, weil Vasilios so angespannt guckte. Er packte ihn um den Nacken und versuchte, ihn in den Schwitzkasten zu nehmen.

»Hey, komm schon! Don't worry, be happy!«

Vasilios grinste und versuchte sich zu befreien. Schließlich gelang es ihm, und sie landeten beide auf dem Boden, wo sie sich einen scherzhaften, aber groben Ringkampf lieferten.

Nick schien mit sich zufrieden. Er nahm einen großen Schluck Bier, wandte sich Con zu und wies mit einer ausholenden Armbewegung auf die heiße Nacht, als gehörte sie ihm. Die Lichter vom Haus her gaben dem ordentlichen Asphaltquadrat des Hinterhofs mit dem einen hohen Baum tatsächlich etwas Geheimnisvolles.

»Was sagst du, Con? Ist besser als Studieren, oder?«

»Kann schon sein«, meinte Con.

Sie wandten sich den beiden anderen zu, die sich immer noch auf dem Boden herumwälzten. Con überlegte, wie er am besten sagen konnte, was ihn beschäftigte. Am Ende kam es so unbeholfen heraus, wie wenn ein Schüler einen Lehrer um einen besonderen Gefallen bittet.

»Nick, wenn Vasilios nur dabei erwischt wird, wenn er eine Dose Cola klaut, buchten sie ihn ein.«

»Jeder verdammte Zebrastreifen ist gefährlicher, Mann«, antwortete Nick.

Con starrte Nick in dem gelben Schummerlicht an. »Laß ihn in Ruhe, okay?«

Vasilios und Zeno kamen schnaufend und lachend hoch. Nick sagte höhnisch zu Vasilios: »Hey, dein kleiner Bruder meint, ich hab einen schlechten Einfluß auf dich.«

Vasilios strubbelte Con durchs Haar und kniff ihn in die Wange. »Wir sind oft verschiedener Ansicht, Con und ich.«

Con schüttelte ihn ab, mußte aber doch lächeln. »Ja, Gott sei Dank!«

Sein Bruder war total impulsiv. Er war der geborene Trickser und Geschäftemacher. Aber ein normaler Job hätte ihn wahnsinnig gemacht. Für ihn mußte immer ein gewisses

Risiko drinstecken. Diese wilde Seite an Vasilios konnte Con nicht verstehen. Ihn regte es auf, daß Vasilios immer wieder mit neuen verrückten Plänen heimkam. Es ärgerte ihn, daß sein Bruder kaum je im Restaurant mithalf und überhaupt nicht zu merken schien, wie er ihre Eltern zur Verzweiflung trieb. Letzte Woche hatte er verkündet, er werde jetzt in den Export schafwollener Lenkradbezüge nach Europa einsteigen. Er hatte es sogar gebracht, ein paar Dutzend solcher Dinger herstellen zu lassen, aber innerhalb weniger Tage hatte er das Interesse verloren und die Sache als zu kleinkariert abgetan. Wenn er etwas anpacken sollte, mußte es schon eine Million Dollar bringen. Also war das nächste Projekt drangewesen. »Hot Rod«-Rennen. Wenn er nur eine anständige Kiste auftreiben könnte...

Manchmal mußte Con darüber lächeln. Sein Bruder war ein aggressiver, großmäuliger Tagträumer, aus dessen Plänen nie was wurde, aber das war alles nicht weiter schlimm gewesen, bis er sich vor etwa einem halben Jahr mit Nick eingelassen hatte. Durch Nick bekamen Vasilios' Projekte etwas Unheimliches. In den letzten Monaten hatte Con gespürt, wie ihm sein Bruder langsam entglitt, in eine chaotische Welt, in der unbekannte Regeln herrschten. Und Nick war irgendwie das Zentrum dieser Welt.

Vasilios wollte weiter herumalbern. Er packte Con um den Nacken und versuchte, einen Ringkampf mit ihm anzufangen. »Los, Brüderchen! Zeig mal, was du drauf hast!«

Con ließ sich nicht darauf ein. Er besann sich drauf, weshalb er überhaupt hergekommen war. »Hey, ich hab gedacht, heut würd noch irgendwelche Action laufen?«

Vasilios trat einen Schritt zurück und mimte den Erstaunten. »Was? Sag bloß, du willst einen draufmachen!«

Con nickte, ein bißchen verlegen. Sein Bruder fuhr fort: »Bist du sicher? Willst du nicht lieber daheimbleiben und dich mit einem Buch amüsieren, wie du's sonst immer machst?«

»Ich habe eben nicht immer Lust auf euch Schwachköpfe!«

Nick mischte sich grölend ein. »Wir hatten schon gedacht, du hättst grad das Wichsen entdeckt, weil du dich immer in deinem Zimmer verkriechst.«

Con sah weg. Vasilios und er konnten einander stundenlang aufziehen, ohne je verletzend zu werden. Aber bei diesem Kerl schwang immer ein ernster Ton mit.

Zeno stellte plötzlich die Kassette ab und knallte beide Türen zu. »Ey, mir ist langweilig.«

Nick wandte sich Vasilios zu. »Hey, was ist mit dieser Party draußen in den Hügeln?«

Vasilios' Gesicht hellte sich sofort wieder auf. Er kramte in seiner Tasche und zog einen Zettel heraus. »Yeah. Hier steht's. Wird bestimmt nicht übel. Diese Weiber wohnen da draußen ganz allein.« Er grinste verschlagen. »Und es gibt garantiert jede Menge Dope.«

Con lugte über die Schulter seines Bruders und las die Adresse auf dem Zettel. Er hatte nur eine vage Ahnung, wo Eltham war. »Wie weit draußen ist das?«

»So zehn Kilometer etwa.«

Zeno hatte bereits die Wagentür geöffnet. »Ist doch ein Klacks. Starten wir? Ist schon halb elf.«

»Yeah. Auf geht's!«

Con fielen die Pizzen im Ofen wieder ein. Er hüpfte vom Wagen. »Ich muß erst noch paar Pizzen ausliefern. Gleich um die Ecke. Wartet vorn auf mich, dann geb ich sie auf dem Weg schnell ab.«

Nick hatte schon den Motor angelassen. Zeno und Vasilios sprangen in den Wagen. Das Getriebe knirschte, und der Wagen schoß mit einem Satz durch die Hofausfahrt, wobei er noch einen halben Busch mitnahm.

In Cons Brust bummerte es dumpf, als er die dampfenden Pizzakartons auf dem Bürgersteig abstellte und sich umdrehte, um die Tür abzuschließen. Er würde sie sehen, und sei es auch nur für einen Augenblick. Würde sie sich überhaupt noch an ihre Begegnung heute nachmittag erinnern? Er war froh, daß er hinterher was vorhatte. Aber wenn es nun gar nicht klappte? Vielleicht würde ihm ja einfach irgend jemand anders die Pizzen an der Tür abnehmen. Scheiß drauf. Er würde das nicht akzeptieren. Er würde so tun, als müßte er sie sprechen, wegen der Bezahlung oder so. Irgendwas.

Die anderen warteten in dem dröhnenden Valiant. Sie hupten ungeduldig.

Vasilios knurrte. »Mach schon! Steh nicht die ganze Nacht da rum!«

»Okay, okay!«

Con stieg ein. Der Wagen vollführte reifenquietschend eine illegale Hundertachtziggradwende und schoß davon.

5

Kellys Party lief bestens. Die schwarzen Wolken waren nicht näher gekommen, und die Gäste hatten sich rasch nach draußen ausgebreitet. Ballons und Girlanden hingen an dem schmiedeeisernen Zaun, und aus der offenen Vordertür dröhnte laute Musik. Etwa ein Dutzend Leute standen, Gläser in den Händen, redend und lachend in dem winzigen Vorgärtchen, und ein paar mußten sogar auf den Gehweg ausweichen, damit das Gedränge nicht zu groß wurde. Passanten lächelten nur und machten einen Bogen um die gutgelaunten jungen Leute.

Drinnen ging es hoch her: wildes Getanze und lautes Geschrei über die Musik hinweg. Die Stimmung war ziemlich ausgelassen. Sie hatten die Schule hinter sich. Endlich frei! Die besten Jahre ihres Lebens lagen jetzt vor ihnen.

Viele Mädchen hatten sich für diesen Anlaß phantasievoll kostümiert, mit überdimensionalen Schleifen im Haar und Blumen und Federn in Knopflöchern und Gürteln. Liz sah umwerfend aus, in einem Sixties-Cocktailkleid ihrer Mutter mit einem herzförmigen Straßornament auf der Brust und einem Seitenschlitz bis zur Taille. Ihr gerötetes Gesicht, ihre Augen und der tiefrote Mund schimmerten geheimnisvoll durch einen feinen schwarzen Netzschleier.

Carmen trug einen Tennisrock, Netzstrümpfe, silberne Stöckelschuhe und eine Riesenschleife um die blonden Locken. Kelly war ganz in Weiß – ein besticktes Kleid und ein seidenes Haarband um den Kopf. Jemand hatte ihr einen

Strauß Veilchen mitgebracht, und sie hatte ein paar davon herausgezogen und unter ihr Haarband gesteckt. Von den Stengeln war Blumenwasser auf ihr Haar und das Kleid getropft, doch das war ihr total egal. Sie wußte, daß sie blendend aussah, wie sie so mit Essen und Getränken herumging. Phils Kommilitonen waren sichtlich beeindruckt. Aber auch viele ihrer Ex-Klassenkameradinnen machen anerkennende Bemerkungen.

Als die riesige Bowleschüssel leer war, bereiteten Kelly und Liz rasch Nachschub. Wieviel Gin sollten sie reintun? Sherry und Sekt? Liz schleppte einen Eimer Eis aus dem Bad heran, und Kelly goß Mineralwasser und Orangensaft dazu. Sie kicherten, weil der Küchentisch wackelte, als sie zur Abrundung noch eine halbe Flasche Marsala und den restlichen Obstsalat dazukippten. Warum auch nicht? Ihre Kindheit war vorbei. Das war vielleicht das letzte Mal, daß sie alle zusammen waren.

Der Küchentisch war bereits ein Schlachtfeld, überall Pfützen von zerschmolzenem Eis und halbvolle Gläser. Kelly sah sich um. Zum Aufräumen war später noch massig Zeit. Ihre ganzen Freundinnen waren da. Sie würden schon helfen, wenn es soweit war.

Kelly ging ins Wohnzimmer und sah Phil am anderen Ende des Raums mit Carmen und Dave tanzen. Sie war richtig stolz. Er sah so toll aus und so... nett. Sie ging zu ihm rüber, und sie begannen zu tanzen, wild und unbeschwert. Es tat so gut, die Musik durch den Körper pulsen zu fühlen, einfach mitzugehen und sich ihr zu überlassen.

Kelly schloß die Augen, als Phil sie bremste, indem er sie in die Arme nahm. Er küßte sie sanft auf Wangen und Mund. Sein Gesicht war dicht an ihrem, und er senkte seine Stimme zu einem gedehnten Baß-Singsang.

»Sie sind eindeutig die Schönste auf diesem Ball, Miss Kelly.«

Kelly lachte. Sie mochte seine Fähigkeit, alle möglichen schrägen Akzente nachzuahmen, und seine Art, ihr Komplimente zu machen, als seien sie nur halb ernstgemeint. Mit Phil war nie irgendwas peinlich.

»Oh, danke, Sir«, gab sie im selben Tonfall zurück. »Ich hoffe, Sie wissen, was Sie da sagen.«

»Aber natürlich, Ma'am.«

Das lief am besten zwischen ihnen. Witziges Geplänkel, bei dem jeder seine Schlagfertigkeit und sein Imitationstalent beweisen konnte. Er küßte sie wieder, diesmal leidenschaftlich, wollte von ihr eine Erwiderung. Sie blieb auf der Kippe, unsicher, spürte aber den warmen Schub der Erregung, der sie erfüllte. Sich so zu küssen hieß doch, daß man sich liebte, oder?

Schließlich befreite sie sich. Ihre Beine fühlten sich wacklig an. Wenn sie noch lange so weitermachte, würde sie womöglich umfallen.

Sie legte das Gesicht an Phils Schulter, preßte sich an ihn und versuchte, alles auszublenden, außer ihrer eigenen Lust; der Lust, diesen Körper zu spüren, in diesem Raum, bei dieser Musik, mit diesen Leuten, in dieser Nacht. Es war doch alles perfekt, oder? Und morgen konnte alles schon ganz anders sein.

»Dann nimm es jetzt«, sagte sie still zu sich selbst und schlang die Arme um Phils Nacken und zog ihn noch enger an sich.

»Jetzt, jetzt, jetzt. Wer weiß, was morgen ist...«

Aber die Leichtigkeit war verschwunden, wie ein Schmetterling, der durchs Fenster davonflattert. Ein Bild flackerte im Rhythmus der Musik vor ihr auf: der Brief ihrer

Mutter, dort in ihrem Zimmer, wo sie ihn hatte liegenlassen. Jasons Gesicht tauchte daneben auf, samt Sonnenbrand auf der Nase und schiefen Zähnen. Dann dieser Typ aus der Pizzeria, der sie so komisch ansah. Phil fuhr mit der Hand über ihren Rücken, preßte sich an sie. Sie fühlte sich eingequetscht und war verwirrt. Sie wollte doch nur tanzen. Tanzen, bis sie nicht mehr konnte oder tatsächlich umfiel. Plötzlich überkamen sie ein Schwindelgefühl und so etwas wie Verzweiflung, und sie löste sich aus seinem festen Griff. Das war nicht gut; sie mußte tanzen, frei tanzen.

Unter lautem »Hey, das ist unfair!«-Geschrei wurde die schnelle Musik jetzt durch einen langsamen romantischen Song abgelöst. Kelly sah Liz einen kurzen, verschwörerischen Blick zu Phil rüberwerfen. Er nickte ihr zu, und auf einmal gingen alle Lichter an. Phil nahm Kelly an der Hand und führte sie in die Mitte des Zimmers. Die anderen bildeten einen Halbkreis um sie, und Phil zog stolz sein hübsch verpacktes Geschenk aus der Tasche.

»Hey, ich hab was für dich. Ich wollte nur den richtigen Moment abwarten.«

Alles lachte. Kelly nahm das Päckchen und öffnete es, wohl wissend, daß alle im Raum auf ihre Reaktion lauerten. Die Zuschauer stimmten »Happy Birthday« an, während sie das Armband rausnahm und ans Licht hielt. Es funkelte ihr entgegen, golden, schlicht und ... langweilig. Sie versuchte, ein entzücktes Gesicht zu machen. Aber innerlich bekam sie Panik. Warum kaufte er ihr so was? Das war genau das, was sie haßte und niemals trug.

»Wie hübsch! Vielen Dank.«

Phil half ihr, es umzumachen. »Das ist neun Karat Gold.«

Kelly lachte gezwungen. »Gold! Wow! Ich hab noch nie was aus echtem Gold gehabt.«

Phil witzelte um all der wohlmeinenden Zuschauer willen: »Halt dich an mich, Kleine. Wo das herkommt, ist noch mehr von der Sorte.«

Alle beobachteten sie. Es war gräßlich. Kelly wollte am liebsten abhauen. Wer war dieser Typ, der da vor ihr stand und so tat, als gehörte sie ihm? Was wußte sie denn wirklich über ihn? Sie wischte die Gedanken beiseite und beugte sich vor, um ihn zu küssen. Als er merkte, daß sie ihm nur ein Küßchen auf die Wange geben wollte, zog er sie an sich und küßte sie fest auf den Mund. Alles klatschte und johlte. Phil hielt sie im Arm. Sie waren das tolle, glückliche Paar, das so ein schönes Bild abgab. Sie fragte sich, warum ihr so beklommen zumute war. Dieser ganze Schwindel! Sie konnte das nicht mehr ertragen. Sie löste sich aus seiner Umarmung und lief rüber zur Stereoanlage. »Hey, es ist noch zu früh für solche langsamen Sachen!«

Zum Glück schienen ihr alle recht zu geben, denn sie fingen wieder an zu tanzen. Phil wartete am anderen Ende des Raums auf sie, aber sie deutete in Richtung Bad und ging raus, wobei sie wohl merkte, daß Liz sie beide mit wissender Miene beobachtete. Natürlich! Sie war immer die erste, die mitkriegte, was zwischen Leuten los war.

Kelly kam aus der kleinen Klo-Zelle und wusch sich die Hände. Sie hatte gar nicht so dringend gemußt, sondern einfach nur für ein paar Minuten allein sein wollen. Sie sah in den Spiegel über dem Waschbecken, in der Erwartung, daß sie irgendwie anders aussehen müßte, aber bis auf ein bißchen verschmierte Wimperntusche unter einem Auge und das verrutschte Haarband sah sie ganz okay aus. Genau wie immer.

Aber innendrin? Es war, als bräche alles in ihr zusammen, und sie verstand nicht, warum. Sie mochte Phil doch. Sehr.

Es war doch oft wirklich schön mit ihm gewesen. Aber jetzt war sie irgendwie an einem kritischen Punkt.

Ihr Spiegelbild starrte sie nachdenklich an. Sie wußte, sie war hübsch, ja, auf eine gewisse Art sah sie sogar beeindrukkend aus. Aber es war eine Sorte Schönheit, die Jungen in ihrem Alter nicht sonderlich schätzten. Ihre Größe, die weiße Haut, das rote Haar, das war alles ein bißchen ungewöhnlich. Jungen standen auf Mädchen wie Janice, die da draußen tanzte, klein und sexy, oder Maria mit den tollen Kurven und dem lachenden Gesicht. Die beiden steckten dauernd die Köpfe zusammen und kicherten über irgendwelche Briefe, Geschenke oder Anrufe. Sie waren die einzigen in der Klasse, mit denen Kelly nicht klargekommen war. Einmal, bevor Kelly Phil begegnet war, hatte sie zufällig auf der Schultoilette mit angehört, wie die beiden über sie redeten. »Kelly sieht echt klasse aus«, hatte Janice gesagt. »Aber sie ist so kalt, und das mögen die Jungs nicht.« Diese Bemerkung konnte Kelly nicht vergessen. Was meinten sie mit kalt? Sie hatte Freundinnen und Freunde, ja, sie kam eigentlich mit den meisten Leuten gut aus. Sie lachte, alberte und tratschte wie alle anderen. Da *war* zwar immer ein kleiner Teil von ihr, der auf Distanz blieb, aber sie gab sich alle Mühe, sich das nicht anmerken zu lassen. Sie wollte ihren Freundinnen nicht dieses ganze blöde Zeug aus ihrer Kindheit auftischen. Keine von ihnen hatte je danach gefragt. Und sie hielt sich auch nicht für was Besseres.

Es klopfte sachte an die Tür.

»Kelly? Kann ich kurz reinkommen?«

Natürlich Liz. »Was ist los?« fragte sie.

Kelly zuckte die Achseln und begann, ihr Haar zu bürsten. Es war alles zu kompliziert. Sie wollte nichts sagen und fragte deshalb zurück: »Was meinst du?«

Liz begann, Kellys Kosmetikzeug zu inspizieren. Sie sagte ernst: »Na ja, ich hab mitgekriegt, was da zwischen dir und Phil gelaufen ist…« Sie hielt inne und fuhr dann vorsichtig fort: »Er ist ein toller Typ, Kel, und er hat dich echt gern. Warum weichst du ihm aus?«

»Ich weich ihm nicht aus! Ich mußte aufs Klo!« Liz klang wie die Schulpsychologin.

Kelly war erleichtert, als die Tür aufgestoßen wurde und drei Mädchen praktisch hereinfielen. Janice, Maria und Robin, das Draufgängerinnen-Trio.

»Oh, 'tschuldigung!« Janices Gesicht war gerötet, als sie von Kelly zu Liz und dann mit durchtriebener Miene wieder zurückguckte.

»Dieser Phil ist echt nicht übel, Kelly«, sagte sie leichthin.

Kelly knurrte ein gereiztes »Mm-Hmm.«

Janice war nicht dumm. Sie konnte sich vermutlich denken, worüber sie geredet hatten. Hinter ihr kicherten Maria und Robin los. Sie hatten zuviel getrunken, und in Kellys Verärgerung mischten sich Schuldgefühle. Sie rührte selbst Alkohol kaum an, fühlte sich aber auf eine seltsame Art verantwortlich, sobald jemand blau war.

»Wir suchen nur das Klo.«

Kelly zeigte drauf, und Robin watschelte rein, als drohte sie sich jeden Moment in die Hosen zu machen. Janice sah sich hochmütig-amüsiert in dem kleinen Bad um.

»Wohnst du schon immer hier?«

Kelly versuchte, sich nicht angegriffen zu fühlen, aber sie konnte nicht dagegen an. Janice hatte einen scharfen Blick und wollte offenbar ihr Zuhause runtermachen.

»Ja. Solange ich denken kann«, sagte sie.

Janice inspizierte jetzt den Hahn am Waschbecken. Sie

drehte ihn auf und zu und fragte ungläubig: »Habt ihr kein heißes Wasser?«

Kelly befand, daß man mit Janice nur auf die direkte Art fertig werden konnte. Sie nahm ganz sachlich eine Schachtel Streichhölzer, drehte das Gas auf und entzündete den altertümlichen Boiler über der Badewanne. Mit einem lauten Fauchen und Scheppern sprang der Brenner an. Die anderen Mädchen, Liz eingeschlossen, fuhren erschrocken zurück. Kelly sah Janice ruhig an.

»Dauert nur einen Moment.«

Janice hatte Mühe, weiter die Überlegene zu spielen. Robin kam jetzt aus der Toilette, und Janice nutzte die Gelegenheit, um zu verschwinden.

»Komm, laß uns wieder rausgehen.«

Aber Robin wusch sich ohne Hast die Hände. Sie zeigte auf den alten Boiler. »Meine Oma hatte so einen, bevor mein Vater ihr Haus modernisiert hat.«

Janice fand ihr Gleichgewicht wieder und betrachtete das Bad mit einem herablassenden Lächeln. »Ist schon erstaunlich, was diese alten Häuschen wert sind, wenn man ein bißchen was draus macht.«

Kelly öffnete den dreien die Tür. Aber Liz war nicht bereit, Janice das letzte Wort zu lassen.

»Oh, Kellys Dad würde schrecklich gern modernisieren, aber Kelly möchte es lieber im Originalzustand lassen, stimmt doch, Kelly, oder?«

»Äh ... ja ...«

Die drei verzogen sich, nicht recht sicher, ob sie veräppelt wurden.

Als die Tür wieder zu war, konnten sich Liz und Kelly vor Lachen kaum halten. Das war das Tolle an Liz: Sie war zwar manchmal herrisch und neugierig, aber sie war eine

Freundin, die hundertprozentig zu einem hielt. Sie saßen beide auf dem Badewannenrand. Liz ergriff spontan Kellys Hand. »Hör zu. Alle finden Phil total süß. Du hast echt Glück, weißt du das?«

Kelly sah weg. Liz meinte es gut, aber das war einfach ein bißchen Einmischung zuviel. »Ja, ich weiß.«

»Du warst immer so glücklich, seit ihr zusammen seid.«

Kelly stand auf und drehte sich dann entschuldigend zu Liz um. »Ich kümmre mich wohl besser um meine Party.«

6

Con beugte sich vor und überschrie die Heavy Metal-Kassette: »Links abbiegen, Nick!«

Nick stieg auf die Bremse, und alle flogen nach vorn. Der Wagen hinter ihnen, ein Volvo, konnte ausweichen und verhinderte damit einen Auffahrunfall. Der Fahrer war schon älter und hatte ein rotes Gesicht. Er hupte wütend und schwenkte im Vorbeifahren die Faust. Für Nick und Vasilios war das Provokation genug.

»Hey, der Typ sucht Ärger!«

Nick wendete, bog wieder aus der Seitenstraße aus und setzte sich hinter den Wagen. Er ließ den Motor bedrohlich aufröhren und hupte heftig. Con sah, wie der Alte mit offenem Mund in den Seitenspiegel guckte. Nick und Vasilios fingen an, ihn laut zu beschimpfen.

»Hast du irgendwas zu sagen, du alter Sack?«

»Runter von der Straße!«

Der Mann guckte verängstigt, während Nick immer dichter auffuhr und ihn schließlich seitlich abdrängte. Der Valiant kam so zu stehen, daß der Volvo nicht mehr entkommen konnte. Das Gesicht des Alten wurde weiß vor Angst. Er machte die Tür ein paarmal auf und zu, konnte sich nicht entscheiden, ob er im Wagen bleiben oder aussteigen und losrennen sollte.

Vasilios drehte sich zu Con um. »Komm, den alten Trottel nehmen wir uns vor! Soll ihm eine Lehre sein!«

Nick war schon fast draußen, als Con ärgerlich rief: »Laßt

ihn, verdammt noch mal! Ich muß diese verdammten Pizzen abliefern!« Die drei anderen sahen ihn an. Ohne daß ein weiteres Wort fiel, kamen sie alle gleichzeitig wieder zur Vernunft. Die Wut, die so plötzlich über sie gekommen war, schien genauso plötzlich in der warmen Nachtluft zu verdampfen.

Nick machte eine abfällige Handbewegung zu dem Alten, und der startete erleichtert seinen Wagen, weil er wohl merkte, daß dieser Angriff abgeblasen worden war. Nick wandte sich Con zu. »Wo wollten wir noch mal hin?«

»Nicholson Street. Wieder zurück. Und wir sind schon spät dran.«

»Okay, okay. Bißchen Spaß muß sein.«

Con verlagerte die dampfendheißen Pizzen auf seinen Knien und schloß für einen Moment die Augen. Dieser Nick war ein Verrückter. Sie waren alle verrückt. Warum zum Teufel war er nur mitgefahren?

Nick rollte langsam am Straßenrand entlang und suchte die Hausnummer.

»Was ist? Weißt du, wohin, oder nicht?«

Con ignorierte den aggressiven Ton und spähte aus dem Fenster. »Nicht genau ... ah, da! Hey, halt an!«

Nick trat voll auf die Bremse. Kellys Haus sah verlockend aus: überall Lichter, laute Musik, die durch die Tür herausdrang, überall Grüppchen von jungen Leuten, die tranken, lachten und redeten, auf der Veranda und auf dem Gehweg. Vasilios drehte sich zu Nick um, der mit gerunzelter Stirn auf das lockere Völkchen von Schülern und Studenten starrte.

»Schickimickis.«

Nick grunzte zustimmend.

Con versuchte, sich seine Nervosität nicht anmerken zu

lassen, als er, die Pizzakartons vorsichtig mit einer Hand jonglierend, die Wagentür öffnete. »Bin gleich wieder da...« Er sah, wie sich Nick und Vasilios vorn im Wagen angrinsten. Er blieb stehen. »Hey, keine krummen Sachen. Bin sofort wieder zurück, okay?«

Vasilios wandte sich seinem Bruder zu und murmelte: »Paar von den Weibern sehen gar nicht übel aus. Wem gehört die Bude überhaupt?«

Con versuchte, sich lässig zu geben. »Ich kenn ihren Namen nicht.«

Das war ein Fehler. Nick und Zeno gluckster vergnügt. »Oh, es ist eine *Sie*, was?«

Vasilios erinnerte sich an etwas. »Die Rothaarige, die heute nachmittag im Restaurant war, stimmt's? Sie hat eine Bestellung aufgegeben.«

Con seufzte ungeduldig. »Hört mal, ihr kennt sie auch nicht, also laßt mich einfach machen und fertig.«

Aber die anderen hatten die Anspannung in seiner Stimme bemerkt.

»Hey, er will sich an sie ranmachen!«

»Los, Con, nimm uns mit rein! Du kennst sie doch.«

»Ich kenn sie nicht.«

Zeno setzte ein Unschuldsgesicht auf und bettelte durchs Rückfenster: »Du kannst es wenigstens versuchen. Wir sind ja nur zu viert, und sie steht garantiert auf dir.«

Cons Gesicht verhärtete sich. »Paßt auf, ich bin gleich wieder da, und dann fahren wir zu dieser Party draußen in den Hügeln, okay?«

Er ging los, verfolgt von spöttischen Bemerkungen.

»Verirr dich nicht da drinnen, Con!«

»Gib ihr einen Kuß von mir, okay?«

Als Con das Haus betrat, schickte er ein kurzes Stoßgebet

zum Himmel, daß er sie in dieser Menge finden möge, und sei es nur für einen Moment.

Nick öffnete unterdessen die Wagentür und stieg aus. »Mir ist warm«, sagte er.

Die anderen lachten und folgten ihm. Nick zischte leise: »Tut so, als ob nichts wär.«

Sie schlenderten lässig zum Gartenzaun und blieben auf dem Gehweg stehen. Die Partygäste beachteten sie nicht weiter. Vasilios sah sich um und entdeckte Liz, die mit zwei Freundinnen im Vorgarten stand.

»Hi, Mädels! Wir sind hier zufällig vorbeigefahren. Scheint ja eine ganz nette Party zu sein. Rein zufällig haben wir spitzenmäßiges Dope dabei, falls ihr mal probieren möchtet.«

Die Mädchen unterbrachen ihre Unterhaltung und wandten sich Vasilios zu. Liz lächelte halbherzig, weil sie nicht unhöflich sein, ihn aber auch nicht ermutigen wollte.

»Ach, ja?«

Vasilios kratzte seinen ganzen Charme zusammen.

»So ist es, Ladies.« Er patschte auf seine Jackentasche. »Hier drinnen, erstklassiges Dope. Wär echt ein Jammer, wenn wir's allein rauchen müßten, ich und meine Freunde da drüben ...«

Zeno und Nick traten heran, postierten sich neben Vasilios und grienten die Mädchen an. Liz musterte sie cool. Diese Typen waren eindeutig unterm Strich. Sie kannte diese Sorte Prols, mit ihren aufgemotzten Autos und zurückgekämmten Haaren. Die meisten kriegten keine zwei vollständigen Sätze heraus, schon gar nicht zu einer Frau. Aber sie bemühte sich dennoch, höflich zu bleiben.

»Sorry, Jungs. Das ist die Party von meiner Freundin. Ihr seht ja, es sind eh schon zu viele Leute da ...«

Vasilios merkte plötzlich, wie das muntere Geplauder rings um ihn herum verstummte. Die Leute waren zurückgewichen, und ein Typ trat auf ihn zu und starrte ihn feindselig an.

Phil hatte die drei auf dem Gehweg stehen sehen und war näher gekommen, um sie sich genauer anzusehen. Ja, sie waren es. Er starrte in Nicks plattes Gesicht. Diese Züge hatten sich in sein Gedächtnis gegraben – höhnisch grinsend im roten Valiant. Und dieser kleine Typ mit dem nietenbesetzten Hemd, den erkannte er auch wieder, hundertprozentig. Phil trat näher heran, und als Vasilios aufsah, knurrte er: »Ich kenn dich, du kleiner Drecksack.«

Nick, Vasilios und Zeno wichen verdattert zurück. Sie waren es nicht gewohnt, von Schickimicki-Studenten angemacht zu werden. Aber Vasilios fand rasch die Fassung wieder und knurrte zurück: »Ist was, du Wichser?«

Gereizt trat Phil auf sie zu. »Was wollt ihr hier, ihr Strohköpfe? Verpißt euch!«

Hinter Phil löste sich jetzt Dave aus den Reihen der Zuschauer. »Reg dich nicht auf, Mann«, murmelte er. »Das sind sie nicht wert.«

Drinnen hatte jemand eine neue Kassette eingelegt, und der harte Beat, der jetzt herausdröhnte, gab der Atmosphäre etwas extrem Bedrohliches.

Vasilios umklammerte die Eisenstäbe des Zauns, spannte seine Muskeln und löste sie wieder, wie eine lauernde Katze. Er wartete auf den richtigen Moment. Er funkelte Phil wütend an. »Suchst du Ärger?«

Dave schob sich neben Phil, während Zeno und Nick abwartend neben Vasilios standen. Nur der Zaun trennte sie.

Unterdessen betrat Con das Wohnzimmer. Er stand verlegen da und musterte die kleinen Grüppchen auf Stühlen und auf dem Fußboden. Er kannte niemanden, und Kelly war nicht zu sehen. Ein paar Leute guckten zu ihm rüber, wandten sich dann aber wieder ab und setzen ihre Unterhaltung fort, als sei er gar nicht da. Con kam sich lächerlich vor mit diesen verdammten Kartons. Seine Entschlossenheit, Kelly wenigstens kurz zu sehen, bröckelte dahin. Vielleicht war es besser, wenn er die Dinger einfach irgendwo abgab und sich davonmachte.

Con ging in die Küche und räumte auf dem Tisch ein Plätzchen für die Pizzen frei. Die Küche war ein einziges Chaos: Pappbecher, Essensreste, leere Flaschen und Dosen überall auf der Sitzbank, dem Tisch und sogar dem Herd. Hier drinnen war niemand, obwohl die Tür zum Hinterhof offenstand und er Stimmen hören konnte.

Er stand vor dem Tisch, seltsam gebannt von allem, was ihn umgab. Das hier war der Raum, den sie morgens betrat. Er registrierte flüchtig ein Gefühl der Erleichterung: Es war ein ganz gewöhnliches Haus, und das erhöhte die Anziehung noch. Das Chaos war nur oberfächlich. Als sein Blick auf den großen Blumenstrauß mitten in dem ganzen Schlachtfeld fiel, wurde ihm plötzlich ganz flau. Shit, er benahm sich wie ein Spanner! Die Blumen waren sorgfältig arrangiert. In der Mitte gelbe Rosen. Con fragte sich, ob ihr Freund sie ihr wohl zum Geburtstag gekauft hatte. Warum hatte er ihr nicht ein kleines Geschenk mitgebracht? Einfach nur eine Kleinigkeit, um ihr zu zeigen, daß er ihr alles Gute wünschte? Die Tür zur Speisekammer stand offen. Con sah, daß die Vorräte säuberlich aufgereiht waren. Er hatte das intensive Gefühl, daß das hier ihre Küche war, daß sie das alles so organisiert hatte. Wieso nicht ihre Mutter?

Eine Stimme ließ ihn zusammenfahren.

»Oh, die Pizza. Vielen Dank. Ich wußte nicht, ob sie wirklich kommen würde.« Die Hintertür schloß sich, und Kelly stand in der Küche. Sie sah ziemlich ramponiert aus. Jemand hatte ihr einen Drink übers Kleid gekippt, und das rote Haar hing ihr feucht und zerzaust um das gerötete Gesicht. In der Hand hielt sie ein zerknittertes Haarband und einen großen Kamm. Sie war gerade auf dem Weg ins Bad gewesen, um sich ein bißchen herzurichten. Ihre Miene war eher düster, und er war sich unsicher, ob sie sich freute, ihn zu sehen, oder nicht.

»Klar kommt unsere Pizza. Sie ist doch bezahlt! Wir liefern immer, was bei uns bestellt wird. Bin ich zu spät dran? Du hast doch gesagt, so um elf... Jetzt ist es wohl schon halb zwölf...«

Kelly lächelte. »Oh, nein. Nein. Das macht gar nichts, ich...«

Er hatte ihre Stimme gar nicht so tief und wunderschön in Erinnerung gehabt. Und ihm war auch gar nicht klar gewesen, daß sie *so* faszinierend aussah. Das zerzauste Haar und das bekleckerte Kleid machten sie nur noch anziehender. Ihr ernstes Gesicht bezauberte ihn. Mädchen, die immer nur kicherten, machten ihn rasend.

Sie schwiegen, beide erschrocken über die fast schon greifbare Anziehung zwischen ihnen, und guckten dann weg. Kelly lüpfte den Deckel eines Pizzakartons. Sie wollte so gern, daß er noch ein Weilchen blieb. Er trommelte mit seinen schmalen Fingern auf den Tisch. Sie sah verstohlen zu ihm herüber und sagte das erstbeste, was ihr einfiel, bereute es aber sofort.

»Sieht ja toll aus... und riecht so... äh... frisch.«

Con grinste. Sie war nervöser als er, und das machte ihm Mut. »Ja, die sind auch ganz frisch.«

Kelly wurde rot, aber Con tat so, als bemerkte er nichts. Er legte die Hand auf den Stapel Kartons und sagte in scherzhaftem Ton: »Warum probierst du nicht mal?«

Kelly wich seinem Blick aus, und ihre Antwort kam zu ihrer Bestürzung als tonloses Hauchen heraus. »Ja, mach ich, aber ich … ich hol erst mal Teller.«

Er mußte sie für total plemplem halten! So führte man sich doch nicht auf. Heutzutage doch nicht. Sie mußte sich zusammennehmen. Sich in den Griff kriegen. Ihr war bewußt, daß sie sich genauso fühlte wie am Nachmittag in der Pizzeria.

Mit wild pochendem Herzen holte sie die Teller und stellte sie mit lautem Klappern auf die Sitzbank. Je alltäglichere Dinge sie tat, desto schneller würde sich alles normalisieren. Ohne es zu wollen, begann sie draufloszuplappern: »Hast du Zeit, ein Stück mitzuessen? Du mußt wohl gleich wieder zurück. Wie ist das so, in einer Pizzeria zu arbeiten? Bestimmt ganz schön hart. Dein Dad macht einfach tolle Pizza. Mein Dad und ich, wir gehen mindestens einmal die Woche zu ihm. Hoffentlich sind die hier genauso gut. Hast du sie gemacht? Wie kommt's, daß ich dich noch nie dort gesehen habe …«

Kelly biß sich auf die Zunge, entsetzt über ihre Geschwätzigkeit.

Con schüttelte leise den Kopf und lachte. Er hatte nur die letzte Frage mitgekriegt, also antwortete er darauf: »Ich hab nicht oft im Restaurant gearbeitet … Studium und so, du weißt ja.«

Einen Moment lang sagten sie nichts. Con atmete aus. Jetzt oder nie. Er ging auf sie zu, bis sie sich beinahe berührten. Kelly sah auf die Teller. Sie konnte ihn förmlich riechen! Ein Duft wie von Sand oder Holz, leicht und herb.

Haut- und Haargeruch, so fremd, so anders als ihr eigener. Kelly geriet in Panik. Wer war dieser Mensch?

Die Tür ging auf. Kelly und Con fuhren schuldbewußt auseinander. Es war Chris, Phils älterer Bruder. Er holte sich etwas zu trinken. Erst im Hinausgehen bemerkte er die beiden. Er wollte etwas zu Kelly sagen, brach aber wieder ab, irritiert von der stummen Nähe zwischen ihr und diesem unbekannten Burschen.

»Ist was, Kel?«

Kelly zuckte die Achseln. »Nein, nur die Pizza ist gekommen. Du kannst es allen sagen.«

Chris nickte leicht verdutzt und verschwand im Wohnzimmer. Kelly streckte ohne nachzudenken die Hand aus und berührte Con. Er hielt absolut still, während sie mit den Fingerspitzen leicht über seinen Handrücken und um sein Handgelenk strich. Dann schluckte sie und sagte: »Ich hab heute Geburtstag...«

Con nahm Kellys Hand und legte seine Finger leicht um ihre. »Ich weiß.«

Kelly fühlte eine wilde Freude in sich aufsteigen, wie eine klare Quelle, die in ihrem Inneren sprudelte, alle trockenen Winkel bewässerte und überall hinströmte, in die Adern ihrer Arme und Beine und bis in ihre Kopfhaut. Dieses Gefühl von Lust und Gefahr war berauschend. So sollte es sich anfühlen! Wild und verrückt und... sie wollte Con küssen, ihm zeigen, wie ernsthaft sie sein konnte. Dieses Gefühl war etwas ganz anderes als eine Freundschaft... auf das hier hatte sie ihr ganzen Leben gewartet.

Sie wandte sich ihm mit einem breiten, offenen Lächeln zu und schob sich näher an Con heran, so daß sich ihre Körper berührten, vibrierten, Hitze abstrahlten. Sie war sich sicher, daß er verstehen würde, was sie ihm über ihren Körper mitteilte. Als Antwort ergriff er mit beiden Händen die ganze Masse ihres lockigen Haars und schlang es auf ihrem Hinterkopf zu einem provisorischen Knoten, so daß ihr Nacken und ihre Schultern entblößt waren. Das war eine seltsam intime Geste, und sie fühlte sich verletzlich und wieder unerträglich nervös.

Er sagte ganz sanft: »Du bist so schön.«

Dann wandte er sich zu ihrem Erstaunen abrupt ab. Seine Stimme war rauh, fast schon schroff. »Mein Bruder wartet draußen auf mich. Wir fahren zu einer Party ziemlich weit draußen. Vielleicht könnten wir ja nächste Woche... ich meine... vielleicht könnten wir... äh.«

Kelly wollte gerade antworten, als von draußen ein Tumult zu hören war. Carmen schrie verzweifelt: »Kelly! Chris! Ihr da drin! Kommt raus! Diese Schlägertypen machen hier Terror!«

Con schloß die Augen. »Oh, Shit.«

Er ging zur Tür, drehte sich um und sah Kelly an, als wolle er um Entschuldigung bitten; dann ging er raus. Kelly hatte Carmens Worte überhaupt nicht registriert. Die letzten paar Minuten waren so zauberhaft gewesen, und jetzt war plötzlich alles vorbei. War es überhaupt passiert?

Eine andere Stimme, diesmal eine männliche, schrie: »Ruft die Polizei! Schnell! Dieser Kerl hat Phil voll eine reingehauen!«

Con rannte zur Vordertür raus, blieb auf der Veranda stehen und sah zu seinem Entsetzen, wie sein Bruder im Vorgarten herumtänzelte und diesen Phil, der sich ein blutiges Taschentuch unter die Nase hielt, in einen Boxkampf hineinzuziehen suchte. Zeno und Nick standen noch draußen auf dem Gehweg, brüllten Beleidigungen und stachelten Vasilios an, den Typen »plattzumachen«.

Con sah von einer Partei zur anderen. Er mußte seinen Bruder hier rausschaffen.

Phil war total außer sich. »Warum soll ich mich mit einem miesen Stück Dreck wie dir prügeln?«

Dave, der mit seiner halb heruntergerutschten Brille etwas seltsam aussah, stand stoisch an Phils Seite.

»Genau, Mann, verpiß dich doch einfach!«

Vasilios wandte sich ihm wütend zu. »Paß mal auf, Arschgesicht, er ist Nick hintendrauf gefahren, nicht umgekehrt.«

Liz kam aus der Vordertür und sah triumphierend in die Runde. Sie war wirklich eine sehenswerte Erscheinung, in ihrem Cocktailkleid, diesem absurden Hütchen, das ihr mittlerweile fast vom Kopf gerutscht war, und dem zerfetzten Netzschleier, der ihr schlaff und schief ins Gesicht hing.

»Ich hab die Polizei gerufen, und sie wird jeden Moment da sein.«

Der bloße Anblick dieser verrückt ausstaffierten, selbstsicheren, Überlegenheit ausstrahlenden jungen Frau brachte Zeno auf die Palme. Er hüpfte auf dem Gehweg herum und kreischte: »Du miese kleine Schickimicki-Zicke! Was is'n das da auf deinem Kopf? Hat sich wohl jemand mit der Gartenschere über dich hergemacht, hä? Ritsch-ratsch. Wieviel hast du dafür hinlegen müssen, daß du aussiehst wie eine Scheuerbürste?«

Nick und Vasilios unterstützten Zenos Beleidigungsarie mit amüsiertem Wiehern. »Stimmt genau, du Schnalle!«

Con stieg in den Ring, packte seinen Bruder am Arm und zischte: »Was machst du da? Hör auf! Los, laß uns verschwinden.«

Vasilios schüttelte ihn ab. »Laß mich. Ich weiß, was ich tu!«

Doch schließlich drang Cons Wut zu Vasilios durch. Er

begriff: entweder mußte er sich mit Con prügeln, oder er tat, was er sagte. Er entschied sich für letzteres und ließ sich von seinem Bruder langsam durch das offene Gartentor auf den Gehweg führen. Nick brüllte ungerührt: »Stopf ihm das Maul, eh du gehst. Gib ihm eins in die Fresse!«

Con warf Nick einen vernichtenden Blick zu. Dieser gehirnamputierte Blödmann war an dem ganzen Fiasko schuld. »Du verdammter Idiot«, sagte er. »Was hast du vor?«

Nick gab höhnisch zurück: »Wie war's denn mit der Tussi, Schlappschwanz?«

Phil brüllte den dreien hinterher: »Dafür werdet ihr zahlen, ihr miesen Schläger. Wir haben eure Autonummer und alles!«

Vasilios drehte sich um und winkte ihm geziert zu. »Huch, das macht uns aber angst. Ich bin schon am Zittern!«

Dann entdeckte er ein paar Limodosen, die am Gehweg lagen. Er flitzte zurück, hob eine davon auf, schüttelte sie wild und bespritzte die Partygäste im Vorgarten, um dann zum Auto zu rennen. Zu seinem Entsetzen sah Con, daß Kelly gerade aus der Tür getreten war. Sie schrie überrascht auf, als das klebrige Zeug auf sie runterregnete.

Con schubste Vasilios in Richtung Auto und drehte sich zu ihr um. Sie wischte sich gerade das Kleid mit einem Papiertaschentuch ab und bemerkte ihn gar nicht. Wie sollte er das erklären? Er, der vor ein paar Minuten noch ihre Hand gehalten hatte, entpuppte sich jetzt als Mitglied einer Gang von Idioten, die ihre Gäste zusammenschlugen und ihre Party ruinierten. Ihm war richtig schlecht. Alles in ihm wollte sich nur verdrücken, seinen Bruder schnappen und abhauen. Aber das ging nicht. Es war eine Frage des Stolzes. Er mußte ihr irgendwie zeigen, daß er zwar Vasilios' Bruder, aber trotzdem anders war. Wenn er nichts sagte, würde es aussehen, als ob er das Ganze hinnähme oder sogar guthieße.

Zeno, Nick und Vasilios saßen jetzt im Auto und warteten auf ihn. Con ging zurück an den Zaun. Kelly stand wie betäubt auf der Eingangstreppe und sah auf ihn herunter. Er machte eine hilflose Geste. »Sorry, tut mir echt leid.«

Kelly starrte ihn mit ausdruckslosem Gesicht an, aber als Cons Entschuldigung von ihren Gästen mit »Lügner« und »Scheißkerl« quittiert wurde, sah sie sich schockiert um.

»Großer Gott, was ist denn los?«

Nick ließ den Wagen an, gab Gas und brüllte über das Röhren des Motors hinweg: »Kommst du jetzt oder was?«

Con beobachtete erstarrt, wie Phil den Arm um Kelly legte. Aber an der Tür drehte sie sich noch einmal um und sah Con an. Dann verschwand sie im Haus.

Con ging zum Wagen, stieg ein und knallte die Tür zu. Er lächelte leise. Dieser Blick war ihm genug. Eine verrückte Hoffnung stieg in ihm auf, bummerte in seiner Brust herum wie ein windgebeutelter Heißluftballon. Noch war offensichtlich nicht alles verloren.

Nick legte den Gang ein, gab Gas und knurrte: »Wo ist diese verdammte Party, Vas?«

»Nimm die Plenty Road. Ist der schnellste Weg.«

Con lehnte den Kopf gegen das Seitenfenster und schloß die Augen, als der Valiant in die Nacht hinausröhrte.

7

Eine knappe halbe Stunde später schaukelten sie über eine kurvige ungeteerte Straße hinter Eltham. Sie versuchten, die Party zu finden, und Nick und Zeno waren kurz davor, sich deswegen in die Haare zu geraten. Vasilios war knurrig und meinte, sie hätten sich von den Schickimickis demütigen lassen. Er kurbelte sein Fenster runter und starrte gereizt in die reglose Nacht.

»Heiliger Strohsack, wo ist das denn? Wir holen uns noch einen Achsenbruch, wenn das so weitergeht.«

Sie krochen langsam weiter und hielten Ausschau nach irgendeinem Zeichen von Zivilisation. Der süßliche Blütenduft wurde immer stärker und die Straße immer schlechter. Die Stille, die tiefhängenden Äste und die totale Dunkelheit gingen Nick auf die Nerven.

»Scheißbäume! Man sieht ja hier überhaupt nichts.«

Er öffnete das Handschuhfach, nahm ein Päckchen Zigaretten heraus und warf es Vasilios zu. »Zünd mir eine an, okay? Wehe, diese Weiber sind den Scheiß hier nicht wert. Was weißt du über sie?«

Vasilios zündete drei Zigaretten an und reichte Nick und Zeno je eine. »Nicht viel.«

Hinter einer weiteren scharfen Kurve war die Straße plötzlich zu Ende. Sackgasse. Ein massives Eisentor versperrte die Zufahrt zu dem großen Haus auf dem Hügel vor ihnen. Der Garten war stockdunkel, und von Autos, Lichtern oder Partylärm war nichts zu bemerken.

Vasilios, optimistisch wie immer, checkte die Nummer auf dem Zettel in seiner Hand und sprang aus dem Wagen.

»Das könnt's sein.«

Die anderen wußten, daß dem nicht so war, warteten aber schweigend ab, während er an dem Tor vergeblich nach einer Nummer suchte, dann durchging und zu dem Haus rauflief.

Con starrte aus dem Fenster, fasziniert von der Stille. Ihm war es nicht wichtig, ob sie die Party finden würden. Die Fahrt hier raus in den Busch genügte ihm. Von ihm aus konnten sie jetzt wieder heimfahren, und morgen würde er zu ihr gehen und sich für den Krawall von vorhin entschuldigen. Das war sogar ein guter Vorwand, um sie zu besuchen. Sie würde es schon verstehen.

Er sah sich im Geist mit ihr die Straße entlangspazieren. Sie würden Arm in Arm gehen und leise miteinander reden. Worüber? Worüber redete man mit jemandem, den man liebte? Über all die heimlichen Gefühle und halbausgegorenen Gedanken, von denen man sonst nie jemandem erzählte, weil man Angst hatte, für dumm oder verrückt gehalten zu werden? Würde er den Mut haben, ihr seine Skizzen zu zeigen? Letztes Jahr waren plötzlich ganze Szenen in seinem Kopf aufgetaucht, wenn er in einer Vorlesung gesessen hatte. Sachen, die manchmal komisch oder ein bißchen abgedreht waren. Eine merkwürdige Erregung war über ihn gekommen, und er hatte den Kopf über das Papier gebeugt, die ganze Stunde wie besessen gezeichnet und erst wieder aufgeschaut, wenn rings um ihn die Sitze hochgeklappt wurden und die Leute gingen. Manchmal hatte er ein paar Worte drunter geschrieben, wie bei einem Cartoon. »Es war ein total geiler Abend« hatte er unter eine Zeichnung geschrieben, auf der sein Bruder und die anderen stockbesoffen unter einem Baum lagen, an dem der Valiant als zerknautschter Blechhaufen klebte. Das war eine von den gemeinen Zeichnungen gewesen, und er würde nie auch nur im Traum dran denken, sie irgend jemandem zu zeigen, obwohl sie zu seinen Lieblingswerken gehörte, weil sie irgendwie gut gelungen war. Er hatte Nick ziemlich gut getroffen, und das Profil seines Bruders war auch nicht übel.

»Machst du eigentlich noch Zeichnungen?« Zenos Frage ließ Con zusammenschrecken. Er drehte sich um. »Nein, zur Zeit nicht.«

Er sah auf Zeno, der an dem verklemmten Kassettenfach herumfummelte, und fragte sich, was wohl mal aus ihm werden würde. Er war eigentlich ganz nett, aber nicht gerade helle im Kopf und stand noch stärker unter Nicks Fuchtel als Vasilios.

»Echt schade«, sagte Zeno. »Ich find, du hattest da total was drauf.«

Con lächelte grimmig ins Dunkel. »Na ja …«

Es war nett von Zeno, so was zu sagen, aber in dieser Szene sagte man nicht »danke«, und man führte auch kein richtiges Gespräch. Con seufzte. Bisher war er den Freunden seines Bruders möglichst aus dem Weg gegangen. Sie taten immer so, als wäre zwischen ihnen alles in Butter, aber soweit er feststellen konnte, war es das nie. Jeder versuchte ständig, die anderen zu übertrumpfen, den totalen Macker rauszuhängen. Sie redeten, dachten und handelten hektisch und unzusammenhängend. Und am Ende war alles kotzlangweilig. Ein Tag mit diesen Typen war wie ein Tag in einer Zwangsjacke. Es war erschreckend zu sehen, wie sein Bruder immer mehr wie sie wurde, obwohl er, Con, immer geglaubt hatte, daß Vasilios ein eigenständiger Mensch war und es auch bleiben würde.

Als Vasilios zurückkam, trat er wütend mit dem Fuß gegen das Vorderrad, ehe er einstieg.

»Wieso haben diese Idioten hier draußen keine Hausnummern wie alle andern Leute? Langsam hab ich echt die Schnauze voll!« Niemand erwiderte etwas. Die Tür knallte zu. Vasilios sah Nick an. »Was denkst du? Geben wir's auf?«

Zeno kurbelte sein Fenster hoch. »Yeah. Irre viel frische Luft hier. Mir wird ganz schlecht.«

Con murmelte etwas Zustimmendes. Eine Party war das letzte, wonach ihm jetzt zumute war. »Yeah, ich denk auch. Wird auch langsam etwas spät.«

Nick hatte Mühe, den Wagen auf der schmalen Straße zu wenden. Er gab Gas, würgte die Gänge rein und fluchte vor sich hin, während er vor- und zurücksetzte. Als er es endlich geschafft hatte, ließ er Dampf ab, indem er viel zu schnell bergab raste und den Wagen in die Schlaglöcher krachen ließ. Die anderen flogen lachend und schimpfend auf und ab. Nick fuhr in demselben riskanten Tempo weiter. In den scharfen Kurven schlingerte der Wagen über die ganze Straße. Con saß steif auf dem Rücksitz, wohl wissend, daß sie alle Hackfleisch sein würden, wenn ihnen zufällig jemand entgegenkam. Er konnte Nick auf dem Fahrersitz nicht richtig sehen, aber ab und zu tauchte sein irres Grinsen im Rückspiegel auf. Con schloß die Augen und betete, daß Nick es irgendwie schaffen möge, die Kiste auf der Straße zu halten. Er war total ausgeklinkt; Schnelligkeit und Gefahr waren seine einzigen Kicks.

Als das Gefälle zu Ende war, wagte es Con, die Augen wieder aufzumachen. Er hatte mitgekriegt, daß die anderen über irgendwas geredet hatten, während er ganz auf sein Überleben konzentriert gewesen war. Da sagte Nick einen Satz, der ihn aufschreckte.

»Habt ihr diese eine Tuss da auf der Party gesehen, mit dem durchsichtigen Oberteil?«

Vasilios sprang sofort drauf an. »Nee, welche?«

Nick leckte sich die Lippen. »So eine mit schwarzen Haaren und echt geilen Titten.«

Zeno und Vasilios grinsten und sagten gar nichts. Da die Straße jetzt glatt und eben war, konnte er Nicks Gesicht ausgiebig im Rückspiegel studieren. Irgendwas stimmte mit ihm nicht. Tief drinnen, in seiner Seele oder wo immer sich der innerste Kern des Menschen befinden mochte, war irgendwas mächtig aus dem Lot. Er sah aus, als plante er, den dritten Weltkrieg anzuzetteln oder seinen besten Kumpel um die Ecke zu bringen. Dieses Grinsen war böse. Das glattgegelte Haar hatte sich wieder selbständig gemacht, und über dem rechten Auge war ein Zucken, das Con noch nie bemerkt hatte. Ab und zu biß er sich auf die dicke Unterlippe, als ob er sich das Lachen verkneifen wollte. Con begegnete im Rückspiegel seinem Blick, und sie starrten sich zwei volle Sekunden lang an, ehe sie beide wegguckten.

Con wollte nur noch eines: Aus diesem Wagen rauskommen. Wieso sollte er sich vor diesen Idioten überhaupt rechtfertigen müssen? Wieso war er überhaupt mitgekommen? Wieso hatte er nicht einfach die Pizza abgeliefert und gemacht, daß er heimkam? Noch ein bißchen gezeichnet oder gelesen und den nächsten Tag abgewartet? Wenn sein Bruder nicht wäre, würde er sich einfach auf der Stelle absetzen lassen und freudig die sieben Kilometer, oder wieviel es noch war, im Dunkeln zurückwandern.

In dem Moment, als er ans Zeichnen dachte, tauchte ein Bild in seinem Kopf auf. Karnickel. Er würde eine ganze

Karnickel-Serie zeichnen. Total zugekiffte Karnickel, die auf den Sonnenaufgang warteten. Eine Wagenladung halbstarker Karnickel-Rowdys, die durch eine Haarnadelkurve schlingerten wie sie vorhin. Vielleicht würde er auch die Szene mit Vasilios und seinen Freunden neben dem Valiant noch mal neu zeichnen. Sie alle als Karnickel darstellen, mit Menschengesichtern. Und die ganze Serie ›Lebensfreude‹ nennen. Das wäre lustig und hätte Biß.

»Ich find, wir sollten zurückfahren und gucken, was bei der Party da abgeht.«

Zeno und Vasilios lachten sich schief über diese abgedrehte Idee. Con war sofort klar, daß Nick es ernst meinte.

»Red keinen Scheiß.« Er versuchte, gelangweilt zu stöhnen, aber es ging daneben. Er hatte Angst, und er wußte, daß Nick das genau spürte. Vasilios, der immer mithalten mußte, sah erst Nick, dann Zeno mit einem verschwörerischen Grinsen an. »Die Bullen sind um diese Zeit garantiert schwer beschäftigt. Wahrscheinlich ist die Fete inzwischen schnarchlangweilig geworden. Wir könnten doch bißchen Stimmung reinbringen.« Zeno stieß ein wildes Indianergeheul aus und brüllte: »Klar! Warum nicht?«

Nick steuerte den Wagen mit einer Hand und trommelte mit den kurzen dicken Fingern der anderen aufs Armaturenbrett. Sie waren jetzt wieder auf der Hauptverkehrsstraße. Nick gab Gas, als vor ihnen eine Ampel auf Rot schaltete. Er raste über die Kreuzung und schlüpfte gerade noch zwischen zwei Autos durch. Reifenquietschen, Gehupe, Gebrüll. Der Beinahe-Zusammenstoß putschte sie alle auf. Plötzlich waren sie wieder voll da. Vasilios warf den Kopf zurück und lachte. »Wir können uns ja um die Weiber kümmern, solang die Weicheier da über ihre Tretroller quasseln!«

Con schlug seinem Bruder hart auf die Schulter. »Hör auf mit dem Stuß, du Idiot! Das ist genau das, was du brauchst, damit sie dich drankriegen!«

Zeno versuchte Con zu besänftigen. »Ach, komm, Con! Sei nicht so –«

Nick stieg plötzlich in die Bremse. Sie flogen alle nach vorn. Vasilios schlug mit dem Kopf gegen die Windschutzscheibe und brüllte erschrocken: »Scheiße, paß doch auf!«

Nick ignorierte ihn und drehte sich zu Con um. »Hör *du* auf mit dem Stuß, du Scheißer! Er braucht keinen, der ihm sagt, was er zu tun hat!«

»Dann laß mich hier raus. Ich will nicht mit.«

Nick fuhr mit einem Ruck an. »Okay! Du kannst aussteigen. Wir wollen nur unseren Spaß haben, weiter gar nichts.« Er schien nicht nur die anderen überzeugen zu wollen, sondern ebenso sich selbst. Sie fuhren schweigend weiter, und die Atmosphäre im Wagen war spannungsgeladen. Nach einer Weile drehte sich Vasilios um und strubbelte Con durchs Haar.

»Hey, hey. Regt euch ab. Er ist okay. Er ist mein Bruder. Ich hab euch ja gesagt, er ist anders als ich.«

Nick rang sich ein knappes Kopfnicken ab und starrte weiter geradeaus. Con versuchte sich zu beruhigen. Mit Nick reden zu wollen war sinnlos. Er mußte seinen Bruder von der Sache abbringen. Er beugte sich vor und sprach ruhig auf Vasilios' Hinterkopf ein.

»Es ist also echt dein Ernst? Du willst wieder da hin und Trouble machen?«

Vasilios sah aus dem Fenster und tat so, als dächte er gründlich über Cons Worte nach. Er drehte sich mit gespielt-ernster Miene um und grinste dann plötzlich in die Runde.

»Ja. Mein absolut totaler Ernst.«

Die anderen lachten.

Con sah aus dem Fenster. Was sollte er machen? Er konnte seinen Bruder nicht allein lassen, das konnte er einfach nicht. Was würde passieren, wenn sie die Polizei riefen? Con fühlte, wie ihn eine eisige Welle von Übelkeit erfaßte. Wenn er überhaupt noch eine Chance bei ihr haben wollte, mußte er jetzt aussteigen und heimgehen. Wenn er noch mal mit diesen Typen dort auftauchte, würde zwischen ihm und diesem Mädchen endgültig alles kaputt sein. Welches Mädchen wollte sich mit einem Kerl einlassen, der sich mit solchen Schlägertypen rumtrieb? Na ja, andere vielleicht, aber sie nicht. Die Party war vermutlich schon vorbei. Er würde einfach heimgehen und die ganze Sache vergessen und morgen früh aufwachen und Vasilios wie immer schlafend in dem Bett neben seinem vorfinden, in dem Zimmer, das sie schon ihr ganzes Leben lang teilten. Es würde schon nichts passieren, und er, Con, wäre aus dem Schneider.

Aber wenn die Party noch nicht vorbei war? Wenn die Polizei kam? Wenn sie Vasilios schnappten? Und ihm Fragen stellten und er auf seine übliche arrogante Art reagierte? Wenn keiner da war, der für ihn eintrat, und wenn sie in seine Akte guckten und seine Vorstrafe sahen und ...? Con steckte den Kopf aus dem Fenster und versuchte, tief durchzuatmen. Das Gesicht seiner Mutter morgen früh. Die Stimme seines Vaters, wenn er das Telefon abnahm und die Polizei dran war. Sie hatten das alles schon mal durchgemacht, er konnte es ihnen nicht noch ein zweites Mal zumuten. Dafür waren sie nicht nach Australien gekommen! Dafür hatten sie nicht so hart gearbeitet! Er konnte seinen Bruder nicht allein lassen. Nicht nur seiner Eltern wegen; jemand mußte auf Vasilios aufpassen und wenigstens versuchen, ihn von diesem Blödsinn abzuhalten. Verdammt! Warum spürte er diesen Drang, Vasilios zu beschützen, als sei *er* der große Bruder?

Je näher sie dem alten Arbeiterviertel kamen, desto mehr drehten Nick, Vasilios und Zeno auf. Die Imbißrestaurants, der Verkehr, der Lärm und die überquellenden Abfalleimer schienen sie mit Entschlossenheit zu erfüllen. Das hier war ihr Territorium, ihr Revier, und niemand würde sie von irgendeiner gottverdammten Party vertreiben.

Nick hielt vor der Pizzeria und knurrte Con an: »Willst du jetzt raus oder was?«

Alle sahen ihn an. Con starrte aus dem Fenster und dachte an seine Eltern, die jetzt in ihrem Zimmer hinter dem Restaurant lagen und schliefen. Was würden sie sagen, wenn sie ihre Söhne jetzt sehen könnten? Abends löste seine Mutter immer den strammen Zopfknoten und bürstete ihr Haar. Es fiel dann über ihre Schultern, fast bis zur Taille, wie bei einem Mädchen. Er mochte es, wie sie aussah, wenn sie schlief: friedlich, die Falten um den Mund weich und gelöst. Sie konnte so jung und sorglos wirken.

Con schniefte kurz und sagte, ohne auf Nick einzugehen, zu Vasilios: »Wenn ich allein heimkomm, werden mich die Alten löchern, wo du bleibst.«

Es war das erstbeste, was ihm einfiel, und er wußte, es war nicht besonders logisch, aber Vasilios lächelte ihn an. Sein Lächeln war so zärtlich und liebevoll, daß Con gegen die Tränen ankämpfen mußte, während Nick grunzend den Wagen anließ und alle andern stumm geradeaus starrten.

Er schloß die Augen, als der Valiant losschoß. Er war müde. Er war einfach nicht imstande, sich einen vernünftigen Aktionsplan zurechtzulegen. Was konnte er schon tun, außer da zu sein und für alles seinen Kopf hinzuhalten, was diese ausgeklinkten Idioten taten. Und seinem Bruder beizustehen. Ah, ja, dafür war er auf dieser verrückten Mission: um Vasilios beizustehen und seine Chancen bei diesem tollen Mädchen, das ihm nicht aus dem Kopf ging, endgültig zu versauen. Er kam sich vor wie ein Kamikaze-Flieger: auf Selbstzerstörung gepolt.

8

Der Valiant holperte röhrend auf den Gehweg vor Kellys Tür. Die Party schien erst so richtig in Gang gekommen zu sein. Diesmal vergeudeten Nick, Vasilios und Zeno keine Zeit. Sie sprangen aus dem Wagen, ließen Con drinnen sitzen, knallten die Türen zu und marschierten geradewegs zum Zaun.

»Wir haben gedacht, ihr vermißt uns sicher.«

Liz, die auf dem Gehweg stand und mit Phils Uni-Freunden flirtete, ging schnurstracks zu Carmen, die in einem kleinen Grüppchen auf der Treppe saß, an einen Verandapfeiler gelehnt, und munter schwatzend ein Stück Geburtstagstorte aß.

»Carmen! Wir müssen die Polizei rufen.«

Sie rannten beide ins Haus. Die Partyatmosphäre im Vorgarten gefror schlagartig. Gespräche erstarben, und drinnen verstummte die Musik. Alles wartete. Phil, der mit dem Rücken zur Straße in einem alten Korbstuhl auf der Veranda saß, merkte als einer der letzten, daß Nick und Co. wieder zurück waren. Als er sich umdrehte, hatten Vasilios und Nick bereits das Mädchen mit der durchsichtigen Bluse erspäht und angesteuert. Phil stand auf.

»Hey, starkes Oberteil!« sagte Vasilios, und seine Augen wanderten lüstern über den Oberkörper des Mädchens.

Schweigen.

Vasilios versuchte, die Spannung zu durchbrechen, indem er sich mit theatralisch ausgebreiteten Armen an die Gäste wandte. »Alle mal herhören. Nichts für ungut. Wir wollen uns nur bißchen amüsieren... « Er zog einen dicken Joint aus seiner Brusttasche. »...und mit euch teilen, was wir haben... Na, wie wär's?«

Ein Mädchen reagierte zuerst. »Verzischt euch! Wir wollen nichts mit euch zu tun haben!«

Das Funkeln in seinen Augen verriet, um was es Vasilios eigentlich ging. Er war nicht hier wegen der Mädchen oder um in aller Freundschaft einen durchzuziehen.

»Dich hab ich nicht gefragt, fette Kuh. Nur deine Freundin mit den tollen Titten...«

Zeno lachte, marschierte provozierend durch die Gartentür, trat absichtlich in das winzige Blumenbeet und lehnte sich gegen den Zaun. »Hey, wo ist denn die Musik abgeblieben?«

Liz, die wieder nach draußen gekommen war, sah Kellys mißhandelte Setzlinge und schrie ihn an: »Runter da!«

Zeno guckte auf das zertrampelte Pflänzchen runter und grinste. »Oh, Verzeihung!« Er bückte sich, zog eine Handvoll Setzlinge samt Wurzeln heraus und hielt sie demonstrativ hoch.

Phil zischte vor sich hin: »Mieser Drecksack!« Er stürmte die Stufen runter und auf Zeno zu. Sofort waren Nick und Vasilios an dessen Seite. Dafür waren sie hier, aber sie hielten sich noch zurück. Es galt, das Spiel richtig zu spielen. Also warteten sie, daß Phil als erster zuschlug. Phil ballte die Fäuste und knurrte durch die zusammengebissenen Zähne. Er wußte: Wenn er sich hinreißen ließ, würde das Ganze zu einer Schlägerei ausarten, die diese Idioten vermutlich für sich entscheiden würden. Und dennoch: Nur ein einziges Mal die Faust in das häßliche Gesicht vor ihm krachen zu lassen, wäre eine unendliche Genugtuung. Das war den Ärger, der folgen würde, wert.

»Was sucht ihr hier?« fragte er.

Sie grienten alle drei. Nick trat einen Schritt vor. »Ich hab gedacht, du wolltst keinen Ärger mehr, Saftsack?«

Kelly und Phils älterer Bruder Chris traten gerade in dem Moment auf die Veranda, als Con zögernd aus dem Wagen stieg. Er fühlte sich verpflichtet, wenigstens den Versuch zu machen, das Unheil aufzuhalten. Er wußte, daß sie ihn gesehen hatte, mied aber ihren Blick und schlenderte möglichst lässig zu seinem Bruder und den beiden anderen, die immer noch Phil gegenüberstanden.

Con berührte seinen Bruder an der Schulter. »Okay. Du hast deinen Spaß gehabt. Laß uns jetzt verduften. Die Bullen werden gleich da sein.«

Vasilios schüttelte ihn ab.

Kelly stand verdutzt auf der Treppe und sah, wie Con seinen Bruder abermals an der Schulter packte, diesmal energischer.

»Los jetzt! Weg hier.«

Diesmal schüttelte Vasilios ihn nicht mal mehr ab. Con hätte ebensogut den Baum oder den Zaun anfassen können. Con drehte sich um und blieb hilflos neben dem Wagen stehen, mit dem Rücken zum Geschehen, um sich wenigstens auf diese Weise von den anderen abzugrenzen.

Die übrigen Partygäste tröpfelten jetzt langsam auf die Veranda heraus, um zu gucken, was los war. Sie standen wispernd da und guckten auf die kleine Gruppe in dem winzigen Vorgarten. Bis auf den nächtlichen Verkehr auf der Nicholson Street herrschte vor Kellys Haus eine seltsame Stille.

Nick trat in den Garten und guckte sich um. »Ist hier jemand, der den Mumm hat, gegen uns anzutreten?«

Schweigen schlug ihm entgegen.

Nach einigen Sekunden ergriff Liz das Wort. »Probiert's woanders, ihr Strohköpfe. Wir haben kein Interesse. Los, alle mitkommen, wir gehen wieder rein.«

Das waren genau die richtigen Worte. Sie brachten die übrigen zu sich. Wie kamen sie dazu, hier draußen herumzustehen und dieses miese Schauspiel zu verfolgen, das sie weder inszeniert noch gewollt hatten? Die Partygäste begaben sich wieder nach drinnen.

Nur Kelly blieb reglos auf der Veranda stehen. Con wollte auf sie zugehen, konnte aber nicht. Die Sekunden tickten dahin. Ihm war, als seien seine Beine aus Blei.

Nick und Zeno guckten enttäuscht. Sie waren es gewöhnt, daß man sie fürchtete oder vielleicht auch von oben herab behandelte, aber diese Gleichgültigkeit war schlimmer als alles, womit sie gerechnet hatten. Sie brüllten den Gästen hinterher.

»Ihr stinkt ja vor Angst!«

»Mickrige Schlappschwänze!«

Als Nick sah, daß sich Zeno und Vasilios zum Gehen wandten, startete er eine letzte Provokation. Er rannte auf Phil zu, packte dessen losen Lederschlips und zog ihn ein paar Sekunden lang fest zu. Wie ein Irrer lachend, stieß er Phil in einen Rosenstrauch und rannte dann hinter Zeno und Vasilios her. Phil fiel hintenüber und versuchte hustend und keuchend inmitten der Dornen, sich den Schlips vom Hals zu reißen.

Kelly rannte zu Phil und schrie Nick hinterher: »Du hirnamputierter Idiot!«

Sie half Phil auf die Beine, und als sie beide zur Straße guckten, sahen sie Chris über den Zaun springen. Zeno, schon fast im Wagen, drehte sich überrascht um. Chris rannte auf die andere Seite des Wagens, wo Nick, der ihn noch nicht gesehen hatte, gerade hinters Steuer schlüpfen wollte. Chris packte Nick an der Schulter, riß ihn rum und verpaßte ihm einen Faustschlag ins Gesicht, der ihn zu Boden gehen ließ. Zeno war ihm zur Hilfe geeilt und erlitt prompt dasselbe Schicksal. Nick und Zeno rappelten sich hoch, mehr erschrocken als ernstlich verletzt.

Chris marschierte triumphierend zum Haus zurück. Diese Mistkerle hatten es nicht anders gewollt. Er merkte nicht, daß Vasilios hinter ihm herkam und eine leere Bierflasche wie eine Keule schwang. Kelly sah es als erste und schrie gerade noch rechtzeitig auf.

»Chris! Achtung! Hinter dir!«

Chris fuhr herum und duckte sich weg. Die Flasche zerschellte am Boden, aber Vasilios hatte ihn jetzt im Schwitzkasten. Phil rannte auf den Gehweg, um seinem Bruder beizustehen. Mit einem wilden Fauchen packte er Vasilios am Kragen und schleuderte ihn auf die Straße.

Vasilios prallte gegen ein schnellfahrendes Auto, flog wie ein Müllsack in die Luft und krachte dann auf den harten Asphalt.

Der Wagen wurde mit kreischenden Bremsen zum Stehen gebracht, und dann kam, wie in Zeitlupe, auch der übrige Verkehr zum Stillstand. Die Partygäste waren jäh erstarrt. Kelly stand mit weitaufgerissenen Augen auf der Veranda, Con neben dem Wagen. Ungläubig warteten sie drauf, daß Vasilios aufstand, daß die seltsam kindliche Gestalt dort auf der Straße wieder zum Leben erwachte. Blut sammelte sich unter dem zerschmetterten Schädel, und aus einem verdrehten Bein ragten Knochen. Aber Vasilios' Gesicht war merkwürdig friedlich.

Sie warteten in absolutem Schweigen.

Con fühlte nichts, als er sich in Bewegung setzte, um zu seinem Bruder zu gehen, der dort auf der Straße lag. Gar nichts. Seine Arme und Beine bewegten sich, und er spürte, daß sein Kopf auf seinen Schultern saß, aber irgendwie war es so anders. Taub. Alles war anders. Zeit und Raum schienen aus den Fugen. Er sah Vasilios nur ein paar Meter vor sich liegen, und doch dauerte es ewig, bis er bei ihm war. Warum dauerte es so lange? Die Straße hätte eine Wüste sein können, mit all dem Zeug, das da rumlag. Dieser Rauch, der aus der Kühlerhaube des Wagens quoll, roch scheußlich, und diese ganzen Leute, die sich dort zusammendrängten – was taten sie? Er war noch nie wirklich in der Wüste gewesen. Wie war es wohl dort draußen in dieser heißen, trockenen Einöde? Er hatte nur mal eine Fernsehsendung drüber gesehen. Der Mann hatte gesagt, entgegen der allgemeinen Vorstellung gebe es in der Wüste jede Menge Leben. Alle möglichen Tiere und Pflanzen. Sogar Wasser. Es gab Wasser in der Wüste, jede Menge, wenn man nur wußte, wo man danach suchen mußte.

Jemand zog ihn am Arm, packte ihn an der Schulter und fauchte ihm heiße Worte ins Gesicht. Nick. Con erinnerte sich an den Namen, aber sonst an nichts.

»Hör zu, ich hab zuviel Dope dabei. Ich schwör's dir, ich komm zurück und hol mir das Schwein, das das getan hat.«

Con nickte, verstand nichts. Nick und Zeno verschwanden. Kelly schob sich durch die Menge auf der Veranda, trat raus auf den Gehweg und starrte auf die Straße, wo Con jetzt endlich bei Vasilios angelangt war. Sie sah, wie er sich langsam hinkniete und das tote Gesicht berührte.

Die Straße war mit weißen Seilen abgesperrt. Polizeibeamte und Rettungssanitäter marschierten geschäftsmäßig hin und her und sprachen leise im Blaulicht der Polizeiwagen miteinander. Auf der Veranda standen die Partygäste, zusammengedrängt wie Vögel, die drauf warten, daß ihnen jemand Abfälle hinwarf. Sie flüsterten und hielten sich aneinander fest. Kelly blieb allein auf dem Gehweg stehen, schüttelte jeden tröstenden Arm ab, verweigerte sich den gutgemeinten Bitten, nach oben zu den anderen zu kommen.

Schließlich warf eine Polizistin ein weißes Laken über Vasilios. Sie legte Con, der die letzte halbe Stunde reglos dagesessen hatte, mitfühlend die Hand auf die Schulter.

»Dein Freund, was, Junge?«

»Mein Bruder...«

Sie ging zu ihren Kollegen, die leise mit Phil redeten. Con starrte in Phils entsetztes Gesicht, konnte sich aber nicht erinnern, wer das war oder wo er ihn schon mal gesehen hatte. Er wußte, dieser Typ hatte seinen Bruder gepackt und auf die Straße geschleudert, aber er wußte nicht mehr, warum. Was war passiert? Warum fühlte er nichts? Ein Polizist nahm Phil am Arm und führte ihn zu dem Polizeiwagen.

»Willst du, daß jemand mit dir kommt, Junge?«

Phil sah zu Kelly hinüber, die immer noch allein auf dem Gehweg stand. »Kelly?«

Aber sie drehte sich nicht um, und Phil brabbelte los: »Er ist mit einer Flasche auf meinen Bruder losgegangen. Ich wollt doch nicht... ich kann's nicht fassen...«

Der ältere Polizist legte Phil beruhigend seine große Hand auf die Schulter. »Ganz ruhig, Junge. Sagt ja keiner was. Wir brauchen deine Aussage. Vom Revier aus kannst du jemand anrufen.«

Con sah, wie Phil zwischen den beiden Polizisten in das

Polizeiauto stieg. Plötzlich kam Dave aus dem Haus gestürzt. Er rannte zu dem Polizeiwagen rüber. Das Blaulicht spiegelte sich in seinen dicken Brillengläsern. Con konnte die Worte hören, aber es war wie eine fremde Sprache.

»Phil, ich hab deine Eltern angerufen. Sie fahren direkt zum Polizeirevier.«

Phils bleiches Gesicht starrte aus dem Wagenfenster. »Danke, Kumpel.«

Der Polizeiwagen wendete abrupt und schoß davon.

Die Polizistin kam zu Kelly, die jetzt mit Liz und Carmen auf dem Gehweg stand.

»Das war Ihre Party, richtig?« Die Stimme der Frau war nicht unfreundlich, nur resolut und sachlich. Kelly schluckte. Sie hatte keine Ahnung, wie ihre Stimme klingen würde.

»Ja.« Erstaunlich normal; das Wort kam heraus, als sei nichts passiert.

Die Polizistin wandte sich an die umstehenden Gäste. »Die meisten von Ihnen haben diesen Vorfall beobachtet?«

Sie nickten. Carmen sprach für sie alle, und ihre Stimme klang fest und ärgerlich, als sie auf die Stelle zeigte, wo Vasilios lag.

»Dieser Typ, den das Auto erwischt hat – er war mit Freunden da, aber die sind verschwunden... außer dem da.«

Alle Blicke richteten sich auf Con, der immer noch reglos neben seinem Bruder saß. Ein Mann in einer weißen Uniform hatte das Tuch weggezogen und ging jetzt um den Leichnam herum und fotografierte ihn von allen Seiten; das Blitzlicht erhellte alle paar Sekunden die Unfallstelle und gab ein gespenstisches Surrgeräusch von sich. Con hatte einen Arm auf Vasilios' Brust gelegt, eine vergebliche Geste des Schutzes, aber sein Gesicht war im Dunkeln. Carmens Worte schienen jetzt auch den anderen die Zungen zu lösen.

»Genau. Sie sind einfach aufgetaucht, ohne Einladung.«

»Wir haben die Polizeistation angerufen.«

»Sie hatten uns vorher schon belästigt und sind dann noch mal wiedergekommen.«

»Wir haben ihnen nichts getan.«

Die Polizistin hob Ruhe gebietend die Hand. »Okay, okay. Wir werden jetzt reingehen, und Sie werden mir sagen, was Sie zu sagen haben. Einer nach dem anderen. Ich wäre dankbar, wenn Sie ab jetzt nicht mehr miteinander reden würden.«

Die meisten drehten sich um und folgten der Polizistin ins Haus. Kelly blieb allein auf dem Gehweg zurück. Carmen und Liz warteten an der Haustür auf sie.

»Kommst du, Kel?«

Sie schien es nicht zu hören. Sie sahen alle drei zu, wie zwei Männer in blauen Uniformen mit geübtem Griff die Hecktür des Krankenwagens öffneten. Einer von ihnen faßte Con am Arm und half ihm auf. Con stand unbeholfen da, während sie Vasilios' zugedeckten Körper rasch auf eine Bahre hoben und in den Krankenwagen verfrachteten. Einer der beiden Männer sah Con an und zeigte auf den Wagen.

»Möchten Sie mitkommen?«

Con zögerte, kletterte dann rein. Kelly kam ein paar Schritte näher und blieb stehen. Sie waren jetzt nur ein paar Meter voneinander entfernt. Con sah zum ersten Mal auf und begegnete Kellys Blick. Es überraschte ihn, sie da stehen zu sehen, so zerzaust und aufgelöst. Wie lange stand sie schon da? Noch nie hatte er ein so trauriges Gesicht gesehen. Er vergaß Vasilios für ein paar Sekunden, wollte plötzlich nur noch aus dem Wagen springen und sie trösten, ihr sagen, daß alles wieder gut werden würde, daß diese letzte Stunde nur ein böser Traum gewesen war, daß morgen früh, wenn sie aufwachten, alles wieder so sein würde wie vorher. Er erinnerte sich, wie er sie vor ein paar Stunden berührt hatte, wie sehr es ihn erregt hatte, als sie auf ihn zugekommen war und ihn angeschaut hatte.

»Komm, Kel.« Carmen und Liz warteten immer noch auf der Veranda.

Con und Kelly wurden durch die zuknallende Hecktür des Krankenwagens jäh getrennt.

9

Durch die Glasscheibe der Tür sah Kelly Phils weißes Gesicht. Er saß zusammengesunken da und starrte auf einen Polizisten, der in einem Aktenschrank herumkramte. So hatte sie Phil noch nie gesehen, so jung und hilflos, als kapierte er gar nicht, was vorging.

Sie, Liz und noch ein paar andere waren in getrennten Polizeiautos aufs Revier gebracht worden, um als Zeugen vernommen zu werden. Sie waren sich wie Verbrecher vorgekommen. Wie mußte sich Phil da erst fühlen? Sie versuchte, ihm durch die Glasscheibe Zeichen zu machen, damit er wußte, daß sie da war und an ihn dachte. Aber ein Polizist zerrte sie sofort weg und schob sie in einen gesonderten kleinen Raum am Ende des Flurs.

»Den Zeugen ist keinerlei Kontaktaufnahme gestattet, schon gar nicht mit dem Tatverdächtigen«, knurrte er.

Kelly stand in einem kleinen, stickigen, vollgestopften Raum und dachte besorgt an Phil. Allein schon die Vorstellung, tagelang in einem so kleinen Raum eingesperrt zu sein.

»Aber was passiert denn jetzt mit ihm? Er wollte doch nicht...«

Der Polizist sah sie nicht einmal an, seufzte nur, schloß den Mund zu einem harten kleinen Strich und ließ sich in den Stuhl hinter dem Schreibtisch fallen. Er klatschte unwirsch einen Stapel Formulare auf den Tisch und zog einen Kugelschreiber aus seiner Brusttasche.

»Vor- und Nachnamen, bitte.«

»Kelly Anne Madden.«

»Nun, Miss Madden...« Er schrieb den Namen hin, sah dann auf und starrte sie aus kleinen grauen Augen an. »Heute nacht hat sich ein äußerst ernster Vorfall ereignet, und wir benötigen Ihre Aussage. Sie sind angehalten, sämtliche Fragen so umfassend und ehrlich wie möglich zu beantworten. Haben Sie das verstanden?«

»Ja.« Kelly kamen beinahe die Tränen. Es war jetzt gleich drei Uhr morgens, und die Wellen von Müdigkeit überrollten sie in immer kürzeren Abständen. Würde dieser Alptraum denn nie aufhören? Wo war Con? Was hatten sie mit ihm gemacht?

»Aber ich hab doch schon mit der Polizistin gesprochen. Bei mir zu Hause, direkt, nachdem es passiert war.«

»Das ist mir bekannt, Miss Madden, aber wir brauchen jetzt von einigen wichtigen Personen noch ausführlichere Aussagen. Sie haben den ganzen Vorfall gesehen?«

»Ja.«

Die Vernehmung begann. Detail um Detail. Namen, Uhrzeiten, Standort und Zahl der beteiligten Personen. Stückchenweise holte er alles aus ihr heraus. Als es vorbei war und sie gehen durfte, war Phil nirgends zu sehen, und von den wenigen Beamten, die jetzt noch anwesend waren, wollte ihr niemand sagen, was mit ihm geschehen war. Schließlich stand Kelly heulend an dem Tresen im Dienstzimmer, und ihre Tränen bildeten klare kleine Pfützen auf dem schartigen Holz.

»Bitte, ich möchte wissen, wo Phillip ist!« schluchzte sie, weil sie nicht wußte, was sie sonst tun sollte.

Eine junge blonde Beamtin, die abwechselnd an einem Protokoll getippt und sich die Nägel gefeilt hatte, stand auf und kam unwirsch an den Tresen.

»Hören Sie«, zischte sie Kelly an, »Ihr Freund wurde wegen Verdachts auf Totschlag festgenommen. Morgen früh kommt er vor den Haftrichter. Sie können im Moment absolut nichts für ihn tun, und ich rate Ihnen, gehen Sie heim und ruhen Sie sich aus.«

Kelly nickte benommen und stolperte, Liz' Arm um die Schultern, hinaus.

Totschlag?

Als sie vom Polizeirevier zurückkamen, war es fast fünf, und Carmen und Liz bestanden drauf, Kelly beim Aufräumen zu helfen. Sie wateten durch das Chaos aus zertretenem Essen, verschütteten Getränken, halbvollen Bierflaschen und Tellern mit Resten und Zigarettenkippen. Sie waren so erschöpft und geschockt, daß sie eine ganze Zeitlang gar nichts sagten, nur Zeug in den Mülleimer kippten und Flaschen in die Spüle ausleerten.

Als Keith heimkam, schlug er vor, den Rest stehen zu lassen, bis sie eine Runde geschlafen hätten, aber Kelly beharrte darauf, fertig aufzuräumen. Ihr war der Gedanke unerträglich, einfach ins Bett zu gehen, mitten in diesem ganzen Dreck und Müll. Und sie wollte alles beseitigen, was mit der Party zusammenhing. Die Ballons hingen noch am Gartenzaun: kläglich bunte Plastikblasen, die nichtsahnend in der Morgenbrise schaukelten. Sie raffte sich auf und schnitt sie ab. Einige waren immer noch voller Luft, und sie stach ärgerlich mit einer Schere auf sie ein, um sie zum Platzen zu bringen. Dieses Geräusch! Bei jedem Knall hörte sie wieder den Aufprall. Es war kein lauter Knall wie von den Ballons, nur ein kurzes Reifenquietschen, ein dumpfer Schlag und dieser schreckliche Aufschrei, kurz und überrascht, unmittelbar ehe es passierte.

Als sie schließlich ins Bett ging, war es fast acht Uhr. Sie hatte ihrem Vater noch einmal alles genau erzählt. Armer Keith – er war extra lange weggeblieben, und als er dann gegen sechs heimkam, war er so müde und betrunken, daß es ewig dauerte, bis er alles kapiert hatte. Als ihm langsam dämmerte, was geschehen war, wich alle Farbe aus seinem Gesicht. Seine rotgeäderten Augen weiteten sich beunruhigt und wurden dann schlagartig nüchtern.

Beim Erzählen hatte Kelly ein Gefühl, als sei das alles nicht passiert, als sei sie versehentlich auf einem Film-Set gelandet, und jemand hätte ihr ein unverständliches Drehbuch in die Hand gedrückt und gesagt, sie solle es schleunigst auswendig lernen, weil sie nämlich die Hauptrolle spiele. Liz und Carmen hatten drauf bestanden, so lange dazubleiben, bis Keith heimkam. Es war gut, daß die beiden da waren, weil Kelly sich ihrem Vater gegenüber so schäbig vorkam. Er hatte ihr bei dieser ganzen Party-Sache voll vertraut, und sie hatte ihn enttäuscht. Aber wie meistens, reagierte er auch jetzt ganz prima.

»Hör zu, Kel, du kannst nichts dafür! Das ist alles, was es zu sagen gibt.« Er legte seinen dürren Arm um ihre Schultern und drückte sie väterlich-beschützend. Sie war sein kleines Mädchen, und er machte ihr keinerlei Vorwürfe.

Für ihn verdienten diese Kerle kein Mitleid, und Liz und Carmen stimmten ihm bei.

»Sie waren selbst schuld, Kel. Ihr Pech.«

»Besser einer von ihnen als …«

Ihr Vater nickte. »Sie haben gekriegt, was sie verdient haben. Was anderes verstehen diese Straßenköter doch gar nicht.«

Kelly sah, wie Liz und Carmen sich hinter Keiths Rücken verschwörerisch angrinsten. Sie hielten ihn offenbar für ein Original: impulsiv und amüsant, jemand, den man bei

Laune halten mußte. Und Keith schien diese Rolle zu genießen. Kelly sah mit Erstaunen, wie die drei geradezu fröhlich wurden, während die ersten Sonnenstrahlen durchs Küchenfenster drangen und alles in das wäßrig-gelbe Licht des jungen Morgens tauchten. Das durfte doch wohl nicht wahr sein! Es konnte doch nicht plötzlich vorbei und vergessen sein? Wie konnte einfach ein neuer Tag anbrechen, wenn alles noch gar nicht zu Ende war? Aber die anderen machten frischen Tee und räumten weiter auf. Wußten sie etwas, was Kelly nicht wußte? Begriffen sie etwas, was über Kellys Horizont ging?

Als Kelly die Frage anschnitt, ob sie es nicht hätten vorhersehen und versuchen können, es zu verhindern, fielen die drei regelrecht über sie her.

»Ach, Kel! Wie denn?«

»Wie hätten wir etwas vorhersehen können? Wir haben alle gesehen, wie sie aufgetaucht sind und was sie angestellt haben. Und wir haben der Polizei alle dasselbe erzählt.«

»Mach dir keine Sorgen! Uns kann keiner was anhaben.«

Ihr Vater sagte: »Versuch, das Ganze zu vergessen, Kleines.« Und es klang so beschwörend, daß Kelly den Mund hielt. Offenbar war jetzt nicht der Moment, irgendwelche Zweifel zu äußern.

Als Liz' Eltern ihre Tochter abholen kamen, erklärten sie ebenfalls, niemanden treffe irgendeine Schuld, und Kelly brauche jetzt erst mal Ruhe, danach werde es ihr schon bessergehen.

»Eine Runde Schlaf, dann sieht die Welt schon ganz anders aus, Kel.«

Alle sagten das so oft, daß Kelly schon zu glauben begann, die Welt stünde kopf; *die anderen* waren alle verrückt geworden, und sie war als einzige noch normal. Was redeten sie da? Sie brauchten sie nicht zu beschwichtigen wie ein Kind! Dieser Typ war tot und würde davon nicht wieder lebendig werden.

Der Regen, der sich während der Party zurückgehalten hatte, schien das am nächsten Tag wettmachen zu wollen. Am Nachmittag war der Himmel fast schwarz, und es schüttete in dicken Tropfen. In den Rinnsteinen flossen tosende Bäche. Die Autos krochen dahin, kämpften sich mühsam heim, wie Schiffbrüchige. Es war ein richtiges Sommergewitter, mit Blitz und Donner und brodelnden Wolken. Doch die Luft kühlte sich kaum ab. Trotz der Nässe war es immer noch heiß, vor allem im Haus.

Kelly, die die ganze Zeit nur kurz und unruhig geschlafen hatte, fuhr hoch und guckte sich im Zimmer um. Das Telefon klingelte, aber es klang so fern, als käme es aus einer anderen Wohnung, aus einem anderen Haus.

»Du hast geträumt«, sagte sie zu sich selbst. »Ganz ruhig. Das war nur ein Traum.« Aber es war schwer zu glauben. Gerade eben, in dieser seltsam halb-realen Phase kurz vor dem endgültigen Aufwachen, war Con hier bei ihr im Zimmer gewesen. Er hatte hinter dem Bücherregal gestanden und sie angeguckt. Kelly hatte die Arme ausstrecken wollen, um das Eis in seinem Blick zu schmelzen und ihn zu trösten. Aber ihre Arme klebten auf ihrer Brust und rührten sich nicht. Sie hatte gespürt, wie seine Kälte sie erfaßte, über ihrem gelähmten Körper hing. Frost kroch über ihre Haut, in alle Poren, in Nase und Ohren. Er warf ihr irgendwas vor. Hatte sie sich selbst wachgeschrien? Pochte ihr Herz deshalb so? Das Klingeln verstummte.

Sie zwang sich aufzustehen und das Licht anzuknipsen, obwohl draußen hellichter Tag war. »Da! Siehst du!« sagte sie streng zu sich selbst, als sie in den Schrank und sogar unters Bett guckte. Sie kam sich idiotisch vor, wußte aber, daß das der einzige Weg war, sich wirklich zu überzeugen.

»Nichts! Siehst du, ein Traum!«

Ihr Atem normalisierte sich langsam, und das Telefon klingelte wieder los. Jetzt klang es ungeduldig. Kelly knipste das Licht aus, ging raus in den Flur und nahm ab.

Es war Phils Vater. Seine Stimme kam kühl und sachlich durch den Hörer. »Phillip hat mich gebeten, Ihnen mitzuteilen, daß soweit alles in Ordnung ist. Er ist in U-Haft. Wir werden am Donnerstag einen Kautionsantrag stellen, und der Anwalt, den wir eingeschaltet haben, sieht angesichts der Umstände keinen Grund, weshalb dem nicht stattgegeben –«

Kelly unterbrach seinen Monolog und war selbst überrascht, wie dünn und piepsig ihre Stimme klang. »Was heißt U-Haft? Ich kann mir darunter nichts vorstellen.«

»U-Haft, meine Liebe, bedeutet, daß er in der Untersuchungshaftanstalt sitzt, wo Angeklagte bis zur Verhandlung in Gewahrsam bleiben...«

»So was wie ein Gefängnis?«

»Nun ja, nicht ganz, aber insofern schon, als man es nicht verlassen darf...«

»Aber wie lange muß er da bleiben... Ich meine, ich hab doch alles gesehen. Phil hat doch keine Schuld –«

Mr. Boyd unterbrach sie ruhig. Wie ein Lehrer, der einem begriffsstutzigen Kind eine elementare mathematische Regel erklärt.

»Wie dem auch sei, meine Liebe, hat er doch augenscheinlich im Lauf dieser Auseinandersetzung den äh... Verunglückten auf die Straße gestoßen. Aber wie gesagt, es spricht alles dafür, daß Phillip in ein paar Tagen wieder frei ist.«

Kelly starrte das Telefon wütend an. Dieser alte Sack! Mußte er so von oben herab tun! Der Verunglückte! Konnte er nicht einfach sagen: der junge Mann? Es war doch ein Mensch, der dort draußen gestorben war, ob ihm das paßte oder nicht. Sie sah Con vor sich, wie er auf der Straße kniete, die Arme um seinen Bruder gelegt.

Ein paar Sekunden herrschte Schweigen. Sie setzten beide an zu reden, brachen beide wieder ab. Kelly dachte, daß Phils Vater sich vermutlich gar nicht mehr an ihre Begegnung erinnerte, daß er keine Ahnung hatte, mit wem er da redete, daß sie für ihn einfach nur irgendeine »Kleine« war, von der sein Sohn gewollt hatte, daß er sie anrief. Eine Million Dinge schwirrten ihr durch den Kopf, aber ihr fiel kein einziger vollständiger Satz ein, den sie hätte sagen können.

»Vielen Dank, Mr. Boyd. Ich –«

»Ruhen Sie sich aus, meine Liebe. Das Ganze war sehr strapaziös, und ich fürchte, es ist noch nicht vorbei.«

»Ja. Mr. Boyd, wird das Phil schaden? Ich meine, wegen so was verurteilt zu sein und –«

»Mein liebes Kind! Er ist beschuldigt, das ist alles. Nicht verurteilt. Das ist etwas ganz anderes. Ich für mein Teil werde alles tun, das zu verhindern. Ich habe die meisten Unterlagen gelesen, und meines Erachtens weist alles auf einen Freispruch hin. Aber zu Ihrer Frage: Ich sehe nicht, weshalb diese Geschichte, wenn sie erst einmal vorbei ist, irgendwelche Konsequenzen für Phils weiteres Leben haben sollte. Es wird zu einer gerichtsmedizinischen Untersuchung kommen und vermutlich auch zum Prozeß, aber danach wird sich das Ganze in Wohlgefallen auflösen, das versichere ich Ihnen.«

»Verstehe.« Kelly versuchte, das alles zu verdauen. Die Erinnerung an Phils weißes Gesicht traf sie wie ein Schmerz, genau zwischen die Augen.

»Was macht er? Ich meine, wie geht es ihm?«

»Nun ja, gemessen an den Umständen, gut. Er hält sich bemerkenswert tapfer.«

»Kann ich ihn dort besuchen?«

»Nein, mein Kind. Ich glaube nicht, daß das gut wäre.«

Nachdem Kelly aufgelegt hatte, bot ihr Vater ihr eine Tasse Tee an. Kelly rang sich ein Lächeln ab. Er hatte zugehört, aber sie versuchte, nicht sauer zu sein. Sie nahm den Tee, wandte sich zum Gehen und versuchte, seinen fragenden Blick zu ignorieren.

»Phils Vater meint, es geht schon alles klar, Dad«, murmelte sie leise.

»Ganz bestimmt, Schatz.«

Kelly verschwand in ihrem Zimmer. Sie wollte nur in Ruhe gelassen werden.

Sie kroch wieder ins Bett, zog sich das geblümte Decklaken bis ans Kinn und versuchte, den Schlaf per Willenskraft herbeizubeschwören. Warum sollte sie hier rumliegen und grübeln und es immer wieder alles vor sich sehen? Wem war damit geholfen?

Kelly schloß die Augen und versuchte sich zu beruhigen. Das hier war ihr Zimmer. Ihr sicherer kleiner Kokon. Hier hatte sie immer schon geschlafen, so lange sie denken konnte. An den Wänden waren ihre Lieblingszeichnungen von früher festgepinnt, und neben dem Fenster hing ein großer, runder, rosagetönter Spiegel aus den vierziger Jahren, der ihrer Mutter gehört hatte. Dieser Spiegel und die beiden Korbstühle, die stoisch am anderen Ende des Zimmers standen und eigentlich ebenfalls ihrer Mutter gehörten, waren ihre liebsten Stücke – die Sessel waren zwar schon ein bißchen wacklig, aber so herrlich groß und bequem. Das schmiedeeiserne Bett hatte ihr Dad zu ihrem sechzehnten

Geburtstag auf einem Trödelmarkt gekauft. Die Federn waren noch in bester Verfassung gewesen; sie brauchten nur eine neue Matratze zu kaufen, das Eisengestell abzuschmirgeln und das ganze Ding überzulackieren. So gut wie neu.

Sie brauchte Zeit zum Nachdenken, und sie wollte überhaupt nie mehr aufstehen, geschweige denn ihr Zimmer verlassen. Es tat so gut, sicher und geborgen zu sein, weit weg von allem. Durchs Fenster tauchte das Sommergewitter ihr Zimmer in trübes Grau. Das Dämmerlicht war irgendwie tröstlich. Sie sah auf die Uhr. Nachmittag, aber was für ein Tag?

Sie schlief schließlich ein paar Stunden, und als sie aufwachte, wunderte sie sich, daß es ihr immer noch nicht besserging. Vielleicht war sie ja wirklich krank, und die ganze Party hatte überhaupt nicht stattgefunden? Alle sagten, sie habe in letzter Zeit so unter Streß gestanden, wegen der Prüfungen und allem. Vielleicht war es ja das, was sie gemeint hatten? Vielleicht waren Con und sein Bruder einfach nur Hirngespinste. Konnte es sein, daß das alles nur ein böser Traum gewesen war? Nein, sie wußte, daß es ihrem Hirn schwerfiel, die ganze Sache zu verarbeiten, und daß es nach einer Fluchtmöglichkeit suchte. Es war ganz bestimmt geschehen. Aber warum fühlte sie sich dann so ... von allem abgeschnitten?

Wenn sie nur bei ihrer ursprünglichen Entscheidung geblieben wäre, keine Party zu machen, dann wäre das alles gar nicht passiert. Dann wäre sie mit Phil glücklich, Con wäre ihr nie begegnet, und Vasilios – dieses angeberische, braungebrannte, gutaussehende ätzende Großmaul – würde noch leben. Leben. Leben. Leben. Jemand, den man gestern noch gesehen hatte, der einen von oben bis unten taxiert hatte, der so unverschämt zu seinem Vater gewesen war – so jemand konnte doch nicht heute irgendwo herumliegen, stumm und starr wie ein Klumpen Fleisch. Ausgelöscht. Für immer. Nur noch dazu da, zu faulen und zu verwesen. Nahrung für die Würmer … oder das Feuer. Was würden sie mit ihm machen? Ihn in die Erde legen oder zu einer Handvoll Asche verbrennen?

Kelly fühlte, wie ihr Tränen über die Lider quollen, aber es war, als seien es nicht ihre eigenen Tränen. Sie flossen zu leicht und mühelos und hatten nichts mit diesem wunden, rauhen Gefühl zu tun, das ihr die Brust zusammenpreßte wie ein Eisenring. Weinen sollte doch erleichternd sein. Aber diese Tränen bewirkten höchstens, daß sie sich noch mieser fühlte: noch erschöpfter und verwirrter. Wenn sie doch nur diesen Eisenring loswerden könnte, dann könnte sie vielleicht richtig weinen.

Ein kurzes Pochen an der Tür ließ sie auffahren.

»Ja?«

Es war ihr Vater. Er öffnete die Tür nicht, rief nur: »Telefon, Kel.«

Kelly wollte nicht aufstehen.

»Wer?«

»Carmen, und Liz, schätze ich.«

»Sag ihnen, ich schlafe, Dad. Ich will nicht mit ihnen reden.«

»Ist gut.«

Sie hörte, wie seine Schritte sich entfernten, dann wieder zurückkehrten. Die Besorgnis in seiner Stimme machte alles nur noch schlimmer.

»Komm doch raus, Schatz. Es ist nicht gut für dich, wenn du dich da drin verkriechst, so ganz allein.«

Kelly schloß für ein paar Sekunden die Augen und stand dann auf. Sie warf sich ihren alten Morgenrock über und öffnete die Tür. Das müde, besorgte Gesicht ihres Vaters sah sie an.

»Ich hab doch dich«, sagte sie liebevoll.

Keith schüttelte beschämt den Kopf. »Ich bin dir keine große Hilfe. Ich kann dir nur sagen, daß du keinen Grund hast, dich zu quälen. Er war selbst schuld. Tief drinnen weißt du das selbst, stimmt's?«

Kellys Gesicht war blaß und angespannt in dem trüben Licht. »Ja. Ich bin müde, Dad. Ich will mit niemand reden.«

Keith nickte verständnisvoll, sprach aber weiter. »Hör zu, Kel, Phils Vater ist kein Schwätzer. Wenn er meint, daß sein Sohn da ungeschoren rauskommt, dann ist das so gut wie sicher.« Keith grinste stolz. »Seine Beziehungen schaden da sicher nichts.«

Kelly wandte sich ab. Manchmal war ihr Vater einfach nicht auszuhalten. Wollte er etwa andeuten, daß Richter Boyds Sohn bevorzugt behandelt würde? Wenn das stimmte, stank es zum Himmel! Und wieso dachte er überhaupt nur an Phil? Das Ganze hatte doch noch eine andere Seite, eine, die bestimmt nicht wieder »in Ordnung kommen« würde. Ein junger Mann hatte sein Leben lassen müssen. Sein ganzes gottverdammtes Leben!

Keith sah sie irritiert an. »So ist es doch, oder?«

Kelly ging in ihr Zimmer zurück. »Ja.«

Sie warf sich bäuchlings auf ihr Bett.

Ein lauter Donnerschlag ließ sie hochfahren. Sie sah raus auf den wilden, dunkelgrauen Himmel und den peitschenden Regen, dann nach drüben zu dem Regal, wo der ungeöffnete Brief von ihrer Mutter lag. Plötzlich überkam sie die Versuchung. Warum sollte sie ihn nicht jetzt lesen? Schlimmer konnte es ja wohl kaum noch werden. Sie war jenseits aller Tränen, irgendwie wütend und unverletzbar. Im

Moment konnte ihr niemand etwas anhaben. Sie fühlte sich unangreifbar. Sie stand auf, nahm den Brief und öffnete ihn, während sie sich wieder aufs Bett setzte.

Liebe Kelly,

Alles Gute zum Geburtstag, mein Schatz! Herzlichen Glückwunsch! Jay und ich hoffen beide, daß Dich dieser Brief gesund und fröhlich antrifft. Sind die Abschlußklausuren schon vorbei? Jedenfalls viel Glück! Du machst es sicher genauso prima wie auch sonst alles.

Ich habe Deinen Vater angerufen, und er hat mir gesagt, daß Du meine Briefe bekommst. Warum antwortest Du nie? Wir haben jetzt seit über einem Jahr nichts von Dir gehört. Wenn Du mir nicht schreiben willst, warum dann nicht wenigstens Jason? Er würde sich so freuen, von Dir zu hören. Ich finde wirklich, es wäre an der Zeit, daß Du mal versuchst, ein bißchen zu vergeben und zu vergessen. Aber ich weiß, ich habe nicht das Recht, etwas von Dir zu fordern. Du weißt, Liebes, Du brauchst nur ein Wort zu sagen, und ich bringe Jason zu Besuch zu Euch. Ich weiß, wo ich unterkommen kann, und wenn Du nicht mit mir reden willst, dann eben nicht. Dein Wunsch ist mir Befehl. Du sollst wissen, daß wir beide Dich immer noch sehr vermissen und uns so sehr wünschen, die Situation zwischen uns allen ließe sich wieder normalisieren.

Deine Mutter.

Kelly fühlte sich innerlich ganz ruhig, als sie den Brief zusammenfaltete, wieder in den Umschlag steckte und auf den Boden fallen ließ. Sie sank aufs Bett zurück und starrte auf die verschnörkelte Stuckrosette um ihre Deckenlampe. Warum hatte sie so lange nicht geschrieben? Sie kickte mit dem einen Bein so lange gegen die Kommode, bis ihr großer Zeh richtig weh tat, zog dann den Fuß an und massierte ihn. Ihre Mutter und ihr kleiner Bruder lebten jetzt im Süden Australiens. Warum verweigerte sie jeden Kontakt zu ihnen? Kelly hatte sich im Stich gelassen gefühlt, als sie weggegangen waren, aber das stimmte eigentlich nicht. Sie hatte die Wahl gehabt, mit ihrer Mutter zu gehen oder bei ihrem Vater zu bleiben, und sie hatte sich für letzteres entschieden. Ihre Mutter hatte ihr immer klar zu verstehen gegeben, daß sie sie jederzeit besuchen könne. Andere Mädchen behielten auch nach einer Trennung ein gutes Verhältnis zu beiden Elternteilen. Warum sie nicht? Kelly wußte, daß sie ihrer Mutter weh tun wollte, aber warum so sehr?

Warum nannte ihre Mutter sie in diesen Briefen, die sie so wütend machten, immer »mein Schatz«?

Kelly vermißte Jason. Am Anfang war es besonders schlimm gewesen. Sie durfte nicht an ihn denken, sonst würden diese Träume wiederkommen, und das wollte sie nicht. Sie wollte sie los sein. Und dazu mußte sie ihre Mutter loswerden ... und Jason auch.

10

Ein paar Tage später rief Phils Vater an, um Kelly vor den Reportern zu warnen.

»Nächste Woche wird dieser Kerl begraben, und die Presse wird da sein und versuchen, eine Story herauszuschinden. Ich würde Ihnen raten, halten Sie sich schön bedeckt. Die können die Sache nicht weiterverfolgen, wenn ihnen niemand Material liefert.«

Kelly war aufrichtig verblüfft. Ihr Vater hatte ihr gesagt, daß in den letzten Tagen ein paar Reporter angerufen hatten, um mit ihr zu reden, aber er hatte sie abgewimmelt. Und eine Nachbarin hatte gesehen, wie jemand das Haus fotografierte.

»Aber wieso sollte sie das interessieren? Ich meine, es war doch einfach nur ein Unfall wie tausend andere, oder?« Kelly hatte seit Ewigkeiten keine Zeitung mehr gelesen, und keine ihrer Freundinnen hatte ihr erzählt, daß über die Sache berichtet worden war.

»Hmm, nun ja, nicht ganz, mein Kind...«

War sein Ton freundlicher als letztes Mal? Wahrscheinlich war sie inzwischen nur ein bißchen selbstsicherer.

»Der Umstand, daß Phillip mein Sohn ist – ich meine, der Sohn eines Richters –, hat das Interesse der Medien geweckt. Ich sage Ihnen, sie werden morgen früh zu dieser Verhandlung vor dem Haftrichter anrücken, weil sie hoffen, daß Phillip irgendeine Vorzugsbehandlung zuteil wird und sie in lautes Protestgeschrei ausbrechen können.«

»Aber was heißt das? Wird der Haftrichter...? Haben Sie nicht gesagt, sie würden ihn morgen freilassen?«

»Sehr wahrscheinlich, mein Kind. Sehr wahrscheinlich. Die Dinge liegen überaus günstig für uns, aber sicher ist man nie. Wir haben uns Zeit genommen, um diesen Kautionsantrag absolut hieb- und stichfest zu machen, aber dennoch...«

»Er kommt doch raus?«

»Mit Sicherheit kann man das nie sagen. Totschlag ist eine sehr schwerwiegende Anklage. Der Untersuchungsrichter könnte versuchen, die öffentliche Meinung zu beschwichtigen, indem er die Fortsetzung der Haft verfügt, aber das glaube ich nicht. Ach, übrigens, ich habe mit Phillip gesprochen, und er hätte gern, daß Sie morgen früh zu der Verhandlung kämen.«

»Sicher! Ich werde –«

Aber Mr. Boyds emotionslose Stimme überrollte sie einfach.

»... wohingegen ich das für keine gute Idee halte. Wegen dieses Presserummels, verstehen Sie?«

»Ja...«

Er fuhr sachlich fort: »Falls wir gewinnen, wovon ich überzeugt bin, wird er wenige Stunden nach der Verhandlung frei sein. Zuerst müssen noch Unterschriften geleistet, das Geld übergeben und Papiere ausgehändigt werden. Aber danach bringe ich ihn sofort zu Ihnen. Was halten Sie davon?«

»Das wäre toll, Mr. Boyd. Ich wäre Ihnen wirklich sehr dankbar.«

»Keine Ursache!« Sein Ton wurde jetzt poltrig-jovial, er versuchte offenbar, sie aufzuheitern. »Aber es wird nur ein kurzer Besuch werden. Meine Frau... ich meine, Phillips

Mutter besteht darauf, daß er zunächst ein paar Tage zu Hause bleibt, im Familienkreis, und ich tendiere dazu, ihr rechtzugeben...«

»Natürlich«, zirpte Kelly beflissen.

»Er kann Sie ja anrufen. Aber ein paar Tage sollte er daheim bleiben – das verstehen Sie doch. Die ganze Sache hat seine Mutter ziemlich mitgenommen.«

»Das verstehe ich, Mr. Boyd.«

Sie verabschiedeten sich höflich, und Kelly legte auf. Was sollte sie nur bis morgen mit sich anfangen?

In dieser Nacht hatte sie wieder einen merkwürdigen Traum, aus dem sie verwirrt erwachte. Sie sagte sich, daß Träume sinnloses Zeug waren und daß sie am besten nicht mehr dran dachte. Aber sie hatte trotzdem Angst davor, wieder einzuschlafen.

In dem Traum war sie auf dem Weg zum Schwimmbad an der Pizzeria vorbeigekommen und hatte den alten George gefragt, ob er mit ihr schwimmen gehen wolle. (Daran war überhaupt nichts Seltsames gewesen.) Er hatte ja gesagt, und sie waren zusammen zum Schwimmbad gegangen, untergehakt wie gute Freunde. Sie hatten eine Weile am Zaun gestanden, die Finger in die Drahtmaschen gekrallt, und hatten den Leuten beim Schwimmen zugeschaut. Da hatten sie Vasilios und Con zum tiefen Beckenende schwimmen sehen. Beide waren immer wieder aus dem Becken gestiegen, auf den Sprungturm geklettert, mit eleganten Köpfern ins Wasser gesprungen, um sich dann wieder herauszuhieven, naß, braun und glänzend wie Seehunde. Sie hatten die ganze Zeit gelacht und sich spielerisch gebalgt. Aber als Kelly sich zu George umgedreht hatte, um ihn zu fragen, ob er nicht stolz auf seine beiden gutaussehenden Söhne sei, hatte der alte Mann geweint. Tränen waren ihm über die verwitterten Wangen geströmt, und er hatte nichts herausgebracht, obwohl er verzweifelt versucht hatte, etwas zu sagen.

Als der silberne Mercedes vor ihrem Haus hielt, war es bereits nach eins – die Verhandlung hatte um zehn sein sollen –, und Kelly hatte die Hoffnung schon mehr oder weniger aufgegeben. Wahrscheinlich hatte der Haftrichter zeigen wollen, wie hart er sein konnte. Dieser Reiche-Leute-Sohn würde genauso behandelt werden wie jeder X-Beliebige, um zu demonstrieren, daß die Justiz keine Unterschiede machte.

Ein rasches Klopfen ließ sie aus dem Bett springen und zur Haustür laufen. Da stand Phil, ein bißchen blaß und dünn, aber so gutaussehend wie immer, und lächelte sie an.

Kelly umarmte ihn. »Phil! Du hast's geschafft! Sie haben dich rausgelassen! War es schlimm? Haben sie –«

Dann schluchzte sie und schnappte nach Luft und kriegte nichts mehr raus. Er lachte und umarmte sie fest. »Ja. Ich bin draußen.«

Sie küßten sich kurz, ehe Phil ihr ins Ohr flüsterte: »Hey, können wir kurz reingehen? Mum und Dad sind da unten.« Kelly sah auf den Wagen und die grauhaarige Frau, die ziemlich majestätisch auf dem Beifahrersitz saß und mit verkniffener, leicht irritierter Miene zu ihnen heraufsah. Kelly kam sich plötzlich sehr jung und unbeholfen vor, und sie schämte sich für diese Straße, die schlagartig so poplig und schmuddlig wirkte – keinesfalls gut genug für diesen Wagen und diese Leute. Sie grüßte mit einem schlaffen kleinen Winken und bereute es sofort.

Phil rief zu seinen Eltern hinunter: »Nur ein paar Minuten, okay?«

Die Frau nickte, und Mr. Boyd, der jetzt ausgestiegen war und einen mickrigen kleinen Baum auf dem Grünstreifen inspizierte, bedeutete ihm mit einem scherzhaften Wedeln, er solle verschwinden. Kelly und Phil gingen ins Haus und schlossen die Tür. Phil steuerte in Richtung Küche, aber Kelly hielt ihn zurück.

»Meinst du, wir können sie einfach so da draußen sitzen lassen? Möchten sie nicht lieber reinkommen und eine Tasse Tee trinken oder so was?«

Phil küßte sie wieder. »Nein, ist schon gut.«

Kelly nahm seine Hand. »Laß uns nicht in die Küche gehen. Dad ist da. Komm mit in mein Zimmer.«

Sie setzten sich auf ihr Bett. Jetzt, da sie endlich allein sein konnten, waren sie beide schüchtern, weil da zwischen ihnen dieses Erlebnis hing, über das sie noch gar nicht hatten reden können. Kelly nahm Phils Hand.

»War es schrecklich dort drinnen, Phil?«

»So schlimm auch wieder nicht. Es waren ja nur ein paar Tage, obwohl es mir länger vorkam...«

An seiner Nervosität und dem leichten Zittern seiner Lippen merkte sie, daß er ziemlich mitgenommen war. »Was hat der Haftrichter gesagt? Hast du gedacht, er behält dich da?«

»Ja, Angst hatte ich schon. Aber der Anwalt hatte vor der Verhandlung schon mit der Polizei gesprochen. Sie waren mit der Kautionsregelung einverstanden. Die ist übrigens nicht von Pappe. Mein alter Herr mußte heute morgen fünfzigtausend Dollar rüberrücken, und ich muß mich dreimal die Woche auf dem Polizeirevier melden und bis zum Prozeß zu Hause wohnen.«

»Echt?« Er sprach so schnell und hektisch. So hatte Kelly ihn noch nie erlebt. Sie ertappte sich bei dem Gedanken, wie es sich wohl anfühlen mußte, fünfzigtausend Dollar auf dem Bankkonto zu haben.

»Ja. Weil ich nicht versucht habe, irgendwas zu verbergen, waren die Polizisten ganz okay.« Für einen Moment kehrte ein Hauch seiner alten Unbekümmertheit zurück. »Und außerdem hat Dad Paul McKenna als Anwalt engagiert, er ist der beste im ganzen Land... das erleichtert die Sache natürlich auch.«

Kelly nickte und drückte seine Hand, aber ihr Gesicht fühlte sich an, als würde es jeden Moment entgleisen.

»Halt dich fest«, sagte sie innerlich zu sich selbst. »Halt dich an dieser Hand hier fest. Gleich ist alles wieder okay.« Sie merkte, wie dieses Gefühl, von allem abgeschnitten zu sein, wieder über sie kam. Die Realität glitt Stück für Stück davon, wie stählerne Autoteile auf einem Fließband, und sie stand am Bandanfang, wo nichts mehr passierte. Sie mußte dran denken, wie sie einmal mit ein paar Freunden in einem Boot auf einen See hinausgefahren war. Das Boot war gekentert, und als sie es wieder umdrehen wollten, war es ihnen immer wieder weggeglitscht. Die schleimig-grüne Unterseite hatte sich nicht fassen lassen, und sie hatten in dem kalten Wasser gestrampelt und sich vergebens abgemüht. Nach einem Moment der Panik hatte sie gemerkt, daß sie ganz nah am Ufer waren und nur zurückzuschwimmen brauchten. Sie hatte durch ihre klappernden Zähne gelacht, war mit kräftigen Zügen losgeschwommen und hatte die anderen sicher zurückgeführt, ohne auch nur einmal in die tückische trübe Tiefe runterzugucken. Es hatte kein Grund zur Panik bestanden. Nicht der geringste Grund.

Phil legte den Arm um sie und flüsterte: »Schön, dich zu sehen, Kel. Für dich war das alles bestimmt auch ganz schön hart, was?«

Kelly zuckte die Achseln. Sie sah, wie die Knöchel ihrer linken Hand, die seinen Oberarm umschloß, weiß wurden. Sie klammerte sich an ihn, so fest sie konnte.

»Autsch!« sagte er scherzhaft, löste seinen Arm behutsam aus ihrem Griff und küßte ihre Finger. »Willst du mir das Blut abklemmen?«

Er beugte sein Gesicht dicht an ihres heran. »Hör mal, Kel, noch diese paar Tage und Weihnachten, und dann haben wir jede Menge Zeit für uns. Und ich werde dich dauernd anrufen. Ich hab dich so vermißt.«

Wie sollte sie ihm erklären, was mit ihr los war? Sie kriegte es ja noch nicht mal für sich selbst klar. Es war, als lebte sie in einem dichten Nebel. Sie schlief und aß, Tage und Nächte vergingen, sie begegnete Leuten oder telefonierte, ohne daß sie wirklich sah oder kapierte, was um sie herum ablief.

»Phil... hast du dran denken müssen, daß er... tot ist?« Ihre Stimme war so leise, daß Phil sein Ohr dicht an ihren Mund beugen mußte. »Ist das nicht schrecklich? Er war doch noch so jung, und... seine Eltern. Ich kenne sie. George und Elena.«

Phil legte zwei Finger leicht auf ihren Mund, und sie verstummte, sah sein Gesicht zucken.

»Kelly, ich kann nicht...« Er rutschte ein Stück weg, lehnte sich zurück, die Hände hinterm Kopf verschränkt, und starrte an die Decke. »Ich kann's mir nicht leisten, daran zu denken... sonst komm ich nie drüber weg... wir wissen doch alle, was passiert ist, oder?«

Sie nickte. Er beugte sich zu ihr, und sie küßten sich wieder.

»Warum sollen wir uns dann deswegen das Leben schwermachen? Es ist nun mal passiert. Niemand kann mehr irgendwas tun. Wenn ich irgendwas tun könnte, würde ich's tun, das kannst du mir glauben ...«

Kelly preßte ihr Gesicht an seine Brust. Ein Teil von ihr wollte ihm weh tun, ihn dazu bringen, daß er schrie und brüllte, als Beweis dafür, daß er wirklich da war. Aber sie beherrschte sich, hielt so still, wie es irgend ging, starrte auf die Streifen seines Hemds und die Knöpfe, die sich so fein gerade und regelmäßig von seinem Hals bis zu seiner schmalen Taille hinunterzogen. Sie schmiegte sich noch enger an ihn. Vielleicht würde es ja helfen, sein Herz schlagen zu hören.

Phil küßte sie auf den Kopf, befreite sich sachte und stand langsam auf. »Ich muß jetzt gehen«, sagte er ruhig. »Mum ist ziemlich fertig. Wir sehen uns wohl erst nach Weihnachten wieder, aber ich ruf dich an.« Er küßte sie noch einmal. »Mach dir keine Sorgen, okay?«

Kelly kam sich albern vor. Er meinte es ja nett, aber sie haßte es, wie ein kleines Kind behandelt zu werden. Phil bemerkte nichts von ihrer inneren Zerrissenheit und sprach langsam weiter, mehr zu sich selbst als zu ihr.

»Dad meint, es geht schon alles klar. Und wer bin ich, ihm zu widersprechen? Ich schätze, ich muß nur die nächsten paar Monate irgendwie hinter mich bringen.«

»Ja.« Sie zögerte. »So wird es wohl sein.«

Er versuchte, sie durch einen Scherz aufzuheitern. »Hey, wieso schmeißt du nicht nach Weihnachten noch eine Party? Diesmal für mich, um meine Rückkehr in die Welt zu feiern.«

Kelly fühlte einen Wärmestrom in ihren Kopf zurückfließen. Sie boxte ihn leicht auf den Arm und kicherte erleichtert. »Auf so eine Scheißhausidee kommst auch nur ein Stinker wie du!«

Als er weg war, ging sie rüber in die Küche, um mit ihrem Vater einen Tee zu trinken. Sie fühlte sich schon besser.

»Ich hab doch gleich gesagt, daß er rauskommt«, brummte Keith, während er eine saubere Tasse herausnahm und ihnen beiden Tee eingoß. Kelly schnitt den Schokoladenkuchen an, den sie am Morgen gebacken hatte, um die Zeit irgendwie auszufüllen.

»Hey, möchtest du auch ein Stück, Dad?«

»Ob ich eins möchte? Ich hab schon gedacht, du würdest mich nie fragen!«

Kelly grinste und zeigte mit dem spitzen, krümelverklebten Messer auf ihn. »Ich warn dich. Nur ein Stück. Liz und Carmen kommen nachher auch noch.«

»Okay, okay.« Er spachtelte schon los, spitzte verzückt den Mund und verdrehte die Augen.

Liz und Carmen kamen am späten Nachmittag. Sie waren zusammen am Strand gewesen, wußten aber schon irgendwoher, daß Phil auf Kaution entlassen worden war.

»Mann, Kel, ist das nicht toll!« Carmen war ein bißchen außer Atem, als sie eine kalte Flasche Sekt und ein Stück von ihrer Mutter fabrizierte Pastete aus einem Korb nahm und auf den Tisch stellte. Ihr Haar war oben auf dem Kopf zu einem verrückten schiefen Zopf zusammengezurrt, und ihre kräftigen Beine in den alten Armee-Shorts hatten einen Sonnenbrand abgekriegt. Ihr Neon-T-Shirt war zerrissen, und ihre Füße waren dreckig, aber das machte alles nichts. Carmen sah bildhübsch aus: blitzende blaue Augen und ein breites strahlendes Lächeln.

»Erzähl! Wie geht's ihm? Wie lange war er hier?« Liz wirkte ebenso lebenssprühend. Sie zog ihr ohnehin schon recht kurzes Kleid noch weiter über den blauen Ledergürtel hinauf, um ihre hübsch geformten, sonnengebräunten Beine zur Geltung zu bringen, und setzte sich an den Küchentisch.

»Hat sein Alter gesagt, daß es sicher zum Prozeß kommt?«

Kelly erzählte ihnen alles, was sie wußte. Carmens Augen glänzten vor Erregung. Doch als sie nach einer knappen Stunde zum drittenmal über die gerichtsmedizinische Untersuchung sprachen, merkte Kelly, daß sie alles dafür geben würde, wenigstens vorübergehend über etwas anderes zu reden.

»Jetzt seid ihr dran, Mädels«, sagte sie. »Ich war schon ewig nirgends mehr. Ist da draußen gar nichts passiert? Worum dreht sich der neueste Klatsch?«

Liz zog ironisch eine schwarze Augenbraue hoch – ihre typische Art zu sagen: Was soll das Getue? »Kelly, alle reden nur über diese Sache. Leute, die du gar nicht kennst, die nicht mal auf unserer Schule sind oder auch nur hier in der Gegend wohnen, behaupten allen Ernstes, daß sie auf deiner Party waren.« Sie zog eine Grimasse, als sie die Bestürzung auf Kellys Gesicht sah: »Deine Party war *das* gesellschaftliche Ereignis dieses Sommers. Der Knüller der Saison.«

Carmen war ganz aufgeregt. »Das stimmt echt, Kel! Du bist berühmt. Wir sind alle berühmt!«

Kelly seufzte. Carmen war manchmal wirklich doof. Wenn sie diese großen Kulleraugen kriegte, konnte man ziemlich sicher sein, daß sie entweder übertrieb oder schlichtweg Lügengeschichten erzählte.

»Ach, ja?« murmelte Kelly sarkastisch, während sie Brot abschnitt und mit Pastete bestrich. »Wirklich wunderbar.«

Ihre Bitterkeit überraschte Liz und Carmen. Sie warfen sich einen kurzen Blick zu, den Kelly wohl bemerkte. Ihr war klar, daß die beiden genervt waren, weil sie sich nicht auf ihre Witzeleien einließ. Aber das Gespräch war Kelly einfach zu oberflächlich geworden, als wäre das alles nur ein Spiel! Und der Ausgang stand auch schon fest. Niemand schien irgendwelche Zweifel dran zu haben, daß Phil freigesprochen werden und die ganze Sache für ihn und damit für sie alle gut ausgehen würde. Ein aufregendes kleines Zwischenspiel, weiter nichts. Vielleicht war es ja nur der Sekt, der sie so empfindlich machte. Liz und Carmen waren schon wieder am Plappern und stachelten sich mit immer neuen Spekulationen gegenseitig an.

»Peter Hudson meint, die Gang von diesem toten Typ – die Kerle, die nach dem Unfall abgehauen sind – sei gestern gefaßt worden.«

Kelly sah jäh auf. »Woher will er das wissen?« fauchte sie. Froh, endlich ihre volle Aufmerksamkeit zu haben, beschloß Liz, die Sache auszukosten. Sie stand lässig auf, ging ans Fenster, machte es auf und ließ die überraschend kühle Abendluft herein.

»Ich weiß nicht, woher er's weiß, aber Peter erzählt keinen Quatsch...«

In ihrer Stimme lag eine gewisse Kälte, während sie herausfordernd zu Kelly rübersah. Die hielt ihrem Blick ein paar Sekunden stand, ehe sie die Augen senkte. Liz fuhr munter fort: »Ein paar von diesen Kerlen... Ihr wißt doch, dieser große, häßliche mit den fettigen Haaren? Nick heißt er, glaub ich, und noch einer namens Zeno – na ja, die Cops haben denen ganz schön eingeheizt.«

Kelly versuchte ohne großen Erfolg Gleichgültigkeit zu mimen. »Eingeheizt? Was soll das heißen? Was haben die Cops mit ihnen gemacht?«

»Peter sagt, er hat sie hinterher gesehen. Blaue Augen, Beulen, zerrissene Klamotten. Leider konnten ihnen die

Cops nichts nachweisen, obwohl sie wußten, daß die Kerle mit Drogen dealen. Offenbar haben sie keine richtigen Beweise gefunden.«

Die Polizei war für ihren harten Umgang mit solchen Leuten berüchtigt. Kelly fragte sich, ob Con auch dabeigewesen war und ob sie ihn auch verprügelt hatten. Aber von Con war nicht die Rede.

Ihre Freundinnen schwatzten munter weiter, bis in den Abend, während Kelly immer stiller wurde. Dann ging Carmen los, um ein Video auszuleihen. Es war eine amerikanische Komödie, und binnen zehn Minuten bogen sie sich alle vor Lachen. Als sie das Video mittendrin anhielten, um noch was zu trinken zu machen, wagte Kelly den vorsichtigen Vorschlag, daß eine oder mehrere von ihnen zu Vasilios' Beerdigung gehen sollten, um seiner Familie ihren Respekt zu erweisen. Carmen und Liz sahen sie entsetzt an.

»Auf keinen Fall, Kel! Sie würden es garantiert falsch verstehen!«

»Vergiß es, Kel. Kommt nicht in Frage.«

»Es war ein Unfall, Kel. Niemand von uns konnte was dafür. Wir hatten gar nichts damit zu tun.«

»Sie wollten Ärger machen, Kelly. Sie haben es selbst provoziert.«

Kelly stand stirnrunzelnd auf und stellte den Videorecorder wieder an. Innerlich kochte sie. Sie wußte selber, wie sich diese Typen aufgeführt hatten! Sie wußte, daß sie es selbst provoziert hatten. Aber hatte er es deshalb verdient zu sterben? Wie konnte es jemandem recht geschehen, mit zweiundzwanzig zu sterben? Was mußte der alte George jetzt durchmachen? Und Elena? Sie würde selbst entscheiden, was sie für richtig hielt und was nicht. Nur weil die beiden ihre Freundinnen waren, stand es ihnen noch lange nicht zu, ihr Vorschriften zu machen oder ihr zu sagen, was sie zu denken hatte.

Die zweite Hälfte des Videos war irgendwie nicht mehr so lustig. Kelly lag mit den anderen da und guckte zu, aber sie war zerstreut. Wieso wollte niemand mit ihr drüber reden, wie schlimm das alles gewesen war und wie schrecklich es war, daß Vasilios hatte sterben müssen? Niemand. Weder Phil, noch Liz, noch Carmen, noch ihr Vater, noch sonst jemand von ihren Freunden und Freundinnen, die dabeigewesen waren. Für sie alle war Con nur eine schattenhafte Gestalt, die in jener schicksalhaften Nacht die Pizza ins Haus geliefert und dann bei dem Leichnam auf der Straße gesessen hatte. Der Bruder dieses Schlägertyps. Falls irgendwer sich Gedanken darüber machte, wie es ihm wohl ging, merkte man nichts davon.

11

Obwohl Kelly keine bewußte Entscheidung getroffen hatte, ging sie zu Vasilios' Beerdigung. Sie landete einfach irgendwie dort. Es war windig und brütend heiß – richtiges Buschfeuer-Wetter. Im Radio wurde dauernd vor der Feuergefahr gewarnt. Das Sommergewitter vor ein paar Tagen schien keine großen Auswirkungen auf das dürre, dichtbewachsene Grasland gehabt zu haben: noch immer wartete dieser ganze Zunder nur darauf, sich in eine Hölle aus Hitze und Asche zu verwandeln.

Vor der steingrauen Kirche in der Lygon Street lag Müll. Überall das gleiche, in allen Straßen: Zeitungspapier, Plastikbecher, Hamburgerschachteln, leere Dosen und Zigarettenpackungen, die von dem heftigen, stinkigen Wind durch die Gegend gewirbelt wurden. Kellys Augen brannten vor Staub und Sand, als sie auf die Kirche zuging. Sie fragte sich, ob die Sachen, die sie anhatte, okay waren: das schwarze T-Shirt und der graue Faltenrock ihrer Mutter, den sie zusammengerollt ganz oben in ihrem Schrank gefunden hatte – vergessen. Ihre Mutter hatte in diesem Rock immer wunderschön ausgesehen. Sie hatte ihn mit einer knallroten Baumwollbluse, einem breiten schwarzen Lacklledergürtel und roten Stöckelschuhen getragen. Ihre Mutter hatte auch immer knalligen Lippenstift benutzt und viel gelächelt. Die Mütter ihrer Freundinnen waren schlanker und hatten teurere Kleider und teureren Schmuck, aber Kellys Mutter war viel lebendiger: Sie kicherte und sagte Sachen, die eine Frau mit Vierzig nicht mal zu denken, geschweige denn zu sagen hatte. Aber ein grauer Faltenrock war nicht gerade das, was Siebzehnjährige normalerweise trugen, und Kelly fühlte sich unsicher, als sie ihn jetzt in dem Wind unten zu halten versuchte. Was zog man in ihrem Alter zu einer Beerdigung an? Liz hatte ihr erklärt, dunkle Sachen seien absolut out – die Leute kleideten sich einfach ganz normal. Aber Kelly hatte sich schließlich doch auf ihren eigenen Instinkt verlassen, der ihr sagte, daß das für griechische Beerdigungen bestimmt nicht galt. Außerdem waren Liz und Carmen so vehement dagegen, daß sie überhaupt hinging – vielleicht wollten sie gar nicht, daß sie passend angezogen war.

Es war eine Erleichterung, die Kirche zu betreten und dem Wind zu entrinnen. Sie war ein bißchen zu spät dran, und Weihrauch und traurige Musik erfüllten bereits den Raum. Kelly setzte sich in die hinterste Bank, so weit wie irgend möglich von der übrigen Trauergemeinde entfernt. War es richtig, daß sie hergekommen war? Sie kannte niemanden. Na ja, außer... Kelly sah sich um, konnte Con aber nicht entdecken. Da waren so viele dunkle Anzugrükken und glänzend dunkle Hinterköpfe – sie faßte sich verlegen an ihre eigenen dicken roten Locken; sie wirkten fast schon exotisch in dieser Menge von Griechen, selbst mit dem schwarzen Schal, der sie zurückhielt. Wie war Cons Haar? Ein bißchen wellig? Dort saß ein junger Mann, ganz vorn, neben zwei älteren Leuten, die wie George und Elena aussahen. Er drehte den Kopf leicht in Richtung Sarg, und Kelly sah für einen Moment sein Profil. Ja, es war Con! Dieselbe Nase, aber... nein, sicher war sie sich nicht.

Die Kirche war fast voll, und Kelly war froh, daß sie sich mit der Kleidung doch richtig entschieden hatte: Die meisten Trauergäste trugen Schwarz oder wenigstens Dunkelbraun oder Grau. Vorn auf dem Altar glänzte das schöne Holz des Sargs im flackernden Licht der Kerzen, die am Kopf- und Fußende standen. Der bärtige alte Priester murmelte sich – halb singend, halb stöhnend – durch die Gebete. Ab und zu schwenkte er den Weihrauchkessel über dem Sarg und dann in Richtung Gemeinde, wobei er unablässig weiter mit singender Stimme aus dem großen, beleuchteten Buch auf dem Messingständer rezitierte und mit ausgestreckten Armen und demütigen kleinen Verneigungen Gottes Gnade und Güte auf die Anwesenden herabbeschwor.

Kelly kam sich vor, als könnte sie ebensogut in eine andere Zeit versetzt worden sein. Sie verstand kein Wort dieses griechischen Gottesdienstes, aber das machte nichts, die Fremdheit des Ganzen war ihr gerade recht, ermöglichte es ihr, sich zu entspannen. Es war mit Sicherheit besser, als irgend jemandem zuhören zu müssen, der darüber schwadronierte, was für ein famoser Mensch Vasilios gewesen war – das hatten Liz und Carmen ihr nämlich prophezeit. Sie waren beide schon bei Beerdigungen gewesen und hatten steif und fest behauptet, das erwarte sie. Sie fragte sich, ob Liz und Carmen wenigstens lachen würden, wenn sie erfuhren, daß das Ganze natürlich auf griechisch abgelaufen war und sie deshalb auch kein Wort verstanden hätten.

Kelly guckte nach vorn und sah, wie Elena und George, beide blaß und steif vor Schmerz, aufstanden und an den offenen Sarg traten, um noch einen letzten Blick auf ihren toten Sohn zu werfen. Ja, das mußte doch Con sein, dort vorn in der Bank – sein Gesicht konnte sie noch immer nicht sehen.

Elena begann leise zu schluchzen, als der Sargdeckel geschlossen wurde; sie streckte die Hand aus und berührte kurz das glänzende dunkle Holz, ehe sie sich von George wieder zu ihrem Platz führen ließ. Die Zeremonie ging weiter: immer neue Gebete und gedämpfte Geräusche, wenn sich die Leute erhoben und wieder setzten, ihre Antworten murmelten, husteten, weinten.

Schließlich war es vorbei. Sechs Männer traten stumm vor, hievten den Sarg auf ihre Schultern und gingen langsam hinaus, angeführt von dem Priester, der immer noch seinen Weihrauchkessel schwang und Gebete vor sich hin sang. Elena und George stolperten mit schmerzgepeinigten Gesichtern hinter dem Sarg her, dann folgte Con, mit gesenktem Kopf, tränenlos und blaß. Die Gemeinde schloß sich an, systematisch Reihe um Reihe, wie disziplinierte Kinder bei einem Schulkonzert.

Kelly wartete, bis sich alle Bankreihen vor ihr geleert hatten, und schloß sich dann der Schlange am Ausgang an. Zu ihrer Erleichterung blieb sie völlig unbeachtet, während die Leute einander mit ernsten, wissenden Gesichtern küßten und umarmten und seufzten und flüsterten.

Plötzlich wollte sie nur noch weg. Die Vorstellung, Con zu begegnen, ihn vor sich zu sehen, so traurig und verschlossen, erfüllte sie mit Panik. Sie kannte ihn doch gar nicht! Was sollte sie denn sagen? Das waren doch alles fremde Leute. Auch Con. Sie waren ja nicht befreundet. Es war auf ihrer Party passiert, und sie hatte kein Recht, hier zu sein.

Sie blieb zögernd auf der obersten Treppenstufe vor der Kirche stehen und starrte unbewegt und fasziniert nach unten, wo der Sarg jetzt im Heck des großen Leichenwagens verschwand.

Das war's. Der letzte Abschied von einem zweiundzwanzigjährigen Rowdy. Kelly schob sich rasch durch die Menge. Niemand verstellte ihr den Weg, niemand lächelte ihr zu oder sah sie auch nur an. Sie entschuldigte sich leise und umrundete eine Gruppe älterer Frauen, die sich weinend aneinander festhielten. Kelly zögerte, als sie sah, daß in der Mitte Elena stand. Sollte sie Elena einfach kurz am Arm berühren und ihr sagen, daß es ihr leid tat? Nein. Das würde sie ein andermal im Restaurant machen, wenn nicht so viele Leute drumherum waren. Kelly arbeitete sich an einer anderen Gruppe – Männer, die wortlos im Kreis standen und rauchten – vorbei und auf den Gehweg hinunter. Endlich konnte sie einfach heimgehen, die glühend heiße Straße entlang.

Sie ging schnell, fühlte ihr Herz klopfen. Liz und Carmen hatten recht gehabt. Es war ein Fehler gewesen. Aber jetzt würde sie bald wieder daheim sein, und dann war alles vorbei. Ihr Herz machte einen Satz, als sie die Stimme hinter sich rufen hörte, aber sie ging weiter, tat, als hätte sie nichts gehört.

»Hey! Warte!« Wieder diese Stimme.

Kelly drehte sich um und sah Con auf sich zurennen. Sie blieb erschrocken stehen und wartete, wußte aber nicht, wo hingucken, als er sie schließlich erreicht hatte. Con war ebenfalls verlegen. Er sah so anders aus in seinem glänzenden Anzug, mit dem weißen Hemd und dem schwarzen Schlips.

»Danke, daß du da warst. Ich wußte nicht, daß du kommst.«

Kelly antwortete leise: »Ich war mir nicht sicher, ob es richtig war oder nicht.«

Con trat plötzlich einen Schritt näher und zeigte auf ihre Hände. Sie hatte sich gestern die Nägel dunkelblau lackiert, einfach nur so, um etwas zu tun zu haben, und jetzt stachen sie von ihren weißen Händen ab wie die spitzen Enden von Lippenstiften.

»Du hast ja neue Nägel.«

Ein kleiner Springquell von Fröhlichkeit sprudelte in ihr empor. Sie hatte schon so lange kein Gefühl von Leichtigkeit mehr verspürt, daß sie am liebsten losgelacht hätte, aber sie bekam sich noch rechtzeitig in den Griff.

»Tut mir leid wegen deinem Bruder. Phil wollte das nicht...«

Con runzelte die Stirn und guckte weg. Kelly dachte, daß sie etwas Falsches gesagt hatte, und suchte verzweifelt nach etwas anderem, was richtiger klingen würde.

»Ich meine ... ich glaube ...«

Aber Con hatte lediglich den Mut zusammengekratzt, ihre Hand zu ergreifen. Sie standen Hand in Hand da, ohne einander anzugucken, weil sie das beide nicht wagten. Kelly atmete ein paarmal tief durch, um sich zu beruhigen. Demnächst würde einer von ihnen etwas sagen müssen; sie konnten nicht einfach händchenhaltend hier auf der Straße stehen, nur einen halben Block vom Rest der Trauergemeinde entfernt.

»Meinst du, deine Eltern werden drüber wegkommen?« flüsterte sie. Das war alles, was ihr einfiel. Ihr Herz hatte sich woanders hinkatapultiert, und sie hatte die Orientierung verloren. Wohin jetzt?

Con schüttelte den Kopf. Seine Stimme kam tief aus seiner Brust, heiser und brüchig. »Nein. Nie. Ich auch nicht. Ich bin jetzt der einzige Sohn.« Er bewegte den Daumen, streichelte die Oberseite ihrer Finger. Sie runzelte die Stirn, wollte aufrichtig wissen, was sie schon die ganze Zeit beschäftigt hatte.

»Ich hätte nie gedacht, daß ihr zwei ... habt ihr euch gern gehabt, dein Bruder und du?«

Con sah sie erstaunt an und lächelte dann geradewegs in ihre Augen. »Ja, klar. Er war mein Bruder. Ich hab ihn geliebt.« Seine Stimme senkte sich zu einem Flüstern, und er sah ihr in die Augen. »Ich denk auch an dich. Die ganze Zeit.«

Verlegenheit und Freude breiteten sich über Kellys Gesicht. Was er da sagte, war ungeheuerlich, aber sie fühlte sich wie ein Berg, in dessen Innerem ein Vulkan grummelte und brodelte; jeden Moment konnte er ausbrechen. Sie wußte nur, daß sie nichts wußte, daß ihr alles, was sie über sich zu wissen geglaubt hatte, entglitt. Es war, wie auf einer Schaukel hoch emporzuschwingen und zu spüren, wie sich der Sitz unter einem auflöste; dieses wunderbare Gefühl, wie ihr Körper emporflog, immer höher und höher.

Sie lachte. »Aber du kennst mich doch gar nicht. Wir kennen uns doch gar nicht.«

Con ließ ihre Hand los. »Ich kenne dich.«

Er sah kurz zu der Kirche zurück, wo jetzt die Autos, die zum Friedhof wollten, nach und nach anfuhren und Stimmen auf griechisch durcheinanderriefen. »Ich muß los. Ich weiß nicht, wann wir uns wiedersehen, aber ich ... kann ich dir schreiben?«

Kelly war etwas amüsiert. »Aber wir wohnen doch in der selben Gegend.«

Con zuckte bedauernd die Achseln. »Ich weiß, aber ich muß jetzt erst mal viel bei meinen Eltern bleiben, ich werd eine Weile kaum wegkönnen.«

Sie drehten sich beide um, als sie hörten, wie Cons Name gerufen wurde. Ein paar Männer kamen auf sie zu und gestikulierten ungeduldig. Aus irgendeinem Grund hatte Kelly ein schlechtes Gewissen; sie hatte das Gefühl, daß es diesen Griechen ein Dorn im Auge war, wenn sie hier mit einem ihrer jungen Männer auf dem Gehweg stand. Ein australisches Mädchen. Wie oft hatte sie Männer aller möglichen anderen ethnischen Gruppen geringschätzig über Australierinnen reden hören: Polen, Griechen, Türken, so viele von ihnen verachteten australische Frauen oder taten jedenfalls so. Schlampen. Flittchen. Nutten. Auch wenn es nicht stimmte und mehr über diese Männer aussagte als über sonst jemanden – weh tat es trotzdem.

Sie wandte sich abrupt ab, aber Con faßte ihre Hand.

»Bis bald dann.«

»Okay«, murmelte sie.

Sie gingen in entgegengesetzte Richtungen davon.

12

Dann kam Weihnachten, so plötzlich und unvermittelt, daß Kelly gar keine Zeit mehr hatte, richtig einzukaufen. Sonst hatte sie immer alles so sorgsam ausgesucht: Geschenke für ihren Vater, ihre Mutter und ihren Bruder, Bücher und Kassetten für alle anderen. Aber dieses Jahr hatte sie es immer vor sich hergeschoben, bis auf einmal Heiligabend war. Und dann kaufte sie einfach nur das erstbeste, was ihr begegnete und einigermaßen angemessen schien: ein Buch über Dampfloks für ihren Vater und zwei stinknormale T-Shirts für Jason. Was sonst konnte man einem Dreizehnjährigen schenken? Sie hatte keine Ahnung, was ihn im Moment interessierte oder wie groß er war. So groß wie sie jetzt? Schließlich nahm sie Größe M (er war immer schon groß für sein Alter gewesen), aber es kam ihr komisch vor, als die Verkäuferin die Hemden zusammenlegte. Verrückt, solche Riesendinger für ihren kleinen Bruder! So viel konnte er doch gar nicht gewachsen sein, oder?

Beim Verlassen eines Buchladens betrachtete sie zögernd den neuesten Roman einer irischen Autorin, von der sie wußte, daß ihre Mutter sie mochte. Sie mußte an letzte Weihnachten denken. Da hatte sie das Geschenk für ihre Mutter noch mit so viel Mühe ausgesucht. Sie war einen ganzen Tag in der Stadt herumgelaufen und hatte sich schließlich für ein Paar leuchtend pinkfarbene Leg-Warmer aus Seidengarn und eine Flasche exquisites französisches Parfüm entschieden. Das hatte sie ein Vermögen gekostet, aber sie hatte das Geld gern ausgegeben.

So viel hatte sich in diesem einen Jahr geändert. Es war schwer zu sagen, wann genau sie beschlossen hatte, den Kontakt zu ihrer Mutter abzubrechen. War es um die Zeit gewesen, als das mit Phil angefangen hatte? Vielleicht an dem Tag, als er sie zum erstenmal gefragt hatte, ob sie mit ihm ausgehen wolle. Sie erinnerte sich, wie sie nach langer Zeit wieder einmal fröhlich heimgekommen war. Es hatte ihr alles nichts ausgemacht, weder das stille Haus noch die einsamen Stunden, die vor ihr lagen. Weil sie Phil kennengelernt hatte. Er hatte einen besonderen Charme, jedenfalls im Vergleich zu den meisten anderen Jungen, die sie kannte. Zum Beispiel war er nicht automatisch davon ausgegangen, daß sie seine Einladung annehmen würde, nur weil er gut aussah, älter war und studierte. Das machte ihr Eindruck. Er hatte den Mut, ein Risiko einzugehen. Außerdem mochte sie die augenzwinkernde Art, mit der er sich über ihr schrottiges Fahrrad mokiert hatte, und seine Scherze darüber, daß sie so heißen Kaffee trinken konnte.

»Hey, woraus ist denn dein Mund?« hatte er gefragt, als sie ihren Becher leer getrunken hatte, während seiner noch ganz voll war. Er hatte ihr noch einen Kaffee bestellt und angeboten, ihren Sattel zu reparieren. Sie war total begeistert heimgekommen: Dieser nette Typ fand sie toll und wollte mit ihr ausgehen. Aber dann hatte sie den Brief ihrer Mutter neben dem Telefon auf dem Schränkchen gesehen. Sie hatte ihn geöffnet, und, noch ehe sie die erste Zeile gelesen hatte, senkte sich diese Wolke von Traurigkeit auf sie herab. Es war nur das übliche gewesen, daß sie sie so vermißten und ob sie nicht mal zu Besuch kommen wolle. Aber diesmal hatte Kelly anders reagiert. Wut hatte sie gepackt und die Traurigkeit überlagert. Sie hatte den Brief zusammengeknüllt und auf den Boden geworfen, war in ihr

Zimmer gegangen und hatte die Tür zugeknallt. »Es wird nicht besser«, hatte sie sich gesagt. »Zwei Jahre, und es ist kein bißchen besser geworden. Wird Zeit, daß *ich* etwas ändere. Wird Zeit, daß ich erwachsen werde. Wird Zeit, daß ich mir mein Leben nicht mehr kaputtmachen lasse. Von jetzt an«, hatte sich Kelly mit zusammengebissenen Zähnen geschworen, »lasse ich das nicht mehr zu. Ich werde es allein schaffen. Ohne sie.«

Kelly spürte, wie ihr bei diesen Erinnerungen die Hitze ins Gesicht stieg. Sie hielt noch immer das Buch in den Händen. Das Bild auf dem Einband zeigte eine junge Frau, die von einer Brücke auf einen Fluß schaute, und dahinter die Ruinen eines Schlosses. Irland. Jedenfalls das typische Klischee von dem Land. Wie hatte sich ihre Mutter gewünscht, einmal dorthin zu reisen. Oder in irgendein anderes Land.

»Diese Woche keine Extras, Kelly. Alles, was wir übrig haben, kommt in die Büchse.«

Kelly und Jason hatten gestöhnt und gelacht. »Die Büchse« war die alte, verkratzte Keksdose, die auf dem Frisiertisch ihrer Mutter stand und lauter Kleingeld und manchmal sogar ein paar Scheine enthielt. Alle paar Monate hatte ihre Mutter sie auf die Bank geschleppt und das Geld auf ihr Reisekonto eingezahlt.

»Eines Tages haben wir genug zusammen, und dann verreisen wir alle zusammen. Wir fahren einfach los. Dann kann uns nichts mehr halten.«

Und Kelly hatte ihr geglaubt! Selbst wenn sie total pleite gewesen waren, hatte niemand den Vorschlag gewagt, das Reisekonto anzutasten. Sonst hätte sie einen nur zusammengestaucht. *»Was redest du da? Das ist unsere Zukunft, an der du dich da vergreifen willst.«*

Und was war aus dem Reisekonto geworden? Vermutlich hatte sie davon Möbel oder Vorhänge für ihr neues Haus dort unten gekauft. Geld war immer ein Problem gewesen, als Mum und ihr Dad noch zusammengewesen waren. Wieso sollte sie fast tausend Dollar auf einem Konto liegenlassen, das sowieso nie seinem eigentlichen Zweck dienen würde?

Verraten. So fühlte sie sich.

Kelly stellte sich vor, wie ihre Mutter das Päckchen öffnen und den Einband des Romans betrachten würde. Natürlich würde sie sich freuen. Sie freute sich über fast alles, war meistens fröhlich und optimistisch. Wenn sie ihrer Mutter dieses Jahr kein Weihnachtsgeschenk kaufen würde, was sagte das aus? Und wenn sie eins kaufte? Das sagte doch auch etwas. Vielleicht würde sie einen kleinen Zettel dazulegen. »Von Kelly.« Weiter nichts. Kelly nahm das Buch und ging zu der schwer beschäftigten Kassiererin. Sie sah zu, wie es in einer Tüte verschwand, und beim Zahlen wurde ihr klar, daß ihr Geschenk sowieso nicht mehr rechtzeitig ankommen würde. Das Postamt würde ein paar Tage geschlossen sein, und um diese Zeit brauchte ein Päckchen mindestens vier Tage dort runter. Vielleicht sagte das ja genug. Sie hatte Gänsehaut auf den Armen, als sie aus dem Laden in die warme Sommerluft trat.

Am Weihnachtsmorgen tauschten Kelly und ihr Vater ihre Geschenke aus – er hatte das Buch schon, tat aber trotzdem, als freute er sich, und sie mimte Entzücken über die kleine Blitzlichtkamera, die er ihr schenkte, obwohl sie sich nicht im geringsten für Fotografie interessierte.

Mittags holten sie sich bei ihrem Stamm-Imbiß etwas zu essen. Sie waren nett zueinander, wünschten sich aber beide, daß dieser Tag schon vorbei wäre; es tat zu weh, dran zu denken, wie Weihnachten früher gewesen war, als Mum und Jason noch dagewesen waren.

Es war kurz vor Weihnachten gewesen, vor drei Jahren, als ihre Mutter weggegangen war. Kelly hatte gewußt, daß ihre Eltern sich schon lange nicht mehr richtig verstanden, daß ihr Vater zuviel trank und zu spät heimkam und... tausend Sachen. Aber dann war es doch ein Schock gewesen.

Es war an einem Spätnachmittag passiert, nach der Schule, sie hatte vor ihrer üblichen Tasse Kakao gesessen, während ihr kleiner Bruder seine Comics las und das Radio auf voller Lautstärke lief.

»Kelly-Schatz, Jason, kommt mal beide her. Ich muß euch was sagen.«

Mum und Dad waren immer nur das gewesen: Mum und Dad. Eltern, die zusammenlebten, miteinander lachten und stritten. Sie waren nur als Einheit denkbar.

Ihr letztes gemeinsames Weihnachten lag also vier Jahre zurück. Es war so fröhlich gewesen, so laut und chaotisch. Mum war immer eine geräuschvolle Person gewesen, und Jason war sowieso immer lärmend herumgehüpft.

Jetzt hörte Kelly, wie ihr Vater Mum und Jason anrief, um ihnen fröhliche Weihnachten zu wünschen. Er telefonierte immer mit ihnen, an ihren Geburtstagen, zu Ostern und Weihnachten. Er sprach Kelly leise an, als sie auf dem Weg in ihr Zimmer an ihm vorbei mußte. Zum Glück hielt er die Sprechmuschel fest mit der Hand zu.

»Hey, Kelly. Deine Mum ist dran. Möchtest du mit ihr sprechen?«

Kelly blieb in ihrer Tür stehen und schüttelte, ohne ihn anzugucken, den Kopf. »Nein. Nein, danke, Dad.« Sie zog die Tür leise hinter sich zu und blieb dann zitternd stehen, die Hand noch auf der Klinke. Sie konnte nicht anders, sie mußte zuhören, was ihr Vater sagte.

»Ich kann sie nun mal nicht zwingen, Irene.« Ihr Vater klang immer ein bißchen unwirsch, wenn er mit seiner Ex-Frau sprach.

Der Rest des Gesprächs bestand auf seiner Seite nur noch aus gemurmelten Jas und Neins. Ihre Mutter redete ihn offensichtlich in Grund und Boden. Irene war immer schon redselig gewesen, und Kelly stellte sie sich am anderen Ende der Leitung vor, wie sie lebhaft gestikulierte und lachte, sich das dunkle Haar aus den Augen strich und den Kopf in den Nacken warf, als hätte sie überhaupt keine Sorgen. Und wie sie dann von einem Moment auf den anderen ganz ernst wurde und die Stirn runzelte und ihren kräftigen Zeigefinger mit dem abgekauten Nagel durch ihren goldenen Reifohrring bohrte. Plötzlich sehnte sich Kelly danach, die andere Seite der Unterhaltung zu hören, diese warme Stimme, die irgendwie beim Reden immer gleichzeitig zuhörte. Aber sie hörte nur, wie ihr Dad das Gespräch beendete.

»Tja, dann auf Wiederhören, meine Liebe.«

Kelly grub ihre Nägel in das weiche Fleisch auf der Innenseite ihres Oberschenkels. Wenn sie noch ein bißchen fester zudrückte, würde es bluten. Warum fand sie es so unerträglich, daß er ihre Mutter nach allem, was passiert war, immer noch »meine Liebe« nannte? Der Hörer wurde klickend auf die Gabel gelegt, und wie ein Echo bummerte es einmal kurz in ihrer Brust. Sie wußte, daß ihr Dad selbst schon genug litt, und fühlte sich mies, weil er sich außerdem noch ihretwegen Sorgen machen mußte.

Aber was sollte sie sonst tun? Das ganze erste Jahr hatte sie sich gequält, indem sie schrieb, und Jason war ein paarmal zu Besuch gekommen. Es war total toll gewesen, ihn zu sehen, aber er wurde auch langsam größer und wollte mit seinen eigenen Freunden zusammensein. Es war irgendwie unnatürlich, daß sie, Dad und Jason zwei ganze Wochen nur miteinander verbrachten. Nach einer Weile waren sie sich gegenseitig auf die Nerven gegangen. Es war kein normales Familienleben. Und außerdem war es schwer, das Geld für diese Reisen aufzubringen. Kelly und Jason wußten das beide.

Wie sollte sie weiter nette Briefe schreiben, wenn es sie innerlich aufrieb, weil sie die ganze Zeit nur an die beiden dachte, sich fragte, was sie wohl gerade machten und wann sie ihren Bruder das nächste Mal sehen würde, hoffte, daß ihre Mutter zurückkäme und daß Jason die neuen Farben in ihrem Zimmer gefallen würden. Und dazu noch ihre verrückten Träume, in denen sie alle wieder zusammenwaren. Und morgens beim Aufwachen war ihr Herz auf dem Fußboden zerschellt. Nein. Sie mußte einen anderen Weg finden, ihr Leben zu leben, mußte erwachsen werden. Ihr Vater ertränkte seinen Schmerz und seine Schuldgefühle in Alkohol, und Kelly mußte ihre Mutter und ihren Bruder einfach aus ihrem Kopf verbannen.

Sie wollte mit niemandem telefonieren, und schon gar nicht mit ihrer Mutter.

Nach dem Weihnachtsessen saß Keith in seinem Sessel, las die Zeitung und kommentierte brummend die Sportergebnisse und die Wettervorhersage. Schließlich stellte er den Fernseher an und setzte sich, reichlich mit Bier versorgt, davor. Kelly war klar, daß er sich für die nächsten Stunden niedergelassen hatte. Die leeren Bierdosen häuften sich neben ihm. Wahrscheinlich würde er bis zum späten Abend so sitzen bleiben und sich still und systematisch besaufen. Wenn er richtig betrunken war, tat er nie etwas anderes, als auf dem Sofa einzuschlafen. Armer Dad. Sie setzte sich ein Weilchen zu ihm, trank ein bißchen Orangensaft und blätterte ein paar Zeitschriften durch. Sie wechselten dann und wann ein paar Worte über den Schrott im Fernsehen und vermieden alles, was irgendwie ihre Gefühle hätte berühren können.

Das Haus war ohne Mum und Jason immer noch unerträglich leer. Kein Chaos, das sich über das gesamte Wohnzimmer verteilte, kein Tee- und Zigarettengeruch nach der Schule. Keine Mum, die sie in die Arme nahm und angrinste.

»Ich spendier dir ein Mars, wenn du schnell für mich einkaufen gehst.« Sie hatte gekichert und Kelly in den Hintern gezwickt. *»Komm schon! Sei nicht so, Kel.«*

Zuerst war das Haus nur leer gewesen, bis Dad um fünf von der Arbeit gekommen war. Bald hatte sich die Leere bis sechs hingezogen, dann bis halb sieben. Nach ein paar Monaten hatte er angefangen, Nachtschicht zu machen. Er konnte sowieso nicht schlafen, warum dann nicht arbeiten? Außerdem wurde das besser bezahlt, und er wollte doch, daß sie beide aus diesem schäbigen Viertel rauskamen. Aber irgendwie schien trotzdem nicht mehr Geld da zu sein, egal, wie viele Überstunden er machte. Einmal, etwa ein Jahr, nachdem ihre Mutter weggegangen war, hatte Keith sie ernsthaft gefragt, ob sie nicht lieber bei ihrer Mutter und ihrem Bruder leben wolle.

»Was ist das hier schon für ein Leben für dich, Schatz ...«

Sie hatte nicht lange gezögert. Er hatte sie ängstlich angesehen, den Brief in der Hand. *»Es ist deine Entscheidung, Schatz. Sie würde dich nehmen... möchte, daß du zu ihr kommst.«* Zuerst war die Sehnsucht nach der Wärme und dem Lachen wild aufgeflackert, aber dann hatte eine grimmige Mischung aus Loyalität und Stolz dieses Gefühl überlagert. Sie haßte ihre Mutter für das, was sie getan hatte, aber noch mehr dafür, daß sie sie in diese Versuchung führte. Was wäre sie für eine jämmerliche Drückebergerin, wenn sie ihren Vater jetzt einfach so im Stich ließe.

»Kommt nicht in Frage, Dad, ich bleibe hier. Hier ist mein Zuhause.«

Sie hatte erwartet, daß er froh sein würde, und irgendwie war er es auch gewesen. Aber auf eine so traurige Art. Seine Augen waren feucht gewesen, und er hatte den Kopf hängen lassen. Sie hatten zusammen in der kahlen kleinen Küche gesessen und einander wortlos an den Händen gehalten.

Der Wecker in Kellys Armbanduhr piepte. Sie ging in die Küche und nahm den Plumpudding aus dem Topf, in dem er eine Stunde in sprudelndem Wasser vor sich hin gekocht hatte – sie setzte ihren Stolz drein, Anleitungen ganz genau zu befolgen.

»Möchtest du ein bißchen Plumpudding, Dad?« rief sie laut. Der Fernseher machte jede normale Unterhaltung unmöglich. »Es gibt Vanillesauce dazu.«

»Nein, vielleicht später, Schatz.«

Kelly hielt inne, obwohl die Dose erst halb offen war. Ja, vielleicht später. Sie wollte auch nichts von dem Zeug. Aber sie wollte auch nicht wieder mit ihm vor der Glotze sitzen. Inzwischen verbrachten sie kaum je längere Zeit zusammen, und jetzt, da sie einmal die Gelegenheit hatten, fiel es schwer, sich einzugestehen, wie fremd sie sich geworden waren.

»Hey, Dad, ich geh in mein Zimmer und lese ein bißchen.«

Er hörte es nicht mal.

Kelly kam nicht zur Ruhe. Sie sammelte ein paar rumliegende Klamotten auf und staubte die kleinen Tierfigürchen auf der Kommode ab. Es war Weihnachten, und sie wollte nicht aus dem Haus gehen und auch nicht dableiben. Sie ließ sich aufs Bett fallen, guckte an die Decke und versuchte, ihre Gedanken zu ordnen. Es war wohl an der Zeit, mit klarem Kopf ein paar Dinge auf die Reihe zu kriegen, oder sie würde im totalen Chaos landen. Es war immer ihre Stärke gewesen, sich klare Prioritäten zu setzen und zu verfolgen. Sie verdankte ihre bisherigen Erfolge im Leben nicht zuletzt der Fähigkeit, sich von Dingen loszumachen. Sie ließ sich bis zu einem gewissen Punkt herumwirbeln, aber dann merkte sie, daß sie um zu überleben einen Schlußstrich ziehen mußte. Okay, das mit dem Unfall war eine harte Sache gewesen. Bald würde es vorbei sein. Sie spürte schon, wie es allmählich verblaßte. Zeit, sich wieder ihrem eigenen Leben zuzuwenden und etwas Klarheit zu schaffen.

Phil hatte gestern abend angerufen und sich dafür entschuldigt, daß er ihr sein Weihnachtsgeschenk nicht rechtzeitig hatte zukommen lassen können. Er würde sich den ganzen Feiertag mit seiner Familie und irgendwelchen angereisten Verwandten beschäftigen müssen und wahrscheinlich noch ein paar Tage gar nicht aus dem Haus kommen, aber wenn sie wollte, sei sie ihnen herzlich willkommen. Kelly hatte an das kühle Lächeln seiner Mutter denken müssen, aber dann hatte sie gemurmelt, sie würde ihn gern besuchen, sobald seine Verwandten wieder weg seien.

Eigentlich war sie gar nicht scharf drauf. Im Grunde war sie ganz froh, daß alle »beschäftigt« waren. Das gab ihr Zeit, alles in Ruhe zu sortieren. Da war Phil, über den sie nachdenken mußte. Sie wußte, sie würde ihn bald sehen. Wie würde es jetzt sein, nach allem, was passiert war?

Und... Con? Sie wagte kaum, auch nur seinen Namen zu denken. Von ihm wußte sie viel zu wenig. Er war unbekanntes Terrain. Wie das flache Buschland dort, wo Gran wohnte, rauh und tot auf den ersten Blick, aber in Wahrheit voller Geheimnisse, besiedelt von zähen Pflanzen und Tieren, die hier zu überleben verstanden. Oder der Regenwald, dicht und grün und lebensstrotzend. Sie hatte Bilder davon gesehen, aber wie konnte man über einen Ort nachdenken, an dem man noch nie gewesen war?

»Telefon für dich, Schatz!« Die nuschlige Stimme ihres Vaters riß sie aus ihren Gedanken.

Kelly erhob sich vom Bett und rief unwirsch zurück: »Wer?«

»Keine Ahnung. Carmen, nehme ich an.«

Es war Liz, und sie kicherte, als Kelly sich meldete.

»Kel! Wie geht's? Was ist denn mit deinem Vater?« Erneutes Gekicher. Liz hatte offenbar mitgekriegt, daß Keith betrunken war. Na und? Kelly versuchte, ihrerseits ein Kichern zustande zu kriegen, aber es erstarb im Hals und kam als Krächzen heraus.

»Na ja, er hat ein paar Bierchen getrunken...« Ihre Stimme klang bleiern, und es ärgerte sie, daß ihr das Ganze überhaupt etwas ausmachte. Warum sollte sie sich für ihren Vater schämen? Warum hatte sie das Gefühl, sich für ihn entschuldigen zu müssen? Liz war doch ihre Freundin, Himmelherrgott!

Liz bemerkte Kellys Verunsicherung sofort und wechselte das Thema. »Hör mal, wir wollten fragen, ob du nicht rüberkommen willst. Hier sind tausend Leute. Und es gibt supergutes Essen. Carmen ist grade gekommen. Sie sieht irre aus...« Erneutes Gekicher und ein allgemeiner Tumult am anderen Ende. Dann sprach Carmens atemlose Stimme auf sie ein.

»Komm doch rüber, Kel. Liz meint das Geschenk, das ich von meiner exzentrischen Tante aus England gekriegt hab, ein knallenger Nylonrock mit Leopardenmuster. Ich hab ihn an, und du mußt das unbedingt sehen! Er ist wirklich unglaublich scheußlich!« Wieder Lachen und Gerangel, während Carmen den Hörer an Liz zurückgab.

»Das solltest du dir nicht entgehen lassen! Er hat vorn auch noch zwei Messingknöpfe drauf, die aussehen wie Augen!«

Kelly lächelte. »Ich kann's kaum erwarten.«

Sie war tatsächlich hin- und hergerissen. Sie wußte, was sie dort erwartete. Tolles Essen, interessante Leute und später dann vielleicht noch ein paar Tanzrunden mit Liz' Cousins und Cousinen, die zu Weihnachten immer kamen. Es würde lustig werden.

»Nein, danke vielmals, aber ich glaube nicht.«

»Warum nicht?« fragte Liz eingeschnappt.

Ihr Ton machte Kelly stinkwütend. Sie klang wie eine Lehrerin! Sie war so verdammt selbstsicher! Sie brauchte sich, ehe sie Freundinnen einlud, nie zu fragen, in welcher Verfassung ihre Eltern waren oder wie das Haus aussah. Bei Liz daheim war immer alles perfekt – auf eine warme, ungezwungene Art. Wen störte schon ein bißchen Unordnung, wenn die ganze Bude voll von tollen Sachen war: Gemälden und Keramik und Wein und handgeknüpften Teppichen. Und Leuten, die lauter verschiedene Sprachen sprachen und Sommerhäuschen im ganzen verdammten Land besaßen und die ganze Zeit von irgendwelchen Auslandsreisen redeten.

Sie bemühte sich, ihren Ärger in Schach zu halten. »Ich fühl mich nicht so toll, Liz.«

»Du denkst doch nicht etwa immer noch an diesen ganzen Kram?« fragte Liz. Kelly schwieg. »Wir haben gehört, daß du bei der Trauerfeier warst, Kelly.« Es klang tadelnd.

»Ach, ja?«

Nach einigen Sekunden fragte Liz: »Und wie war's?«

»Okay.«

»Hast du diesen Typ gesehen? Wie hieß er noch mal?«

Kelly schwieg. Um keinen Preis würde sie den Namen nennen, auch wenn sie genau wußte, wen Liz meinte. Es war kaum zu glauben. Offenbar wußten alle, wohin sie ging und was sie tat! Sie spürte, wie ihr Gesicht zu glühen begann. Sie war gesehen worden, wie sie dort Hand in Hand mit Con auf der Straße gestanden hatte, und jetzt wußten es alle. Mist!

»Der Bruder von dem toten Typ.«

»Hmmm.« Kellys Mund war so verkrampft, daß sie gar nicht hätte reden können, selbst wenn sie gewollt hätte.

»Wie hieß er doch gleich?«

»Con, glaub ich.«

Schon umgefallen! Kelly schämte sich über ihre eigene Feigheit.

Liz beschloß, das Thema zu wechseln. Ihre Stimme wurde wieder wärmer. »Hör zu, Kel, komm rüber, wenn du kannst. Wir würden uns freuen, dich zu sehen. Und Phil natürlich auch, falls er, na ja, falls er weg kann. Er ist uns jederzeit willkommen.«

»Er ist noch eine Weile daheim beschäftigt, aber trotzdem vielen Dank, Liz. Mal schauen.«

Sie waren beide froh, das Gespräch beenden zu können.

Kelly ging wieder in ihr Zimmer und setzte sich mißmutig in einen der wackligen Korbstühle ihrer Mutter. Dieses Jahr fühlte sie sich anders. Irgendwie stolzer. Die letzten Jahre hatte sie einen guten Teil der Weihnachts- und Neujahrszeit mit Liz und Carmen verbracht, sich unbewußt ein bißchen von der Wärme geholt, die in ihrem eigenen Leben fehlte. Okay, sie hatte keine richtige Familie. Pech. Es nützte nichts, bei anderen Leuten rumzuhängen und so zu tun, als wäre es die eigene Familie.

Sie ging nach draußen und lehnte sich auf den Eisenzaun. Die Straße war total still. Nur ab und zu ein vorbeirumpelndes Auto, als wäre diese Großstadtstraße nichts weiter als die Hauptstraße eines verschlafenen Kaffs.

Wenn doch nur irgendwas passieren würde, dachte Kelly. Warum waren alle Leute zufrieden damit, vollgefressen daheim zu hocken, größtenteils wohl alkoholbenebelt vor der Glotze wie ihr Vater. Plötzlich überkam sie eine Art hochmütiger Stolz auf das jämmerliche Weihnachtsmahl, das sie gerade verzehrt hatten. Na und? Es hatte okay geschmeckt, und wenigstens hatten weder sie noch ihr Dad einen ganzen Vormittag darauf vergeudet, es herzustellen. Aber was hatten sie statt dessen gemacht? Sie waren einfach nur im Haus herumgewandert, ohne wirklich miteinander zu reden, und hatten so getan, als genössen sie den Feiertag. Auch eine Form von Zeitverschwendung.

Sie trommelte nervös mit den Fingern auf den Zaun und betrachtete zum ersten Mal seit Wochen ihren kleinen Garten. Ja, das war's, was sie tun würde. Ihn ein bißchen herrichten.

Der Briefkasten quoll über von Schrott: Prospekte, die in dieser letzten hektischen Vorweihnachtswoche noch Lebensmittel, Möbel, Geschenke und Parfüm anzupreisen hatten. Sie hatte sie keines Blickes gewürdigt. Sie hatte noch nicht mal den ganzen Müll bemerkt, der im Vorgarten herumlag. Kelly schleppte eine Mülltonne auf die Veranda und begann, das ganze Zeug aus dem Briefkasten hineinzustopfen.

Da bemerkte sie den Brief, gerade noch im letzten Moment. Die Hände voller Werbeprospekte und alter Zeitungen, sah sie den blauen Luftpostumschlag zwischen all dem Müll – mit ihrem Namen in schwarzer Krakelschrift auf der Vorderseite. Keine Briefmarke. Keine Adresse. Er mußte persönlich abgegeben worden sein.

Er konnte nur von ihm sein. Wer sollte ihr sonst schreiben? Er hatte ja gesagt, er würde es tun. Sie schloß rasch das Gartentor und lief ins Haus zurück.

Liebe Kelly,

ich bin nicht gut im Briefeschreiben, das nächste Mal mache ich eine Zeichnung für Dich. Du sollst wissen, daß ich das neulich ernst gemeint habe. Ich denke wirklich die ganze Zeit an Dich.

Alles Liebe von Con.

Es war ein altes liniertes Blatt, offensichtlich aus einem Schulheft herausgerissen. Ganz unten, unter seinem Namen, war ein fettes rotes Kreuzchen in einem blauen Kugelschreiberherz. Dieser rote Kuß entlockte ihr erst ein Lächeln, dann ein Lachen. Sie las den Brief immer wieder von vorn, und jedesmal überkam sie das gleiche vibrierende Glücksgefühl. Plötzlich kam ihr das Leben wieder wunderbar vor. Sie brauchte nicht mehr an ihre Mutter zu denken, die sie verraten hatte. Nicht an ihren kleinen Bruder, der so weit weg wohnte. Nicht an ihren Vater, der sein Leben vertrank. Der Brief war auf einmal da, ein kleines Wunder, etwas Bedeutsames zwischen lauter Müll, an einem blöden, öden, nichtssagenden Weihnachtstag. Was hatte sie schon für echte Sorgen? Sie war siebzehn, klug und schön.

Es war reichlich albern, jemandem zu schreiben, der ganz in der Nähe wohnte. Und trotzdem hatte er es getan. Kelly setzte sich an ihren Schreibtisch und nahm ihren Füller hervor. Sie begann, damit herumzuspielen, die Feder in verrückten Schnörkeln kreuz und quer über das glatte, lavendelfarbene Briefpapierblatt zu führen.

Sie würde nicht an Con schreiben. Sie wußte es plötzlich, so wie sie manchmal wußte, was jemand sagen würde oder wer am Telefon war. Statt dessen würde sie ihrer Mutter und ihrem Bruder schreiben und ihnen erklären, daß sie ihre Geschenke in ein paar Tagen kriegen würden. Ihre Finger waren bereits am Werk. In der rechten oberen Ecke der Seite erschien die Adresse, sauber und ordentlich, mit der Postleitzahl und allem, wie von Zauberhand. Es war fast schon komisch, sich selbst dabei zu beobachten. Was zum Teufel ging hier vor?

Liebe Mum, lieber Jason,

danke für Eure Briefe und Entschuldigung, daß ich so lange nicht geschrieben habe. Ich hoffe, es geht Euch beiden gut. Ich habe meine Abschlußprüfung hinter mir, und ich glaube, es ist ganz gut gelaufen. Kurz vor Weihnachten ist etwas Schreckliches passiert. Ich habe an meinem Geburtstag eine Party gemacht . . .

Die Worte flossen so leicht aufs Papier, als sei ein solcher Bericht für sie eine allwöchentliche Übung. Kelly gab eine anschauliche Schilderung des Unfalls – ohne Con allzu ausführlich zu erwähnen. »*Allmählich*«, schrieb sie, »*normalisiert sich alles wieder.*« Es war ein freundlicher, langer, wenn auch nicht sonderlich herzlicher Brief, und noch beim Schreiben protestierte ein Teil von ihr gegen das, was sie da tat. Was soll das? Gerade, wenn alles gut läuft? Wenn sich dein Leben ganz prima entwickelt? Warum gerade jetzt schreiben?

Aber es war, als hätte ein anderer Teil ihrer Person die

Regie übernommen. Obwohl sie wußte, wozu das führen würde – ihre Mutter würde ihr irgendwelches rührselige Zeug zurückschreiben, das bei ihr nur den großen Kotzdrang auslösen würde –, schrieb sie immer weiter und weiter und setzte schließlich ihren Namen drunter. Sie faltete den dreiseitigen Brief zusammen, ohne ihn noch mal durchgelesen zu haben, und steckte ihn in einem Umschlag. Mal schauen, ob sie ihn wirklich abschicken würde.

Kelly klebte eine Briefmarke drauf, suchte ihre Tasche und marschierte dann zu dem Briefkasten an der Ecke. Nachdem sie den Brief eingeworfen hatte, überkam sie ein merkwürdiges Hochgefühl. Sie konnte jetzt unmöglich heimgehen. Sie würde Con besuchen. Vielleicht hatte er ja ein bißchen Zeit, vielleicht konnten sie zusammen einen Spaziergang machen? Sie zitterte vor Erregung.

Aber Con war nicht da. Es war gar niemand da. »Geschlossen« stand auf dem Schild an der Tür. Kelly ging ums Haus zur Hintertür und klopfte ewig lange, mußte dann aber schließlich aufgeben.

Sie ging die Straße runter und versuchte, gegen die Flut der Enttäuschung anzukämpfen, die ihren Optimismus und ihre Selbstsicherheit wegzuschwemmen drohte. Und gegen die Einsamkeit. Kelly riß sich zusammen. Sie würde nicht rumhängen und Trübsal blasen. Sie hatte schließlich einen Freund! Einen Freund, um den sie all ihre Freundinnen beneideten. Phil hatte gesagt, sie sei bei ihm zu Hause jederzeit willkommen. Seine Eltern und Verwandten würden da sein, aber sei's drum! Vielleicht würden sie sich ja für ein Weilchen davonstehlen können.

Kelly prüfte den Zustand ihres Haars in einer Schaufensterscheibe und inspizierte dann ihr Portemonnaie. Sie hatte gerade genug Geld für ein Taxi rüber nach Kew.

13

Con stand am Abwaschbecken, spülte Geschirr und fragte sich, ob Nachdenken überhaupt je irgendwas brachte. Die letzten Wochen hatte er dauernd versucht nachzudenken, herauszufinden, was das alles sollte, aber sein Kopf hatte sich immer nur angefühlt wie ein Kinderkarussell. Die Gedanken und Gefühle hatten sich im Kreis gedreht, und die häßlich-schrille Musik des Todes hatte alles übertönt. Gab es einen Zusammenhang zwischen den Dingen? Zwischen Leben, Tod und Liebe? Es gab nur eins, was die Nachdenkerei wert schien: Die Frage, wie man überleben konnte. Manche schafften es, am Leben zu bleiben, und andere nicht.

Con sah zu seinem Vater, der am Fenster saß und mit leerem Blick auf den Verkehr hinausstarrte. Er sah so alt und fertig aus. Con rief ihm zu: »Geh zu Mum und ruh dich aus. Ich mach das hier zu Ende.«

Der alte Mann zuckte die Achseln, ohne den Kopf zu wenden. »Warum hast du ihm nicht gesagt, er soll heimkommen? Du hättest die Gefahr erkennen müssen. Es waren so viele Australier dort.«

Con knallte das Glas, das er gerade spülte, ins Abwaschbecken. »Scheiße!« zischte er leise. Er mußte seine Erregung irgendwie unter Kontrolle halten. Er wußte, sein Alter meinte es nicht so, aber in letzter Zeit überrollte ihn der Zorn einfach. Durch die zusammengebissenen Zähne sagte er leise: »Ich hab dir doch gesagt, was passiert ist! Ich will das nicht noch mal durchhecheln.«

George erhob sich langsam und schloß die Vordertür ab. Con wartete mit geschlossenen Augen ein paar Sekunden ab, ehe er weiterspülte. Wehe, der alte Mistkerl wagte es, noch irgendwas zu sagen. Aber George fummelte nur stumm an dem Vorhängeschloß herum.

Lautes Klopfen an der Glastür durchbrach die Stille. Con sah seinen Vater die Tür wieder aufschließen und widerwillig offenhalten. Zu Cons Erstaunen stolperten Nick und Zeno herein, schmuddlig, aber guter Dinge. Sie ignorierten George und gingen hinüber zum Abwaschbecken.

»Tag, Con.«

Con nickte kühl. »Lang nicht gesehn. Hab gehört, ihr hattet mit der Polizei zu tun.«

Er bemerkte Nicks blaues Auge, beschloß aber, nichts zu sagen. Zeno hüpfte nervös herum, die Hände tief in den Jackentaschen vergraben.

»Yeah. Die verdammten Wichser! Jetzt haben wir die ganzen Scheißverhöre hinter uns. Jedenfalls bis zur gerichtlichen Untersuchung.«

Con sah ihn an und bemerkte eine lange rote Schramme seitlich auf seinem Gesicht und einen häßlichen, dunklen Bluterguß an seinem Hals.

George kam rübergeschlurft und faßte Con kurz, aber resolut am Arm. »Mach das Licht aus, eh?«

Und mit einem Blick auf die beiden anderen, zischte der alte Mann grimmig: »Und verschwend deine Zeit nicht mit Idioten.«

Nick und Zeno taten, als hätten sie nichts gehört. Con verzog keine Miene, wartete nur, daß der Alte ging. George ließ sich Zeit, beäugte mißtrauisch das gespülte Geschirr und kostete mit dem Finger aus einer Schüssel mit Pizzabelag, als handle es sich um eine exotische unbekannte Speise.

Con fühlte Zorn in sich aufsteigen. Warum konnte der alte Trottel nicht einfach verschwinden? Endlich schlurfte George hinaus.

Con sah Nick und Zeno an. »Ihr wart nicht bei der Beerdigung meines Bruders.«

Nick wich Cons Blick aus. »Wir waren bei den Bullen.« Plötzlich grinste er. »Wir haben gehört, das Mädchen war da. Bist du mit ihr zugange oder was?«

Con starrte ihn an. Er kochte innerlich. Das fehlte gerade noch! Als Grieche in dieser Stadt konnte man kein Geheimnis haben. Jeder wußte über einen Bescheid. Die Jungen waren genauso schlimm wie die Alten. Sie belauerten einander wie die Geier. Er fragte sich, ob sein Vater auch schon von Kelly wußte.

Nick schob sich näher an Con heran, die Augenbrauen finster zusammengezogen. Con trat unbehaglich von einem Fuß auf den anderen. Das war kein Freundschaftsbesuch. Diese Kerle brüteten irgendwas aus. Zeno hatte das Herumgehüpfe jetzt eingestellt und sah ihn ebenfalls an.

»Weißt du, daß dieser Arsch ungeschoren davonkommen wird?«

Con spielte auf Zeit. »Wer?« Er wußte, sie sprachen von Phil, aber er brauchte erst mal ein paar Sekunden.

»Der Kerl, der deinen Bruder auf dem Gewissen hat.«

»Woher wißt ihr das?«

Zeno lachte bitter auf. »Die Bullen. Die Art, wie sie reden. Sie haben uns kein Wort geglaubt.«

Con bemühte sich, keine Miene zu verziehen. »Was habt ihr ihnen erzählt?«

Zeno hievte sich auf den Tresen, ein empörtes Blitzen in den Augen. Con spürte, daß er die Sprecherrolle übernommen hatte. Er sah kurz zu Nick hinüber. Nick hatte ihnen den Rücken zugekehrt und starrte aus dem Fenster.

»Okay.« Zeno sprach leise und eindringlich, als ob er sich irgendwie in Gefahr befände und die Information, die er von sich gab, streng geheim wäre. »Vasilios hatte diese Flasche, aber er hatte sie schon längst nicht mehr in der Hand, als dieser Wichser ihn auf die Straße gestoßen hat! Stimmt's?«

Warum das alles noch mal durchkauen? Con wurde jedesmal schlecht, wenn er an jene Nacht dachte. Die letzten paar Tage war es ihm einigermaßen gelungen, das Ganze in einen abgelegenen Winkel seines Gehirns zu packen, wie ein Paket, das ohne Namen und Anschrift auf einem Bahnhof zurückgeblieben ist. Er wollte es nicht herausnehmen und ein weiteres Mal sehen müssen, daß das verdammte Ding an ihn adressiert war.

Aber Zeno spürte, wie Con sich innerlich abseilte, und drehte erst recht auf. »Er ist der Freund von diesem Mädchen, verstehst du. Wir haben seine Adresse. Er wohnt dort mit noch paar anderen Wichsern... Studenten. Aber er ist verschwunden. Hat Schiß, weil er weiß, wir haben alles gesehn!«

Jetzt kam es. Con wußte ohne hinzugucken, daß Nick sich aufgerichtet und umgedreht hatte.

»Wir sorgen dafür, daß dein Bruder gerächt wird, Con! So oder so. Bist du dabei, oder willst du hier rumsitzen wie ein fetter Scheißfrosch und zugucken, wie sie uns verarschen?«

Con knallte einen neuen Geschirrstapel auf die Abstellfläche der Spüle und kehrte den anderen den Rücken. Sie warteten, aber er hatte nicht den Mut, etwas zu erwidern. Sekunden vergingen. Plötzlich gab Con zu seinem Entsetzen einen heftigen Schluchzer von sich. Er rang nach Luft und zeigte verzweifelt auf die Tür, durch die sein Vater verschwunden war. »Er gibt mir die Schuld! An Vasilios' Tod! Beide geben mir die Schuld!«

Einen schrecklichen Augenblick lang glaubte er, der Schluchzer würde alle Schleusen öffnen, er würde in Tränen ausbrechen und den ganzen Schmerz um seinen Bruder herauslassen, nur damit diese beiden großspurigen Idioten sich darüber lustig machen konnten. Seine Hände zitterten so, daß sie es sehen mußten, aber zu seiner Erleichterung bekam er sein Gesicht wieder unter Kontrolle. Er wandte sich dem Abwaschbecken zu und begann, vorsichtig die Gläser zu spülen. Er mußte unbedingt cool bleiben. Wenn er schwach wurde, war er Wachs in ihren Händen. Er spürte, wie ihre Energie ihn anzog, ein süßer Köder, der ihm bitter werden würde, sobald die Falle zuschnappte. Er sah sich im Restaurant um: Es war einigermaßen in Ordnung. Das hier war die letzte Ladung Geschirr. Er würde diese Typen rauswerfen und ihnen sagen, daß er sie nie wiedersehen wollte.

Plötzlich zog Nick ein langes Schnappmesser aus der Tasche und kam drohend auf Con zu. Ein merkwürdiges Grinsen breitete sich über sein Gesicht, und er sah aus wie ein durchgedrehter Clown. Con wich einen Schritt zurück. »Verdammte Scheiße, was ist das?«

Nick ließ die Klinge rein- und rausschnellen. Es ging blitzschnell. Eben noch da, und zack! weg. Niemand würde auch nur sehen, was man da in der Hand hielt.

»Wir suchen so lange, bis wir ihn finden. Kommst du mit?«

Con schüttelte heftig den Kopf; sein Mund war trocken

vor Angst. Die Klinge war so lang und scharf. Sie funkelte gefährlich in dem gleichmäßigen Neonlicht.

»Ich will keinen umbringen.«

Zeno seufzte laut, sichtlich enttäuscht von Cons Antwort. Nick legte Con die Hand auf die Schulter und sagte leise: »Wir auch nicht, Con. Wir wollen ihm nur eine kleine Abreibung verpassen. Er soll doch nicht total ungeschoren davonkommen, oder?«

Nick stand so nah vor ihm, daß Con in seinen Augen sein winziges Spiegelbild sehen konnte.

»Nein.«

Nicks Hand lag schwer auf Cons Schulter. »Dann bist du also dabei?«

Con ließ verzweifelt den Blick durch die kleine Pizzeria wandern und seufzte. »Nein.«

Nick ließ das Messer zuschnappen und steckte es in die Tasche. Er grunzte »Okay« und nickte Zeno zu. Sie entfernten sich beide in Richtung Tür. Dann schien Nick es sich noch einmal anders zu überlegen. Er kam zurück und patschte Con noch einmal kurz auf die Schulter. »Dein Bruder. Denk noch mal drüber nach, eh?«

Con nahm ein Geschirrtuch, begann grimmig die Gläser abzutrocknen und stellte sie mit lautem Geklirr auf das oberste Bord über dem Abwaschbecken.

Als sie das Schloß öffneten und wieder hinaus in die Nacht verschwanden, rief Zeno Con noch zu: »Wenn wir ihn gefunden haben, sagen wir dir Bescheid. Halt dich bereit...«

Es klang, als wollte er ihn ins Kino einladen.

Con drehte sich noch nicht mal um.

Als er mit dem Geschirr fertig war, schloß er die Tür ab. Dann ging er nach hinten in die Wohnung. Seine Mutter saß vor dem Fernseher, in dem dröhnend laut eine Game-Show lief. Con zwang sich rüberzugehen und den Ton leiser zu stellen. Er schickte ein stummes Stoßgebet zum Himmel. Konnte sie nicht ausnahmsweise mal eingeschlafen sein, damit er nicht in ihr vorwurfsvolles Gesicht gucken mußte?

Als er sich umdrehte, sah sie ihn stumpf wie immer an.

»Wo ist Dad?«

Das Gesicht seiner Mutter war ausdruckslos. »Er ist im Bett. Willst du noch was zu essen?«

»Nein, danke.« Er haßte es mehr als alles andere, am Tisch zu sitzen und von ihr mit diesem leidenden Gesicht bedient zu werden. Sie sah ihm dann immer beim Essen zu, und er hatte das Gefühl, etwas sagen zu müssen, wußte aber nicht, was. Wenn er etwas sagte, wandte sie sich nur seufzend oder murmelnd ab, um ihm noch mehr Essen zu bringen. Es war die reinste Folter.

Als ihr Blick wieder zum Fernseher wanderte, verzog sich Con in Richtung Tür. »Ich geh jetzt ins Bett, Mum...«

Er hatte die Tür noch nicht erreicht, als sie ihn anfuhr: »Was wollten diese Burschen? Nichtsnutzige Kerle.«

»Nichts.«

Das war die andere Seite seiner Mutter. Sie geisterte herum, als sei sie nicht von dieser Welt, aber in Wahrheit entging ihr nichts. Con ging in das Zimmer, das er sein Leben lang mit Vasilios geteilt hatte. Sein Kopf pochte. Er hatte schon den ganzen Abend Kopfschmerzen gehabt, aber erst jetzt, nach der Arbeit, ließ er es an sich heran.

Die Luft in dem Zimmer war total stickig. Meinten es diese Kerle ernst? Was wollten sie mit Phil anstellen? Con öffnete das Fenster und guckte kurz raus in den Hof, ehe er sich auf seinen Schreibtischstuhl fallen ließ. Der frische

Nachtwind, der hereinwehte, tat gut, ließ ihn aber frösteln. Er nahm einen Kugelschreiber und begann, vor sich hin zu kritzeln. Wie lange hatte er schon nicht mehr richtig gezeichnet? Die ganzen Zeichnungen unter seinem Bett stammten aus einem anderen Zeitalter. Wenn er sie jetzt hervorholte, war ihm, als hätte sie jemand anders gemacht. Er schrieb Kellys Namen auf das leere Papier vor sich, immer wieder, auf jede erdenkliche Art und Weise: in großen Lettern, normaler Druckschrift, seiner eigenen lokeren Handschrift und schließlich in einem einzigen ästhetischen Schwung quer über das Blatt. Kelly. Wie es wohl aussehen würde, wenn er klitzekleine Blümchen um die Buchstaben herum malte und sie dann mit Wasserfarbe kolorierte – verschnörkelt wie eine alte Klosterhandschrift? Ja, das würde er machen, und wenn es was wurde, würde er es ihr schicken. Con nahm sich ein frisches Blatt und fing an.

Er verstand nichts von Perspektive, von Schattierung oder Farbenlehre, er war einfach talentiert. Die anderen Studenten waren immer auf dem Weg aus dem Hörsaal stehengeblieben und hatten auf seine Kladde geguckt.

»Hey, Michelangelo ist wieder am Werk!«

»Guck mal, was der Typ kann, ey!«

Das leise, anerkennende Lächeln seines Buchhaltungstutors hatte seine Entscheidung bestärkt.

»Ich glaube, Sie gehören woandershin, Con.«

In der Schule hatte er zu den Besten gehört und sogar Mathe und Naturwissenschaften mit links geschafft. Alle hatten gesagt, die Universität sei viel spannender als die Schule. Aber in den Hörsälen hatte er die meiste Zeit vor sich hin geträumt. Der Dozent hatte immer bloß geredet, begleitet von den kratzenden, raschelnden Rattengeräuschen der ernsthaft mitschreibenden Studenten, und er,

Con Pangalis, der Sohn eines einfachen Pizza-Bäckers, der so weit gekommen war, hatte dagesessen und drüber nachgedacht, wie er wohl ein Rennpferd in vollem Galopp zeichnen konnte. Wie saß der Jockey? Dieses Leben, das sich die andern so für ihn ersehnt hatten, interessierte ihn nicht. Er wollte nicht wie ein Computer Wissen abspeichern und am Ende des Jahres wieder ausspucken.

Wie lange würde er es noch hier bei seinen Eltern aushalten? fragte sich Con beim Zeichnen. Sie erwarteten, daß er bei ihnen blieb. Aber wie lange würde er es noch aushalten? Er hatte sein Studium aufgegeben. Für sie hieß das, daß er nichts anderes zu tun hatte.

Aber warum sollte er für das bezahlen, was Vasilios zugestoßen war? Es wurde mit jedem Tag schlimmer. Er saß in einem Käfig, der immer kleiner wurde. Bald würde er sich nicht mehr umdrehen und nicht mehr aufstehen können. Irgendwie mußte er sich Platz schaffen. Er mußte sich etwas einfallen lassen, sonst würde er hier verkümmern, Monat um Monat, Jahr um Jahr, und irgendein nettes griechisches Mädchen heiraten, das die anderen für ihn ausgesucht hatten.

Er mußte Kelly sehen. Aber wie sollte das funktionieren, wenn er jeden Abend hier arbeiten und diesen ganzen Mist von seinen Eltern einstecken mußte. Er sah ihr Bild ewig vor sich. Es verging keine Stunde, ohne daß er an sie dachte. Das allein erfüllte ihn schon mit einer verrückten Hoffnung. Sie war das Licht am Ende des Tunnels. Wenn er nur wüßte, daß er am Ende mit ihr zusammensein könnte, könnte ihm nichts mehr etwas anhaben.

Con legte den Stift weg und erhob sich unruhig von seinem Stuhl. Überall lagen noch die Sachen seines Bruders rum, und er wußte, daß er demnächst irgendwas damit machen mußte. Er hatte zwar schon einige Anläufe unternommen, es aber bisher nicht über sich gebracht, sie durchzusortieren. All diese ganz normalen Dinge: die Kleidungsstücke auf den Bügeln, die Tasche auf dem Schrank, ja, sogar die Pornoheftchen, über die er sich immer lustig gemacht hatte. Das alles gab einen gewissen Trost. Es roch irgendwie nach seinem Bruder und gab ihm das Gefühl, Vasilios könnte jeden Moment zur Tür hereinspazieren und sie alle auslachen, weil er sie so lange an der Nase herumgeführt hatte. Aber die Wochen vergingen. Con wußte, wenn er sich nicht bald dranmachte, würde seine Mutter reinkommen und überall rumstöbern, in seinen Sachen wie in denen von Vasilios, weinend und vorwurfsvoll. Der bloße Gedanke machte ihn schon nervös. Sein Zimmer war im Moment seine einzige Zuflucht.

Con nahm einen großen Koffer vom Schrank und begann, die Sachen seines Bruders hineinzustopfen. Es war gar nicht so schwer, wie er gedacht hatte. Zuerst sämtliche Hemden und Hosen aus dem Schrank, dann die T-Shirts, Socken und Schuhe. Sollte er die zuerst in Plastiktüten stekken? Pfeif drauf. Einfach nur so schnell wie möglich weg damit.

Schlimmer wurde es, als es an die kleinen, persönlicheren Dinge ging. Er nahm eine billige Reisetasche vom Schrank und öffnete die oberste Kommodenschublade, die Vasilios gehört hatte. Da lag es alles vor ihm: alte Kaugummipäckchen, Zigaretten, Rasierzeug, Kämme, ein Messer, Fotos von Mädchen. Con biß die Zähne zusammen. Wollte er irgendwas davon behalten? Er konnte sich nicht entschließen und warf alles in die Tasche. Besser, es ging an jemanden, der kein Geld hatte. Früher oder später würde er schon noch etwas finden, was sonst niemand gebrauchen konnte.

Es war wirklich erstaunlich, wieviel Krempel ein Mensch ansammeln konnte.

Con sah zögernd auf die alte, braunrote Brieftasche. Die hatte Vasilios in der Gesäßtasche gehabt, als er gestorben war. Die Polizei hatte sie Con im Leichenschauhaus übergeben, in einem Plastikbeutel, zusammen mit etwas Kleingeld und einem sorgfältig gebügelten Taschentuch. *»Zum Zeitpunkt des Todes am Leib der verstorbenen Person befindliche Gegenstände.«* Con war heimgekommen und hatte die Brieftasche sofort zu Vasilios übrigen Sachen in die Schublade gesteckt. In der unterbewußten Hoffnung, daß dann alles wieder so werden würde, wie es gewesen war?

Er nahm die Brieftasche in die Hand. Im Gegensatz zu den meisten Habseligkeiten seines Bruders war sie schäbig und verschlissen. Vielleicht war das ja der Gegenstand, den er gesucht hatte, um ihn als Andenken zu behalten. Was sollte jemand anderes mit einer Brieftasche anfangen, die kaum noch zusammenhielt?

Als er sie öffnete, stockte sein Herz. Er spürte, wie ihm die Tränen in die Augen schossen. Ein heftiger Schmerz wühlte in seinem Innersten wie eine Krebsgeschwulst. Er starrte auf das kleine Schwarzweißfoto von den beiden kleinen Jungen, gleich neben dem Zettelchen, auf dem in säuberlicher Schrift Vasilios' Name und Adresse standen. Vasilios war auf dem Bild etwa zehn und Con sieben. Es war vor dem Haus ihrer Großeltern in Griechenland aufgenommen. Sie hielten sich an den Händen und blinzelten grinsend in die Sonne. Im Hintergrund saß kaum erkennbar ihre Großmutter auf einem Hocker. Sie war inzwischen ebenfalls tot. Tot, alle beide.

Con ließ die Brieftasche auf den Boden fallen. Er legte sich aufs Bett und starrte durch die Tränen zur Decke empor. Schließlich drehte er sich zur Wand und zog die Beine an – ein einsames Häuflein Mensch, das einfach nur zusammengerollt dalag und die Wand anstarrte. Viel später fiel er in einen schweren, sumpfigen Schlaf.

14

Der Taxifahrer hielt vor dem großen, efeuberankten Haus, das ein ganzes Stück von der stillen, baumgesäumten Straße in Kew zurückgesetzt stand.

»Hast wohl einen reichen Onkel, Mädel?«

Kelly zahlte, stieg aus und guckte sich um, plötzlich eingeschüchtert von der Stille. Irgendwie war es hier auch kühler als dort, wo sie wohnte. Warum hatte sie nicht angerufen, bevor sie die ganze Strecke hierhergefahren war? Und sich umgezogen? Sie sah auf ihre alte weiße Seemannshose und versuchte rasch ein paar schmuddlige Stellen sauberzureiben. Ihre rosagestreifte Lieblingsbluse wirkte schäbig und abgetragen, aber wenigstens war sie sauber.

Sie öffnete das schmiedeeiserne Tor, gab sich einen Ruck und betrat den schmalen, rauhgepflasterten Fußweg, der zur Haustür führte. Jetzt gab es kein Zurück mehr. Vielleicht hatte sie ja schon jemand durch eins der oberen Fenster gesehen. An ihrem Haar erkannte man sie schon von weitem.

Das ferne Brummen des Verkehrs war kaum hörbar. Das konnten sich reiche Leute also auch kaufen: Ruhe und Frieden. Das lauteste Geräusch war das Zwitschern der Vögel, die von dem fein verteilten Wasser der Sprenganlage auf dem gepflegten Rasen tranken.

Kelly versuchte, ihr Haar zurechtzustreichen, steckte ihre Bluse in die Hose und schloß den obersten Knopf, ehe sie klingelte. Sie kreuzte rasch zwei Finger hinter dem Rücken und flüsterte vor sich hin: »Bitte laß seine Mutter nicht aufmachen.«

Die Tür ging auf, und Phils Mutter stand vor ihr, in einem perfekt geschnittenen roten Seidenkleid. Ihre schmale, weiße Hand hielt den Türknauf auch dann noch fest, als ein harter Funke des Erkennens in ihren Augen aufblitzte. Ihr Blick wanderte hinunter zu Kellys Füßen und zurück, und dann öffnete sich ihr Mund genauso wie damals in dem Auto.

»Oh, hallo.«

Alles an dieser Frau fragte: »Was willst du denn hier?«, aber Kelly war zu unsicher, um eine längere Erklärung abzugeben.

»Ich bin Kelly.«

»Ja, ich weiß.« Sie sahen einander an. Kelly guckte weg und wartete. Plötzlich flammte Wut in ihr auf. Diese alte Kuh! Wenn sie mir jetzt die Tür vor der Nase zuknallt, schreie ich die ganze Nachbarschaft zusammen. Ich schlag die verdammte Tür ein! Ich...

»Kelly«, sagte die Frau seufzend und trat mit einem leichten Nicken zur Seite, »dann kommst du wohl besser rein.«

Sie wollte nichts lieber als wegrennen, nur weg von dieser Frau und diesem Haus. Aber diese Genugtuung gönnte sie ihr nicht. Sie trat in die kühle, dunkle Diele.

»Danke.«

Die Tür schloß sich leise hinter ihr. Und wenn Phil nun gar nicht da war?

Aber diese Sorge war überflüssig. Als sich ihre Augen gerade an das Dunkel gewöhnten, kam Phil in großen Sätzen die blankgebohnerte Holztreppe herunter. Er trug nur Shorts und hatte ein paar Zeitschriften unterm Arm. Zuerst erkannte er sie nicht, aber dann fuhr sein Kopf mit einem

Ruck zurück und er guckte genauer hin. Ein breites Lächeln zog sich über sein Gesicht.

»Kelly! Toll, daß du gekommen bist! Was...«

Er kam zu ihr gerannt und legte den Arm um sie, als wäre seine Mutter gar nicht da. Kelly lächelte ihn erleichtert an, wagte es nicht mal, der Frau nachzugucken, die sich bereits entfernte.

»Abendessen heute um acht Uhr, Phil. Dein Onkel muß seinen Flug nach Sidney kriegen.«

Kelly spürte, wie Phils Körper sich anspannte, als er an ihr vorbei zu seiner Mutter schaute, die jetzt die Treppe hinaufging. »Okay, Mum. Kelly ißt auch mit...«

Seine Mutter stieg weiter die Stufen hinauf, rief aber, ohne sich umzuschauen, in pseudo-munterem Ton zurück: »Gut. Um acht. Bis dann.«

Phil sah wieder Kelly an. »Du bleibst doch zum Essen, oder?«

»Ich glaub nicht«, antwortete sie. »Ich hab mich ja gar nicht angemeldet, nicht mal angerufen hab ich. Ich will mich nicht aufdrängen.«

Phil spürte ihre Nervosität. »Nein, bleib. Kümmer dich nicht um meine Mutter! Sie ist im Moment schwer zu ertragen... für uns alle.«

Kellys Gesicht hellte sich ein bißchen auf. »Echt?«

Phil lachte. »War ein kühler Empfang, was?«

Kelly nickte verlegen. »Ja.«

Phil führte sie durch den Flur in ein helles, luxuriös eingerichtetes Wohnzimmer mit Blick auf ein Stück Garten voller Rosensträucher.

»Mach dir nichts draus. Sie hat manchmal solche Phasen, in denen es ihr niemand recht machen kann. Im Moment bin ich bei ihr schlecht angeschrieben, wegen... wegen dieser ganzen Geschichte. Aber wenn man sie erst mal besser kennt, ist sie ganz in Ordnung.«

Kelly glaubte ihm nicht so recht. Von einem Eisklotz zu reden war eine Sache, ihn zu berühren eine ganz andere. Sie sah sich in dem Zimmer um, studierte die ganzen Bilder und Möbel. So viele schöne Dinge. Sie wäre gern allein herumgewandert, um alles anzufassen, aber statt dessen setzte sie sich steif in einen der Sessel. Am besten gefiel ihr das Bild über dem Kamin: ein großes, in gedämpften Tönen gehaltenes Gemälde, auf dem eine mollige nackte Frau in ihr Bad stieg.

Phil öffnete eine Glastür, die auf die Veranda hinausführte. Er winkte sie zu sich.

»Magst du ein bißchen nach draußen gehen?«

»Klar.« Sie sprang auf und folgte ihm. Hand in Hand spazierten sie langsam durch den riesigen schattigen Garten, unterhielten sich ruhig und ungezwungen. Hier draußen traute sich Kelly wenigstens, alles anzufassen und zu sagen, was ihr gefiel. Die Rosen waren herrlich. Die Sträucher blühten alle in leicht unterschiedlichen Farbtönen und erfüllten die Luft mit einem berauschenden Duftgemisch. Kelly dachte, daß es vielleicht doch nicht so ein gewaltiger Fehler gewesen war, hierherzukommen.

»Und? Was hast du so gemacht?« fragte er nach einer Weile ganz unschuldig. Alles, was Kelly einfiel, war die Trauerfeier und die Begegnung mit Con. Sie zermarterte sich das Hirn. Da mußte doch noch was anderes gewesen sein.

»Ich hab mich ein paarmal mit Liz und Carmen getroffen.«

»Und?«

»Sonst nicht viel.«

»Warst du schwimmen?«

»Nein, eigentlich nicht.

Er legte den Arm um sie. »Hey, laß uns nächste Woche an den Strand fahren. Mein Ferienjob fängt in der Woche drauf an. Ich hab schon ewig nicht mehr in der Sonne gelegen. Kann eine ordentliche Dosis UV-Strahlen vertragen. Was meinst du?«

Kelly grinste. »Okay.«

Sie setzten sich in den Schatten eines mächtigen Amberbaums. Das üppige grüne Laub schützte sie vor der grellen Sonne und schirmte sie gleichzeitig zum Haus hin ab. Kelly versuchte, innerlich genauso locker zu werden wie ihre Hände, die jetzt über Phils Nacken und Schultern glitten. Wenn Phil und sie sich wieder näherkommen würden, dann würde dieser ganze Spuk mit Con und seinem toten Bruder vielleicht einfach verschwinden. Und alles würde wieder klar werden.

Phil brauchte keine weitere Ermunterung. Er rutschte näher an sie heran, küßte sie auf Mund und Augen und wartete zwischendurch ab, daß sie ihm mitteilte, wie weit sie gehen wollte. Sie zog ihn zu Boden, und sie lagen eng umschlungen im Gras. Jede kleinste Bewegung ihrer Augen, ihrer Zunge, Lippen und Hände sagte ihm, daß sie ihn wollte, und das erregte Phil. Er wollte sie auch, und wie. Er vergrub sein Gesicht an ihrem Hals und seufzte erleichtert. Gott, der ganze Streß dieser letzten Wochen! Die stelzbeinigen Gespräche mit seinen Eltern, die gezwungene Höflichkeit gegenüber Verwandten, Anwälten, Polizisten. Immer mußte er aufrichtig, reif, nett und verantwortungsbewußt wirken, alles um seiner Zukunft willen. Aber manchmal hatte er nur losheulen wollen, wie ein Hund oder ein kleines Kind, vor lauter Sehnsucht nach irgendeiner Form von körperlicher Wärme, von Trost. Kelly. Seine Hände waren jetzt unter ihrer Bluse, erkundeten die weiche Haut und die süßen kleinen Huppel ihrer Wirbelsäule.

»Frohe Weihnachten!« hauchte er. Ihr Körper war so schön. Er war ganz benebelt vor Verlangen.

Sie lachte leise. »Dir auch. Wir haben Weihnachten ganz vergessen, was?«

»Nein«, antwortete Phil flüsternd. »Ich hab ein Geschenk für dich oben in meinem Zimmer. Willst du's sehen?«

Er sah die Unsicherheit über ihr Gesicht huschen und lächelte. »Wir brauchen nicht vornerum zu gehen. Keiner sieht uns. Die Hintertreppe führt direkt zu meinem Zimmer... und das kann ich auch abschließen«, setzte er hinzu, in der Hoffnung, daß er die Signale richtig deutete, daß sie es genauso wollte wie er. Kelly zögerte nicht. »Okay. Laß uns raufgehen.«

Sie standen auf und klopften sich verlegen die Kleider ab. Kelly ergriff Phils Hand und folgte ihm ins Haus. Sie hatte also beschlossen, mit ihm ins Bett zu gehen. Oder? Würde es schön sein oder einfach nur peinlich? Sollte sie ihm jetzt sagen, daß sie noch Jungfrau war? Vielleicht wußte er's ja. Vielleicht war es ja das, worauf sie gewartet hatte, um die Verwirrung loszuwerden, um alles zu vergessen. Aber wenn sie nun alles falsch anstellte? Wenn sie sich lächerlich machte?

Nachdem er seine Zimmertür abgeschlossen und die Vorhänge zugezogen hatte, gab Phil ihr das kleine, bunt eingepackte Geschenk. Kelly bedankte sich und legte es, ohne es auszupacken, behutsam auf die Kommode. Sie drehte sich um und holte tief Luft, entschlossen, das, was sie angezettelt hatte, auch zu Ende zu bringen. Sie preßte sich an ihn, und sie küßten sich wieder, fielen aufs Bett, berührten einander, seufzten, flüsterten und schnappten zwischendurch nach

Luft. Sie erwiderte seine Küsse mit einer Leidenschaft, die sie selbst erstaunte, aber innerlich war sie nervös und unsicher. Ihr war bange vor dem, was auf sie zukam, vor dem körperlichen Akt, dieser unbekannten, intimen Sache. Aber vor allem erfüllte sie plötzlich kalte Verzweiflung. Cons Brief flatterte vor ihrem inneren Auge, unübersehbar, selbst jetzt, da sie Phil in den Armen hielt.

Die Nervosität trieb sie beide an. Sie zogen sich viel zu schnell aus und vollzogen hastig eine Abfolge von Bewegungen, die mit ihnen selbst gar nichts zu tun hatte. Es war seltsam mechanisch, fast brutal. Es hatte nichts mit dem Phil zu tun, den sie kannte, und mit ihr selbst auch nichts. Die spontane Zärtlichkeit, die sie draußen unter dem Baum empfunden hatte, war verschwunden; die Berührungen hatten irgendwo unterwegs alles Liebevolle und Offene verloren, und je mehr sie regelrecht automatisch abliefen, wurden sie fast schon kalt – nur noch Mittel zum Zweck.

Als es vorbei war, lag sie da, auf dem Rücken, Phils Kopf auf ihrer Brust, und war vor Enttäuschung und Scham den Tränen nah. Es war nicht das Richtige gewesen. Es hatte nichts geklärt, nichts verändert. Es hatte ihr nicht mal gefallen. Ihr Leben fühlte sich nur noch chaotischer an: Cons Brief war immer noch da, Phil war ihr kein bißchen näher als vorher, ihre Mutter und ihr Bruder waren immer noch weit weg, Vasilios war immer noch tot... Sie spürte ein stechendes Gefühl zwischen den Beinen und dann etwas Feuchtes, was aus ihr herauslief.

»O Gott!« flüsterte sie und sah Phil an. Er hatte die Augen geschlossen, doch er schlief nicht, sein Daumen streichelte noch immer ihren Arm. Kelly fragte sich, wie es wohl für ihn gewesen war, traute sich aber nicht zu fragen. Sie zog ihre Hand unter seinem Hinterkopf hervor und fühlte zwischen ihre Beine. Sie stieß einen erschrokkenen Laut aus, und Phil fuhr zusammen und sah auf. Ihre Finger waren voller Blut. Kelly schluckte und versuchte panisch, sich unter Phil herauszuwinden. Jetzt war ein Blutfleck auf seiner schicken Tagesdecke, und seine Mutter würde ihn sehen. Sie würde dieser Frau nie wieder ins Gesicht gucken können. Warum hatten sie nicht wenigstens dran gedacht, die Tagesdecke wegzuziehen? Aber Phil hielt sie fest.

»Hey, mach dir nichts draus, Kelly«, sagte er sanft.

»Aber deine Mutter!«

»Macht nichts.«

»Aber sie wird es sehen!« Kelly war kurz davor, in Tränen auszubrechen. Sie kam sich so lächerlich vor. Wäre sie doch nur nicht hergekommen.

Phil schob seine Finger unter ihr Kinn und versuchte, ihren Kopf anzuheben, damit sie ihn ansah. »Ich versprech's dir, Kelly. Das ist Baumwolle. Ich wasch es raus! Hast du deine Tage?«

Kelly zögerte. Komisch, wenn ein Junge dieses Wort aussprach, als wüßte er alles drüber. Sie konnte einfach lügen und ja sagen. Aber das hatte Phil nicht verdient.

»Nein...«

»Dann war's für dich das erste Mal?«

Kelly konnte die Tränen nicht mehr zurückhalten. Es war so demütigend, wenn alles aus einem herausrann, oben und unten, und das ganze Bett durchtränkte. Sie wollte einfach wieder ein kleines Mädchen sein, geliebt und behütet und geborgen.

Warum machten alle so viel Wind um diese Sache? Der Sex selbst, ihn in sich zu fühlen, stoßend und drängend und fordernd, das war... nichts. Nichts. Und das hieß doch, daß sie frigide war, kalt, wie Janice und ihre blöde Freundin letztes Jahr gesagt hatten.

Phil unterbrach ihre Gedanken, indem er sie so behutsam in die Arme nahm wie ein kleines Kind und zärtlich an sich drückte. Er küßte sie auf Gesicht und Ohren und lachte, auf eine nette, aufmunternde Art.

»Hey, guck nicht so! Na und? Das ist doch toll. Ich fühl mich geehrt. Ehrlich.«

Kelly sah ihn mißtrauisch an und merkte, daß er es aufrichtig meinte. Er machte sich nicht über sie lustig. »Aber ich bin so blöd«, schniefte sie.

»Wieso bist du blöd?« Er runzelte die Stirn. Kelly guckte weg. Wie konnte man jemandem sagen, daß man beim Sex mit ihm nichts Großartiges empfunden hatte? Daß das Ganze eine gottverdammte Enttäuschung gewesen war. Aber Phil schien zu ahnen, was in ihr vorging.

»Hör mal, Kelly«, sagte er liebevoll. »Es wird besser. Ich versprech's dir.« Er grinste jetzt plötzlich und begann, eine Strähne von ihrem Haar um seinen Finger zu wickeln. »Es braucht nur ein bißchen Übung. Wie alles auf der Welt. Wir werden zusammen lernen. Ich bin selbst ganz schön eingerostet!«

Kelly lächelte und weinte zugleich. Okay, dann hatte sich eben nichts geklärt oder verändert. Wie dumm von ihr, so was zu erwarten! Phil war wirklich ein Schatz, soviel stand fest.

Ein freches Grinsen spielte um seine Mundwinkel, als er beiläufig fortfuhr: »Ich denke, wir sollten jede Gelegenheit zum Üben nutzen. Was meinst du?«

Kelly lachte und strubbelte ihm durchs Haar. Erleichterung flutete durch ihren Körper, wärmte sie. »Ach, das denkst du, ja?«

Er sprang vom Bett und fuhr rasch in seine Shorts. »Yep, das denk ich. Hey, ich will noch eben duschen, bevor es Essen gibt. Und du?«

Kelly wußte nicht, was sie sagen sollte. Sie wollte eigentlich nicht zum Essen bleiben, aber wie sollte sie ihm das erklären? Plötzlich hellte sich ihr Gesicht auf, und sie ergriff seine Hand. Der Gedanke, mit diesen steifen Menschen gesittet an einem Tisch zu sitzen, war noch schrecklicher, als sie sich eingestanden hatte.

»Ich hab eine Idee, Phil. Können wir nicht einfach woanders hingehen, nur wir zwei? Ich meine... uns irgendwo was holen und uns an den Strand setzen?«

Ihre Stimme zitterte, als er prompt den Kopf schüttelte, aber sie sprach trotzdem weiter. »Ich meine, ich bin doch einfach so hier reingeplatzt. Ist es denn so schlimm, wenn du heute mal nicht mit ihnen ißt? Du hast doch selbst gesagt, ihr habt heute mittag erst stundenlang beim Essen gesessen, und es sind doch genügend Leute da, mit denen sich deine Eltern unterhalten können.«

Phil seufzte ungeduldig. »Es ist Weihnachten, Kelly. Es geht nicht. Mein Onkel ist extra gekommen. Er ist mein Patenonkel. Ich möchte ihn noch mal sehen, bevor er fährt.«

»Okay... aber ich bin einfach nicht richtig angezogen.«

»Das geht schon. Du solltest dich nur ein bißchen... na ja, frisch machen.«

Was Phil sagte, klang absolut logisch. Sie war nur so schrecklich enttäuscht. Sie fühlte sich irgendwie im Stich gelassen und unwichtig. Er zog ein dickes rosa Handtuch aus einer der Zedernholzschubladen unterm Fenster und reichte es ihr mit einer sachlichen Geste. »Komm! Ich zeig dir das Bad.«

Kelly nahm das Handtuch, zögerte aber immer noch und starrte auf ihre weißen Füße. Und wenn sie nun sagen würde: »Nein. Ich will nicht duschen. Und ich will auch nicht zu diesem hochfeinen Essen kommen. Oder, besser noch, ich komme und setze mich an diesen scheißvornehmen Tisch, so wie ich bin, mit diesem ganzen Geruch nach Blut, Schweiß und Sex. Und wenn das Essen serviert ist und sie den Wein einschenken, dann sage ich ihnen, was wir hier oben gerade gemacht haben. Ich werde es ihnen erzählen ... in allen Einzelheiten ...«

Sie stand auf. »Okay.« Ihre Stimme klang kühl, sie konnte nicht anders, obwohl sie wußte, daß sie sich nicht rational verhielt.

»Alles in Ordnung, Kelly?«

»Klar.«

Ein bißchen verwirrt, führte Phil sie in das Bad nebenan.

15

Zuerst war sich Kelly nicht sicher, ob es wirklich geklingelt hatte. Es war schon nach zehn, und sie war im Bad, um sich bettfertig zu machen. Dann klingelte es noch mal, lauter und beharrlicher. Kelly spülte sich rasch den Mund und band ihren Bademantel fest zusammen. Sie lief den Gang runter, blieb dann aber stehen. Irgendwie war ihr das nicht ganz geheuer. Es war schon so spät, und sie war ganz allein im Haus. Sie fuhr zusammen, als es zum dritten Mal ungeduldig klingelte. Sie rief nervös: »Wer ist da?«

Die männliche Stimme war leise, kam ihr aber irgendwie bekannt vor. »Ich bin ein Freund von Con. Kann ich kurz mit dir reden?«

Kelly runzelte die Stirn, versuchte, die Stimme irgendwo unterzubringen. Bei aller Vorsicht überkam sie doch eine Erregung, die sie fast loskichern ließ. Erst der Brief, und jetzt ein Bote! Wann würde sie diesen Typ mal wieder persönlich zu Gesicht kriegen? Kelly öffnete die Tür ein klein wenig. Ein großer Turnschuh klemmte sich sofort in den Spalt. Die Tür wurde weiter aufgedrückt. Kelly schrie auf, als sie erst Zeno und dann Nick erkannte. Nick schubste sie den Gang hinunter in Richtung Wohnzimmer. Hinter ihr schlug die Tür krachend zu.

Nick knurrte unwirsch: »Hör zu, wir haben's eilig. Wir tun dir nichts.«

Kelly war zu Tode erschrocken. »Mein Vater! Er kommt gleich heim.«

Nick packte ihren Ellbogen noch fester. »Quatsch nicht. Er ist bei der Arbeit. Wir wollen nur ein paar Informationen von dir.«

Kelly versuchte sich loszureißen. »Was wollt ihr?«

Nick stieß sie in einen Sessel. Dann bauten sich die beiden bedrohlich vor ihr auf, und jeder wartete, daß der andere etwas sagte. Kelly sah, daß sie beide nervös waren. Sie faßte gerade wieder ein bißchen Mut, als Nick sie plötzlich anblaffte: »Der Kerl, der Vasilios auf dem Gewissen hat. Dein Freund. Wo ist er?«

Kelly starrte ihn an. »Ich sag euch gar nichts. Warum sollte ich? Ihr wollt ihn euch nur vornehmen.«

Nicks schlug jetzt einen aggressiveren Ton an. »Das geht dich einen Scheiß an! Wir wissen, daß er normalerweise nicht weit von hier wohnt. In der Curzon Street. Wir haben mit ein paar seiner Mitbewohner gesprochen. Sie haben gesagt, er fängt demnächst einen Ferienjob in der City an.«

Kelly war jetzt ebenso wütend wie ängstlich. »Und? Wieso habt ihr ihn dann nicht gefunden?«

»Er hat sich verdrückt. Sie wollten nicht sagen, wohin. Aber du weißt es, stimmt's?«

Kelly starrte ihn eiskalt an. Nicks Stimme wurde ein bißchen weicher. So kam er nicht weiter. »Hör zu! Sag uns einfach, wo er ist, und du kannst die ganze Sache vergessen.«

Kellys Wut flammte auf. Sie schnellte aus ihrem Sessel hoch. »Vergessen? Er ist mein Freund. Findet es doch selbst raus!«

Nicks Mund verzog sich zu einem höhnischen Grinsen. Er wollte sich mit erhobenem Arm auf sie stürzen, aber Zeno trat dazwischen. Nick senkte zornbebend den Arm, stieß Kelly in den Sessel zurück und trat einen Schritt zurück. Sie hatte das harte Blitzen in seinen Augen gesehen.

Ohne Zenos Einmischung hätte er garantiert zugeschlagen. Wozu waren diese beiden fähig? Wenn sie schon gewalttätig gegen sie wurden, was würden sie dann mit Phil machen?

Zeno trat jetzt näher an sie heran. Seine Stimme war ölig, sein Gesicht verschlagen. »Con weiß, daß wir hier sind. Er will, daß du uns hilfst. Es war doch sein Bruder.«

Kelly zuckte zusammen, und Zeno merkte, daß er eine verwundbare Stelle getroffen hatte. »Willst du Con nicht helfen?«

Diesmal reagiert Kelly heftig. Es war nicht so sehr Mut oder die Sorge um Phil, sondern vor allem spontane Empörung. Wer waren diese Scheißkerle! Sie hatten sich gewaltsam Zutritt zu ihrem Haus verschafft, und jetzt hatten sie auch noch die Frechheit, sich hier vor ihr aufzupflanzen, in ihrem eigenen Wohnzimmer, und von ihr zu fordern, daß sie ihnen verriet, wo ihr Freund steckte. Sie sprang aus ihrem Sessel auf und schrie wütend: »Von mir erfahrt ihr gar nichts!«

Diesmal war Zeno zu langsam. Nick verpaßte ihr einen harten Schlag auf den Mund und dann, als ihr Kopf nach hinten kippte, noch eine kräftige Ohrfeige. Kelly schnappte nach Luft, schlug die Hände vors Gesicht. In ihren Augen brannten Tränen, und sie spürte, wie ihre geplatzte Lippe blutete und anschwoll.

Con beugte sich über sein Queue, konzentrierte sich. Langsam stieß er zu, aber zu fest. Die Kugeln spritzten in alle Richtungen davon. Con sah die beiden jungen Männer an, gegen die er gespielt hatte, und knurrte: »Ach, Mann... hoffnungslos.«

Steve, ein gutmütiger Libanese, sagte freundlich: »Du bist zu nervös, Mann. Willst du Revanche?«

Con starrte in den großen Billardsaal, in Gedanken ganz woanders. »Nein, sorry, lieber nicht.«

Steve faßte ihn kurz an der Schulter. »Mach dir nichts draus, Mann. Tut mir leid, das mit deinem Bruder. Muß ganz schön hart sein, sich dran zu gewöhnen.«

»Hmm«, murmelte Con und entfernte sich. »Bis dann.«

»Bis dann, Con.«

Draußen schlug Con zunächst den Heimweg ein, blieb dann aber stehen. Der sanfte Wind erfüllte ihn mit Unruhe. Es war schon spät, und morgen mußte er den ganzen Tag hart arbeiten, aber er hatte trotzdem keine Lust, in dieses Zimmer zurückzukehren, mit seinen trauernden Eltern nebenan. Er dachte sehnsüchtig an Kelly. Obwohl es total verrückt war und sie bestimmt schon schlief, machte er sich auf den Weg. Es würde tröstlich sein, einfach nur ihr Haus zu sehen, sich in ihrer Nähe zu fühlen. Er hoffte, daß sie ein Licht angelassen hatte, damit er einfach ein paar Minuten draußen auf dem Gehweg stehen und sie sich schlafend in ihrem Bett vorstellen konnte.

Als Con vor Kellys Haus angelangte, blieb er auf der anderen Straßenseite stehen. Er stellte erfreut fest, daß bei ihr tatsächlich noch Licht brannte. Also war sie daheim. Jetzt noch zu klingeln kam aber nicht in Frage. Ihr Vater würde sich bestimmt aufregen, wenn um diese Zeit noch jemand käme. Aber wann würde er sie wiedersehen? Scheiß auf seine Eltern. Er würde nächsten Sonntag frei machen. Ihr vorher noch mal schreiben. Irgendwas organisieren. Seine Eltern konnten ja zur Abwechslung mal jemanden für ein paar Stunden bezahlen. Er war schließlich kein gottverdammtes Arbeitstier. Seit Vasilios' Beerdigung hatte er kaum mehr Freizeit gehabt.

Plötzlich wurde er durch lautes Gebrüll aus seinen Träumereien gerissen. Eine Mädchenstimme schrie, dann knallten Türen. Er ging über die Straße und blieb verblüfft stehen, als er Nick und Zeno aus Kellys Haus kommen sah. Ohne ihn zu bemerken, brüllten sie: »Wir kommen wieder!« Dann rief Nicks Stimme höhnisch: »Blödes Weibsstück!«

Als sie Con sahen, blieben sie wie angewurzelt stehen. Nick fand als erster die Sprache wieder.

»Was machst du denn hier?«

Con gab die Frage kalt zurück: »Was macht *ihr* denn hier?«

An ihrem schroffen, aufgeblasenen Getue merkte er, daß sie irgendwie beschämt oder verlegen waren. Zeno versuchte, lässig die Achseln zu zucken. »Wir haben nur was Geschäftliches erledigt.«

Con hatte keine Ahnung, was sie hier suchten, aber ihm war klar, daß sie logen. Diese beiden Kerle hatten seinen Bruder in die Scheiße gezogen. Sie waren schuld an seinem Tod. Und jetzt wollten sie auch noch irgendwas von dem Mädchen, in das er sich verliebt hatte. Ohne nachzudenken stürzte sich Con auf Nick, packte ihn mit aller Kraft an den Schultern und drängte ihn gegen den schmiedeeisernen Zaun.

»Hab ihr noch nicht genug angerichtet? Laßt sie verdammt noch mal in Ruhe!«

Nick stöhnte, als sich die Spitze des Zaunpfahls in seinen Rücken grub. »Scheiße noch mal! Laß los, du ... «

Aber in Sekundenschnelle hatte Zeno Con weggerissen und ihm den Arm auf den Rücken gedreht. Er keuchte wütend in Cons Ohr: »Was ist denn mit dir los? Willst du den Typ finden, der deinen Bruder auf dem Gewissen hat, oder nicht?«

Con wand sich und zischte: »Das hat nichts mit ihr zu tun!«

Nick bedeutete Zeno, Con loszulassen. Zeno löste seinen Griff und blieb abwartend stehen. Nick trat jetzt näher an Con heran und sprach in ungewohnt ruhigem, besänftigendem Ton auf ihn ein. »Hey, dir geht's mies. Das verstehn wir ja alles, stimmt's, Zeno?«

Plötzlich registrierten sie alle drei, daß Kelly in ihrer Haustür stand und zu ihnen herübersah. Ihre geplatzte Lippe und ihre geschwollene Wange waren im Licht der Straßenlaterne deutlich zu erkennen. Con sah von ihr zu Nick und wieder zurück. Sie erwiderte seinen Blick ruhig, ohne das kleinste Fünkchen des Erkennens. Con wandte sich wieder Nick und Zeno zu und sagte leise: »Ihr Scheißkerle.«

Er machte ein paar Schritte auf Kelly zu, aber ihr kalter Gesichtsausdruck ließ ihn erstarren. Die anderen stiegen in ihr Auto, knallten die Türen zu und ließen den Motor an. Zeno rief Con durchs Seitenfenster zu: »Kommst du?«

Con antwortete weder, noch drehte er sich um, aber Kelly konnte er auch nicht mehr anschauen. Er wollte ihr sagen, daß er damit nichts zu tun gehabt hatte, daß er diese Kerle, die ihr weh getan hatten, umbringen würde, daß er auf der Stelle mit ihr weglaufen würde, wenn sie wollte...

Aber ihr eisiger Blick machte jedes Wort unmöglich. Nick fuhr langsam an Con heran, kurbelte das Fenster runter und sagte höhnisch: »Das hier ist Männersache, Con. Mach nicht mit irgendwelchen Weibern rum, eh du's nicht hinter dich gebracht hast. Er war schließlich dein Bruder.«

Dann schossen sie mit quietschenden Reifen los. Con machte auf dem Absatz kehrt und stapfte in die Gegenrichtung davon.

Kelly inspizierte ihr Gesicht im Spiegel. So war es also, wenn man verprügelt wurde. Sie nahm ein bißchen Watte und Jod und desinfizierte vorsichtig ihre Lippe. Der brennende Schmerz ließ sie zusammenzucken.

Konnte es sein, daß Con an dieser Sache beteiligt gewesen war? Vielleicht hatten ihre Freundinnen doch recht. Es war verrückt von ihr gewesen, zu dieser Trauerfeier zu gehen, sich überhaupt Gedanken darüber zu machen. Die spitze Bemerkung, die Liz gestern auf Carmens Silvesterfeier gemacht hatte, fiel ihr plötzlich wieder ein, hallte in ihrem Kopf nach.

»Es wäre Wahnsinn, dich mit ihm einzulassen, Kelly. Totaler Wahnsinn!«

Einfach so, aus heiterem Himmel, hatte sie das gesagt. Kelly hatte in Carmens Bad gestanden und gewartet, daß die Toilette frei wurde. Außerdem hatte sie sich für ein paar Minuten von der wilden Party zurückziehen wollen. Kelly war so überrascht gewesen, daß ihr die Kinnlade runtergeklappt war, und vermutlich hatte sie auch schuldbewußt geguckt. Sie hatte gerade an Con gedacht und sich gefragt, was er wohl an diesem Abend machte.

»Von wem redest du?« hatte sie gefragt, aber das war nur ein Hinhaltemanöver gewesen. Sie hatte genau gewußt, von wem Liz sprach, und sie hatte gewußt, daß Liz sie wieder mal durchschaut hatte.

Liz hatte nur geseufzt und in der Tasche ihres kurzen roten Satinkleids nach dem gleichfarbigen Lippenstift gefischt, der in diesem Sommer ihr Markenzeichen geworden war. Sie hatte sich beide Lippen angemalt, sie dann langsam gegeneinander gerieben und sich dabei die ganze Zeit ungerührt im Spiegel betrachtet.

»Ist doch nur ein gutgemeinter Rat, Kelly. Was hast du denn mit so jemandem gemeinsam?«

Kelly hatte es unerträglich gefunden, dazustehen und sich sagen zu lassen, was sie zu tun hatte. Wie kamen Carmen und Liz dazu, ihr Vorschriften zu machen? Bis jetzt hatte sie das nie gestört. Sie hatte sich brav an ihre Regeln gehalten und noch nicht mal gemerkt, daß sie es tat. »Okay, beruhige dich«, hatte sie sich gesagt. »Sie sind prima Freundinnen. Es ist nur natürlich, daß zwischen uns gewisse Spannungen entstehen, wenn alles im Umbruch ist...« Kelly hatte ihren Mund zu einem schmalen Strich zusammengekniffen. Um irgendwas zu tun, hatte sie an die Klotür gebummert.

»Hey, ist da jemand drin?« Liz hatte sie immer noch angeguckt und auf eine Reaktion gewartet.

»Moment!« hatte eine Stimme zurückgebrüllt.

»Okay! Sorry«, hatte sie sich abgerungen. Liz hatte sich ungeduldig abgewandt, ihr Gesicht an den Spiegel herangebeugt und sich mit der Bürste an ihrem Haar zu schaffen gemacht.

Erleichtert hatte Kelly die Spülung gehört. Nur noch ein paar Sekunden, und sie konnte verschwinden. Warum ging Liz nicht einfach wieder raus zu der Musik und der Tanzerei, zurück in ihr eigenes Leben, wo jede verdammte Kleinigkeit so ordentlich geregelt war?

Ein Mädchen war aus der Toilette gekommen und hatte Liz beim Händewaschen angelächelt. Liz hatte es ignoriert und sich Kelly zugewandt, ihr strahlendstes Instantlächeln im hübschen Gesicht, die Stimme leicht wie Puderzucker.

»Warum sagst du nichts, Kelly? Du bist in letzter Zeit so still.«

Kelly, die sich geschworen hatte, nicht drauf anzubeißen, auf keinen Fall über alles zu reden, ehe sie es nicht für sich selbst geklärt hatte, hatte sie angefaucht: »Du weißt überhaupt nichts über ihn, Liz! Was weißt du denn schon über ihn... oder über mich?«

Liz war schon halb draußen gewesen. Sie hatte nur abschätzig mit den Achseln gezuckt, als wolle sie sagen, daß sie im Moment absolut keine Lust auf Streit habe. Dann hatte sie sich noch mal umgedreht und gesagt: »Es wäre Wahnsinn, Kelly. Echter Wahnsinn.«

Na gut, dachte Kelly, als sie den blutigen Wattebausch in den Abfalleimer warf, wieder was dazugelernt.

Sie hörte ihren Vater in die Wohnung kommen, und das Herz rutschte ihr in die Hose. Natürlich, ausgerechnet heute mußte er früher heimkommen. Sie versuchte, kein Geräusch zu machen. Vielleicht konnte sie sich ja einfach zur Hintertür rausschleichen und vorn wieder reinkommen, wenn er schlief. Aber ihr Vater polterte schon auf seine übliche nette Art: »Hallo, Schatz. So spät noch auf?«

Kelly bemühte sich, normal zu klingen. »Hallo, Dad. Ja, ich will grade ins Bett.«

Sie drehte das Gesicht weg, als sie durch die Küche eilte, aber Keith, der vor dem Herd stand, hatte sich umgedreht und sie jetzt genau im Blick.

»Kel!«

Kelly blieb stehen, den Rücken zu ihm, und holte tief Luft. Sie fühlte sich vor allem gedemütigt. Sie hatte immer selbst auf sich aufpassen können. Ihr Vater hatte sich stets damit gebrüstet. Plötzlich begannen ihre Arme und Beine unkontrollierbar zu zittern, und sie gab einen tiefen Seufzer von sich. Jetzt brach alles zusammen! Ihr ganzes Leben war aus den Fugen. Keith drehte sie sanft zu sich um. Als er ihr Gesicht von nahem sah, schnappte er nach Luft. Den Blick gesenkt und die Augen voller Tränen, murmelte Kelly: »Ist nicht so schlimm, Dad. Echt nicht.«

Keiths Stimme war ganz leise vor Wut. »Wer war das?«

Sie fiel in seine Arme, schluchzte eine Weile und erzählte dann alles. »Diese Schlägertypen. Sie wollten wissen, wo Phil ist. Er ist bei seinen Eltern. Sie werden's bald rausfinden. Ich weiß nicht, was ich tun soll. Ich will ihm keine Angst machen, aber ich glaub, sie meinen es ernst.«

Keith ließ sie los und wandte sich zu dem Telefon an der Wand. »Das reicht! Ich rufe die Polizei an.«

Kelly hielt ihn fest. »Das hab ich schon getan. Sie haben gesagt, sie wollen mal sehen, ob er irgendeine Art Schutz kriegen kann, aber –«

»Mal sehen! Diese nichtsnutzigen Idioten!«

»Sie haben gesagt, sie kommen morgen früh vorbei und nehmen ein Protokoll auf... Sie schienen zu wissen, wo sich die Kerle rumtreiben und alles...«

»Dämliche Trottel. Warum nicht jetzt?«

»Weil ich es so wollte, Dad. Ich brauch erst mal Ruhe.«

Sie fing wieder an zu weinen. Keith strich ihr unbeholfen übers Haar. »Aber was ist mit dir, Kelly? Wer schützt dich?«

Kelly entzog sich ihrem Vater und wischte sich die Augen mit dem Taschentuch, das er ihr hinstreckte. »Sie werden mich nicht mehr belästigen. Sie haben nichts aus mir rausgekriegt.«

Keith fiel auf einen Küchenstuhl und vergrub das Gesicht in den Händen. Er klang sehr alt und müde. »Warum warst du bei der Trauerfeier für diesen Kerl, Kel?«

Wie sollte sie ihm das erklären? Ihr Vater wollte die Wahrheit gar nicht hören. Er stöhnte, als er merkte, daß sie ihm nicht antworten würde.

»Herrgott noch mal, mit dieser Gegend geht es immer schneller bergab. Jetzt wird meine Tochter schon überfallen, in ihrem eigenen Haus! Das reicht, Kel! Ich werde die Bude verkaufen. Ich wollte, ich hätt's schon vor Jahren getan. Du hast wirklich was Besseres verdient.«

Kelly seufzte. »Dad, diese Gegend ist ganz okay... meistens. Weißt du –«

Keith fiel ihr ins Wort. »Hast du dich in den Bruder von diesem Kerl verguckt?«

Kelly schrak zusammen. Sie hatte mit keinem über ihre Gefühle für Con gesprochen. Sie wußte ja selbst nicht genau, was sie für ihn empfand.

»Ich will eine klare Antwort!« sagte er schroff. Als sie immer noch nichts sagte, verzog sich sein Gesicht zu einer verbitterten Grimasse. »Das ist mir Antwort genug.«

Kelly wandte sich ab, aber ihr Vater packte ihre Hand. »Du kannst doch jeden haben, Schatz. Die Welt steht dir offen. Du hast nette Freundinnen und einen prima Freund aus guter Familie. Einen, der's zu was bringt. Willst du Phil für so einen Kerl aufgeben?«

Kelly spürte, wie es sie kalt durchlief. Was ihr Vater da sagte, klang vernünftig. Aber nein, seine Sicht war nicht richtig. Er wußte ja nur die Hälfte. Sie wollte, daß er sie verstand.

»Dad, Con hat mit all dem nichts zu tun. Er ist nicht wie sein Bruder.«

»Blödsinn, Kelly.« Ihr Vater brüllte jetzt fast. »Er hat dasselbe Blut in den Adern, oder etwa nicht?«

Kelly war klar, daß sie jetzt nicht mehr viel verkraften konnte. Sie mußte sich erst mal ausruhen. Sie entwand sich seinem Griff und ging zur Tür.

»Ich will jetzt nicht drüber reden. Ich muß ins Bett.«

»Okay. Aber ich will hier wegziehen, Kel. Ich will, daß du unter anständigen Menschen aufwächst.«

Kelly blieb in der Tür stehen. Sie hatte nicht den Mut,

um sich noch mal umzudrehen. Wie oft hatte er schon davon geredet, hier wegzuziehen? Als ob dadurch ihr Leben auf einen Schlag ganz wunderbar würde. Ein Traum, der nie Wirklichkeit wurde, an dem er aber festhielt, weil er seine einzige Hoffnung war. Sollte sie ihm kalt ins Gesicht sagen, daß sie schon vor Ewigkeiten aufgehört hatte, dran zu glauben, daß er je etwas ändern würde? Die Wahrheit war, daß sie nie umziehen würden, weil das Geld dafür nicht reichte. Von dem, was er verdiente, ging so viel für die Trinkerei drauf. Sie seufzte. »Dad, ich bin siebzehn. Ist es dafür nicht schon ein bißchen spät?«

Als Kelly im Bett war, saß Keith noch lange am Küchentisch, die Hände vor dem Bierbauch verschränkt, und starrte düster vor sich hin.

16

Um fünf Uhr morgens, während Kelly schlief, kletterte Con durch sein Zimmerfenster auf der Rückseite des Hauses. Er war müde, down und ganz schön betrunken. Er landete schwer auf dem Zimmerfußboden und schaffte es irgendwie, auf sein Bett zu krabbeln. Himmel noch mal, was für eine Nacht! Er hörte die gedämpfte Stimme seines Vaters ängstlich fragen: »Bist du das, Con?«

»Ja.« Wer denn sonst? Batman?

»Alles in Ordnung?«

»Ja!« Herrgott! Konnten sie ihn nicht einfach mal in Ruhe lassen? Er hatte auf dem Rückweg von Kellys Haus ein paar alte Freunde von der Uni getroffen, und sie hatten ihn beschwatzt, noch mit in die Kneipe zu kommen.

»Hey, wenn das nicht Pangalis ist!«

Con erkannte die drei Gestalten, die vor dem Imbiß standen und Hamburger, Cola und Souvlaki verdrückten. Er blieb stehen. »Hey, Leute! Was macht ihr denn hier?«

Es waren Jim, ein Grieche, neben dem er letztes Jahr in Wirtschaftsrecht gesessen hatte, dessen älterer Bruder Sam, der Medizin studierte, und Jerry McClennen, ein rothaariger Mathefreak, der Physik studierte und freitags in der Mittagspause immer mit Con und den beiden anderen Schach gespielt hatte.

»Nichts Besonderes, Mann, nur ein bißchen rumhängen. Und du?«

»Ach, auch nichts.«

Jim schlug ihm ein paarmal auf die Schulter. »Ich vermiß dich in den Vorlesungen, Mann. Vor allem dieses verrückte Zeug, das du immer gezeichnet hast!«

Alle lachten, auch Con.

»Na ja... hab in letzter Zeit nicht viel gezeichnet.«

Sams Gesicht wurde ernst. »Dein Bruder ist ums Leben gekommen, stimmt's?«

Con nickte.

»Tut mir leid, Mann.« Die anderen murmelten irgend etwas Mitfühlendes. Einen Moment herrschte verlegenes Schweigen. Jerry hatte als erster aufgegessen. Er knüllte das fettige Papier zu einem kleinen Ball zusammen und warf es gekonnt in die Mülltonne.

»Kommst du mit, Con? Wir gehen ins Clyde, eine neue Band hören. Die Jungs kommen irgendwann echt groß raus!«

Con grinste. »Wie heißen sie denn, Jerry?«

»Die *Doleful Bandits.* Schon mal gehört?«

Con schüttelte den Kopf.

»Du wirst noch von ihnen hören. Spitzen-Band. Ehrlich.«

Con war hin- und hergerissen. Die Jungs waren in Ordnung, aber Uni und Kneipen waren jetzt nicht mehr sein Leben. Andererseits wuchs ihm die Geschichte mit Kelly echt über den Kopf. Was hatten diese Idioten bei ihr gewollt? Hätte er noch dableiben sollen? Ihr alles erklären? Sein Herz fing plötzlich an zu hämmern. Bestimmt dachte sie jetzt, er gehörte zu ihnen.

Zu Hause würde er nur vor sich hin brüten, sich Knoten ins Hirn grübeln, wegen ihr und seinem Bruder und seiner verflixten Zukunft.

»Na ja, vielleicht...«

Die anderen freuten sich echt, ihn wiederzusehen. Daß sie ihn nach all diesen Monaten noch als Freund betrachteten, rührte Con. Er gab Jim einen freundschaftlichen Klaps auf die Schulter. »Also dann, gehen wir, sonst verpassen wir noch die Action.«

Die Musik war tierisch laut. Con stand neben Sam und Jerry an der Bar, ein Bier in der Hand, und starrte auf die schummrige, qualmverschleierte Tanzfläche. Sie füllte sich rasch.

Es war noch kein Jahr her, daß er zuletzt hier gewesen war, aber ihm kam es vor, als wäre es in einem anderen Leben gewesen. Con sah ein kleines, wohlgeformtes Mädchen in einem engen roten Rock und einem Pailletten-Top mit einer Freundin die Tanzfläche betreten. Das Mädchen sah toll aus, mit wogendem schwarzem Haar und bloßen braunen Schultern. Die beiden begannen auf der engen Tanzfläche herumzuwirbeln.

Con ließ sich von Jerry ein weiteres Bier spendieren und trank in schnellen Schlucken. Gar nicht so übel. Er erschauerte, als der Alkohol seine Wirkung entfaltete. Er entspannte sich und war jetzt plötzlich froh, daß er mitgekommen war. Sam stieß ihn in die Rippen, und Con merkte, daß er ebenfalls das Mädchen und dessen Freundin beobachtete.

»Was sagst du, Kumpel? Sollen wir's probieren?«

Plötzliche Schüchternheit überkam Con. Wußte er überhaupt noch, wie man Mädchen zum Tanzen aufforderte? Ach, scheiß drauf! Was machte es schon, wenn sie nein sagten.

»Okay. Auf geht's.«

Con und Sam schlenderten auf die beiden Mädchen zu. Das war der schlimmste Teil: Sie mußten abwarten, ob die Mädchen lächeln und ihnen Platz machen würden. Man fühlte sich wie ein Volltrottel, wenn sie einem dort draußen vor allen Leuten die kalte Schulter zeigten. Aber sie hatten Glück: beide Mädchen nickten lächelnd. Als sich das Mädchen in dem roten Rock sofort an Con heranmachte, indem es ganz leicht seine Hand nahm und ihm in die Augen guckte, versuchte er, es ganz cool zu nehmen. Er war geschmeichelt. Er hatte ganz vergessen, wie leicht er es immer gehabt hatte, Mädchen aufzureißen. Am Ende des Stücks standen sie alle vier leicht japsend da und beäugten einander scheu. Das Mädchen in Rot schob sich näher an Con heran.

»Ich bin Melissa ...«

Con nickte unbeholfen. »Freut mich, dich kennenzulernen. Ich bin Con, und das hier ist mein Kumpel Sam.«

»Und das ist Wendy.«

Das andere Mädchen war dünn und unscheinbar wie eine Maus, mit glattem Haar und pickliger Haut, und wußte wahrscheinlich genau, daß sich die beiden mehr für ihre Freundin interessierten. Aber Sam, Gentleman wie immer, machte eine übertriebene Verbeugung, tat, als küßte er Wendy beide Hände, und sagte wie ein französischer Aristokrat: »Madame, es ist mir eine Ehre.«

Die beiden Mädchen kicherten, und das Eis war gebrochen. Als die Musik wieder loslegte, tanzten sie alle vier gemeinsam.

In einer Tanzpause ergatterten sie einen freien Tisch. Jerry kam mit Bier und Gläsern herüber, setzte sich zu ihnen und erzählte, daß er bei mehreren Mädchen abgeblitzt war.

»Seid ehrlich, Leute. Hab ich Körpergeruch oder was?«

Alle lachten und taten so, als beschnüffelten sie ihn an den einschlägigen Stellen.

»Hmmm. Riecht schon ein bißchen streng hier.«

»Hier duftet es auch nicht gerade nach Rosen!«

»Einmal in der Woche duschen wirkt Wunder, Jerry.«

Sam klopfte ihm auf den Rücken, ging scheinbar ernsthaft auf das Problem ein. »Ich glaub, es liegt an deinem Gesicht, Mann. Ich kenne da einen phantastischen Schönheitschirurgen.«

Sie frotzelten weiter, schlugen alle möglichen Abhilfen vor, vom regelmäßigen Besuch eines Trainingscenters für körperlich abstoßende Personen bis zur Auswanderung in ein Land, wo er um seiner Persönlichkeit willen geliebt werden würde. Jerry machte das alles gar nichts aus. Die Sprüche schienen ihn sogar mit neuem Mut zu erfüllen. Als die Musik wieder losging, sprang er als erster auf. Er hatte an einem Nachbartisch ein hübsches blondes Mädchen entdeckt. Als es einwilligte, mit ihm zu tanzen, führte er es mit einem triumphierenden Grinsen an ihnen vorbei.

»Ätsch, ihr häßlichen Zwerge!«

Melissa nahm Cons Hand und versuchte ihn auf die Tanzfläche zu schleppen.

»Komm schon, Con!«

Con sträubte sich halb im Scherz. »Hey, ich hab noch gar nicht ausgetrunken.« Er hatte wieder an Kelly denken müssen, wie sie dort unter der Laterne gestanden hatte, mit ihrer blutenden Lippe und diesem kalten Blick. Wenn sie doch nur hier wäre. Wenn er doch nur diesen verwundeten Mund küssen und zum Lächeln bringen könnte.

»Dein Pech.«

Er ließ sich von Melissa mitziehen. Als erstes kam ein langsames Stück, und sie schmiegte sich rasch an ihn. Sie hauchte ihm ihren duftenden Atem ins Gesicht, lachend, auffordernd.

»Ich mag diesen Song, du nicht?«

»Doch, ist ganz okay«, murmelte Con. Er hätte sie ohne weiteres küssen können, wenn er gewollt hätte. Sie preßte sich provozierend an seine Brust, und ihr Gesicht berührte beinahe seinen Hals, während sie sich langsam über die lichtgemusterte Tanzfläche bewegten, eng umschlungen, als würden sie einander kennen, als seien sie ein Paar. Ihre kleine Hand umfaßte seine, und Con fühlte sich total schizophren: Ein Teil von ihm war richtig high. Das leise Lächeln, die scheinbar unabsichtliche Art, wie sie ihn mit ihren Brüsten und ihrem Haar streifte; das alles machte ihn regelrecht scharf. Aber im Hintergrund war noch ein anderes Gefühl, das schwerer zu greifen war. Ein dunkles, stürmisches Drängen, in jähen Schüben, im einen Moment wie Feuer in seinen Beinen, im nächsten schon wieder verlöscht. Das war sein wilder, wütender, verletzter Teil. Dieser Teil wollte diese Melissa raus in die Dunkelheit schleppen, auf einen Parkplatz oder in den tiefen Schatten hinter der Kneipe. Wollte sie zu Boden stoßen, ihr den roten Rock bis zu Taille hochschieben und das Höschen runterreißen und sie dann ficken. Sich über sie hermachen, bis sie unter ihm stöhnte und schrie; bis sie sich beide vor Erschöpfung nicht mehr rühren konnten.

Ihr Kopf schmiegte sich an seinen Hals. Er legte das Kinn auf ihr Haar und sah sich um, während sie weitertanzten. In einer Gruppe stand ein Typ, ein Glas Bier in der Hand. Irgendwas an seiner sportlichen Statur, dem kurzen, sandfarbenen Haar kam Con bekannt vor. Als der Typ sich ein klein wenig drehte, konnte Con sein Profil erkennen. Phil. Kellys Freund. Der Typ, der seinen Bruder auf die Straße gestoßen hatte. Cons Augen schlossen sich. Ihm war plötzlich schwindlig, und er mußte sich wohl an Melissas Hand festgekrallt haben, denn sie stieß einen kleinen Schmerzenslaut aus und sah ihn fragend an.

»Was ist?«

»Nichts.« Con zog sie wieder an sich, damit sie sein Gesicht nicht sehen konnte.

Was sollte er tun? Plötzlich brach jene Nacht wieder über ihn herein. Er stand wieder im Leichenschauhaus und sah zu, wie zwei uniformierte Männer seinen Bruder von der Bahre auf einen blitzenden Stahlwagen verfrachteten. Das Namensschildchen an seinem rechten großen Zeh. Das grüne Laken über seinem Gesicht. Die gedämpften Stimmen irgendwelcher Leute, die kamen und gingen. Einander leise irgendwas zuriefen. Lebende Gesichter, die sich in Falten zogen. Finger, die Stifte über Papier bewegten. Ein Fuß in einem weißen Schuh und noch einer, die sich gezielt einen gelben Strich entlangbewegten, den jemand aus irgendeinem Grund auf das stumpfe Linoleum gemalt hatte. Über allem dieser leise, übelkeiterregende Geruch von Desinfektionsmitteln. Irgendwer verschwand, und jemand anders kam. Kommen und Gehen. Auftauchen und Verschwinden, alles innerhalb dieser kahlen weißen Wände, die tote Menschen enthielten. Massen von toten Menschen, die, wenn die Ärzte und die Polizisten mit ihnen fertig waren, in eisige Stahlfächer geschoben wurden, bis sie jemand abholte. Und der Leichnam seines Bruders, reglos unter dem grünen Laken. Nur die wächsernen Füße guckten unten hervor, mit der großen gelben Karte am großen Zeh. Die Karte sagte ihm klarer als alles andere, daß sein Bruder tot war. VASILIOS PANGALIS stand in großen, eckigen Buchstaben darauf, und drunter das Datum, deutlich und leicht erkennbar. Es stand noch mehr darauf, aber Con konnte sich nicht überwinden, weiterzulesen.

Phil entfernte sich jetzt, in Richtung der Bar vorn im Raum. Con wollte hinterher, um ihn in dem Gewühl nicht aus den Augen zu verlieren. Hier stand er, mit irgendeinem blöden Mädchen auf der Tanzfläche eingezwängt, während der Kerl, der seinen Bruder auf die Straße geschleudert hatte, nur wenige Meter entfernt war. Und immer weiter wegdriftete.

»Willst du hier hocken wie ein fetter Scheißfrosch ...« Er löste sich von dem Mädchen. »Sorry. Bin gleich wieder da... Muß mit jemand reden.«

Er eilte zur Bar, konnte Phil aber nirgends mehr sehen. Con lief raus zum Männerklo. Er mußte diesen Kerl finden und... irgendwas sagen. Aber was? Ihn anbrüllen? Ihn gegen die Wand schleudern und ihm den Schädel einschlagen, während er auf ihn einschrie? Er wollte ihm sagen, wie es gewesen war, diese letzten Wochen, ohne seinen Bruder. Der Kerl sollte wissen, was er getan hatte.

Con stieß die vier Türen auf, fand alle Klos leer, rannte dann wieder raus zur Bar und sah sich hektisch um. Plötzlich war das hier sein ganzer Daseinsgrund, sein einziger Lebenszweck. Wenn er diesen Typ fand und ihm sagen konnte, was er zu sagen hatte, dann würde alles wieder in Ordnung kommen. Con lief zum Hinterausgang, stieß die Schwingtür auf und sagte höhnisch zu sich selbst: »Dieser Kerl ist ihr Freund... ihr Freund... kapier das endlich! Der Typ, der deinen Bruder auf dem Gewissen hat, ist ihr Freund! Krieg das in deinen Schädel, du verdammter Idiot!« Doch obwohl er wußte, daß es stimmte, wollte er es einfach nicht begreifen. Es war zu verrückt. In seinem Kopf lief immer noch die verkratzte Schallplatte mit Nicks barschen Worten:

»Er war dein Bruder, Con! Willst du hier rumhocken wie ein fetter Scheißfrosch und zugucken, wie sie uns verarschen? Er war dein Bruder, Con! Willst du hier rumhocken ...«

Er rannte die Stufen runter und auf die Straße. Die kalte Luft schlug ihm scharf ins Gesicht. Draußen wußte er erst recht nicht, was er eigentlich tun sollte. Phil war nirgends zu sehen, und Con hatte keine Ahnung, in welche Richtung er gegangen sein konnte. Frustriert rannte er in die Straße auf der einen Seite der Kneipe, fand nichts, drehte sich um, ging zur Ecke zurück und dann zur anderen Seite hinüber. Beide Straßen waren dunkel und leer, kein Lebenszeichen außer den Scheinwerfern irgendwelcher Autos. Wahrscheinlich saß Phil in einem davon. Es hatte keinen Sinn.

Con lehnte keuchend an der Hauswand und beobachtete die vorbeifahrenden Wagen. Er mußte sich beruhigen. Sonst würde noch irgendwas Verrücktes passieren.

Nach und nach legte sich seine lodernde Wut, und als er wieder zum Eingang zurückging, war sie nur noch ein winziger Funke in seiner Brust, ein kleines Glutrestchen unter einer schmerzhaften Schicht von feiner schwarzer Asche. Fast erloschen. Offenbar sollte es heute nacht nicht sein, sagte er sich. Vielleicht war es ja auch gar nicht der Typ gewesen. Da drin war es ganz schön dunkel. So viele Menschen und so viel Rauch. Es würde schon noch eine Gelegenheit kommen, irgendwann.

Als er wieder reinkam, tanzte Melissa mit einem anderen. Sie warf Con einen trotzigen Blick zu. Jerry war verschwunden, aber Jim und Sam saßen allein an einem Tisch und tranken.

»Hey! Hat dich jemand ausgebootet, Kumpel?«

»Was ist passiert?« fragte Jim leise, den Blick noch immer auf das Mädchen gerichtet. »So ein süßes kleines Sahnetörtchen. Ein Jammer.«

Con zuckte die Achseln und versuchte zu kontern. »Und? Was ist aus euren Kurzhaarmiezen geworden?«

Jims Augen funkelten. »Die eine hat mir ihre Telefonnummer gegeben, aber sie mußten wohl noch zu einer wichtigen Besprechung.«

Melissa fing Cons Blick auf. Er sollte sich entschuldigen und sie wieder auffordern, das wußte er. Es gehörte sich so, selbst wenn sie ihn abweisen würde, um ihm eins auszuwischen. Aber das hieß noch lange nicht, daß er's auch tun würde. Dieses wilde Gefühl, das über ihn gekommen war, als er gedacht hatte, er würde Phil kriegen – es ließ noch immer all seine Nerven vibrieren. Es hatte sich auf eine verrückte Art gut angefühlt! Diese Power, die plötzlich in ihm hochgekocht war. Er war losgestürzt, ohne zu denken, einfach nur losgerannt; schnell, hellwach, unbeirrbar: der King im gottverdammten Dschungel. So hatte sich sein Bruder also gefühlt, wenn er und diese Idioten im Auto durch die Gegend gebrettert waren und einfach nur weil's geil war irgendwelche Leute beschimpft und attackiert hatten. Komisch, daß er bis jetzt nie verstanden hatte, was der Kick daran war. Hieß das, daß er im Begriff war, irgendwie durchzudrehen? Er kramte in seinen Jeanstaschen und förderte ein bißchen Geld zutage.

»Noch was zu trinken?« fragte er die andern beiden. Jim schüttelte den Kopf, aber Sam streckte ihm grinsend sein Glas hin. »Klar«, sagte er, »aber guck ein bißchen fröhlicher, Pangalis, oder wir könnten uns noch gezwungen sehen, dich zu fragen, was heut abend in dich gefahren ist.«

Als Con am nächsten Tag sein Zimmer verließ, schien die Mittagssonne sengend weiß durchs Küchenfenster. Er sah seinen Vater draußen stehen und fluchend an der Jalousie herumhantieren, und seine Mutter stand am Herd und kochte irgendein kompliziertes Gericht; Eier und Gemüse,

Öl und Mehl standen auf dem Küchentisch und der Sitzbank. Con murmelte »Hallo«, nahm sich ein Schüsselchen Cornflakes und ließ sich auf einen Stuhl fallen.

Normalerweise liebte er die Gerüche, die die Küche erfüllten, wenn sie kochte – griechisches Essen roch ganz anders als Pizza –, aber heute reagierte er nur gereizt. Warum mußte sie immer schuften? Fiel ihr denn an ihrem einzigen freien Tag nichts Besseres ein als zu kochen?

Seine Mutter sah ihn stirnrunzelnd an. »Warum ißt du nicht was Anständiges? Ist doch schon Mittag. Du hast seit gestern abend nichts mehr gegessen.«

»Ich will das hier«, murmelte Con mit vollem Mund.

»Ich könnte dir ein paar Fleischklößchen und Reis warm machen.«

»Nein!«

Es war nicht richtig, seine Mutter so grob anzufahren. Sie litt immer noch schrecklich wegen Vasilios. Warum konnte er seinen Zorn nicht zügeln? Er hätte mit ihr reden und ihr irgendwie helfen sollen. Er sagte sanft: »Danke, Mutter.«

Elena hielt inne, beide Hände tief im Mehl. Sie musterte ihn mißtrauisch. »Du siehst krank aus.«

»Ich bin nicht krank«, fauchte er.

Elena zuckte die Achseln. Dann schien ihr etwas einzufallen. Sie seufzte, wischte sich die Hände an der Schürze ab, nahm einen Umschlag vom Bord und streckte ihn Con hin. »Der ist gestern gekommen. Für dich. Ohne Briefmarke.«

Con nahm den Brief und sah ihn an. Sein Hirn war schlagartig wach geworden. Vielleicht eine Antwort von Kelly? Aber jetzt konnte er nicht reingucken.

Elena lauerte. »Willst du ihn nicht aufmachen?«

Con schüttelte den Kopf, stopfte den Brief in seine Jeanstasche und wandte sich wieder seinem Frühstück zu. Er wußte, er war gemein. Sie starb vor Neugier. Ihr Pech! Vasilios und er hatten sich immer über die krankhafte Neugier seiner Mutter lustig gemacht. Sie hatte es lächelnd hingenommen, wenn sie ihr stöhnend erklärt hatten, sie solle aus ihrem Zimmer verschwinden und sich um ihre eigenen Angelegenheiten kümmern. Aber es war nie aggressiv gewesen, so wie jetzt. Vasilios hatte genau gewußt, wie er seine Mutter zum Lächeln bringen konnte. Er hatte es verstanden, die Runzeln von ihrer Stirn und den klagenden Ton aus ihrer Stimme wegzuzaubern. Durch so viele Kleinigkeiten hatte er die Familie bei Laune gehalten, trotz aller Sorgen, die er ihnen bereitet hatte. Das stumme, starre Entsetzen, daß seit seinem Tod herrschte, zeigte Con, daß sie jetzt erst merkten, wie glücklich sie gewesen waren.

Versehentlich kleckerte Con ein paar Cornflakes auf den Tisch. Seine Mutter war mit dem Wischtuch da, ehe er auch nur aufstehen konnte. Sie hielt es ihm mit einem verständnisvollen Lächeln hin. Das war zuviel! War er ein kleines Kind, das man ständig umsorgen mußte? Er verspürte den Drang, ihr die Schüssel an den Kopf zu werfen, sie anzuschreien, daß sie ihn gefälligst in Ruhe lassen solle. Er stand abrupt auf und mied ihren fragenden Blick.

»Ich eß drüben im Wohnzimmer weiter.«

»Ist dir hier nicht gut genug, eh?« Wenn sie merkte, daß sie sich geschlagen geben mußte, wurde sie immer sarkastisch.

Con knurrte und ging nach nebenan. Sie folgte ihm und blieb in der Tür stehen, traute sich nicht reinzukommen, konnte ihn aber auch nicht in Frieden lassen.

»Kommst du morgen mit zu Georgia? Der Priester wird da sein. Wir wollen zusammen essen, und der Priester wird für Vasilios beten. Die Verwandten aus Sidney kommen auch.«

Sie wandte sich ab, als interessierte seine Antwort sie gar nicht wirklich. Er bemühte sich um einen möglichst beiläufigen Ton.

»Nein, ich kann nicht. Ich hab für morgen schon was vor. Vielleicht das nächste Mal.« Elena ging wieder in die Küche. Er hörte sie schniefen und ärgerlich vor sich hin reden, konnte aber zum Glück nichts verstehen. Con schämte sich, wußte aber, daß er eine solche Veranstaltung keine zehn Minuten aushalten würde, ohne einen klaustrophobischen Anfall zu kriegen. Diese Frauen mit ihren Trauermienen. Sie würden alle mit Essen vollstopfen und eine traurige Geschichte nach der anderen erzählen. Die Männer würden das auch nicht lange mitmachen. Sie würden in Grüppchen draußen herumstehen, rauchen und vor sich hin brummeln. Über das Wetter, die Fußballergebnisse und die faulen Australier, die weder arbeiteten noch sparten, noch ordentlich auf ihre Frauen und Kinder aufpaßten. Und Con würde dazwischenhängen, sich weder zu den Frauen noch zu den Männern schlagen können. Und am Ende würde er irgendeine Großcousine aus Sidney am Hals haben, eine kichernde Gans in einem engen Kleid, mit dickem Make-up und sieben Zentimeter hohen Riemchenschuhen, von denen sie ihm eifrig versichern würde, sie seien »echt bequem.« Es würde unerträglich sein: beschissen von A bis Z.

Er versuchte den Umschlag mit einer Hand aufzureißen. Wenn jemand starb, sollten die Angehörigen eigentlich um so enger zusammenrücken. Aber mit seinen Eltern war es schlimmer denn je. Keine Gespräche mehr, nur noch Streit und Hickhack wegen jeder blöden Kleinigkeit. Er mußte hier raus. Sich aus dieser Griechenszene verdrücken. Irgendwoher Geld organisieren und abhauen. Mit Kelly durchbrennen. Er konnte hier keine Straße entlanggehen, ohne irgendeinen Onkel oder Cousin zu treffen, der ihn unweigerlich nach seiner Mutter fragen würde. Wie sie es verkraftete. Ob es ihr schon besserging. Sie trieben ihn in den Wahnsinn.

Con stellte die Schale hin und nahm den Umschlag beidhändig in Angriff. Es war verdammt lange her, daß er seine Eltern wirklich geliebt hatte, aber einfach abhauen konnte er nicht. Sie hatten ja gerade einen Sohn verloren. Und doch bohrte eine Stimme in seinem Inneren beharrlich weiter. Warum nicht? Wieso solle er jemand etwas schuldig sein? Haben wir letztlich nicht alle die Pflicht, unser eigenes Leben zu leben?

Als habe sie seine Antwort erst jetzt begriffen, rief seine Mutter plötzlich herüber: »Das nächste Mal! Pah! Es geht um deinen eigenen Bruder, und du ziehst lieber mit diesen nichtsnutzigen Kerlen rum.«

Aber Con antwortete nicht. Er starrte auf den Brief, der jetzt offen auf seinem Schoß lag.

SEI EIN MANN UND HOL DIR DIESEN SCHEISSKERL, DER DEINEN BRUDER UMGEBRACHT HAT

Con warf den Kopf in den Nacken und schloß die Augen. Das Gebrummel seiner Mutter war jetzt nur noch ein Hintergrundgeräusch. *... hol dir diesen Scheißkerl, der deinen Bruder umgebracht hat.* Er konnte Nicks Stimme förmlich hören. Die Worte klangen leise an sein Ohr, wie ein Ruf von weit her, aus seiner Kindheit oder aus irgendeinem dunklen Winkel seines Gehirns. Nick war ein Idiot, aber konnte er vielleicht hellsehen? Hatte er gewußt, wie Con sich in der letzten Nacht gefühlt hatte? Wutentbrannt und zu allem bereit? War Nick vielleicht der einzige, der wußte, worum es wirklich ging? Manche Dinge mußte man hinter sich bringen. Wenn Nick recht hatte und das hier so etwas war? Eine Welle von Zorn durchflutete Con, als er den Zettel noch einmal las und ihn dann zu einem kleinen Ball zusammenknüllte. Eins stand fest: Er war in der Stimmung, jemanden fertigzumachen.

17

Kelly knipste das Licht in ihrem Zimmer an. Erleichtert sah sie im Spiegel, daß ihr Gesicht wieder abgeschwollen und die Lippe so gut wie verheilt war. Die letzten Tage war sie ihren Freundinnen aus dem Weg gegangen, um nichts erklären zu müssen. Sie hatte sogar Phil irgendwelche Ausreden aufgetischt. Jetzt konnte sie wieder aus dem Haus gehen und die ganze Sache vergessen. Sie wußte, sie hatte keinen Grund, sich gedemütigt zu fühlen, aber es war trotzdem so. Ihr zerschundenes Gesicht bestätigte, was ihr Vater und ihre Freundinnen über diese Kerle gesagt hatten. Sie waren es nicht wert, auch nur einen Gedanken auf sie zu verschwenden.

Das Telefon klingelte. Kelly wartete, daß ihr Vater dranging. Er wußte, daß sie schon im Bett war. Die letzten paar Tage waren mit alptraumhafter Regelmäßigkeit Anrufe für sie gekommen. Offenbar dachten alle Menschen, die sie je gekannt hatte, sie hätten das Recht, ihr zu sagen, wo sie hingehen, was sie tun und was sie denken sollte. Es waren fast alles Leute gewesen, die ihr nahestanden. Oder gestanden hatten. Wenn sie es einfach ignorierte ... Sie zog das Haargummi herunter und begann, ihr Haar zu bürsten. Sie hatten sich gerade erst gute Nacht gesagt, ohne einander anzugucken. So gingen ihr Vater und sie zur Zeit miteinander um. Höflich und förmlich und irgendwie unsicher. Kelly wußte, daß zwischen ihnen irgendwas nicht in Ordnung war und daß es, wenn sie nicht bald was unternahm, immer schlimmer werden würde. Das Telefon klingelte immer noch. Gab dieser Anrufer denn gar nie auf? Sie knallte die Bürste hin und stapfte nach draußen.

»Hallo, hier Kelly«, blaffte sie in den Hörer.

»Hi, Kel.« Wieder Phil. Er hatte heute schon einmal angerufen, aber sie hatte das Gespräch abgewürgt und behauptet, sie müsse jetzt los, zum Friseur. Kelly schluckte und bemühte sich um einen freundlicheren Ton.

»Oh, hi.«

»Ich hab dich hoffentlich nicht aus dem Bett geholt.«

»Nein, nein.«

»Haben sie dir die Haare geschnitten?«

»Ja.«

»Hoffentlich nicht zu kurz«, versuchte er zu scherzen.

»Nein, nur die Spitzen.«

Pause. Kelly merkte, daß irgendwas im Busch war.

»Kelly, ich habe heute bei dir vorbeigeschaut. Dein Dad war da. Er hat mir gesagt, was passiert ist.«

Sie erschrak. Wie idiotisch von ihr, davon auszugehen, sie könnte es geheimhalten.

»Warum hast du's mir nicht gesagt?« fragte er vorwurfsvoll.

»Ich wollte nicht so eine große Sache draus machen.« Sie wußte, das klang nicht überzeugend, aber was sollte sie sonst sagen? Daß sie ihnen allen die Genugtuung nicht gegönnt hatte? »Ich bin wieder okay, echt.«

»Aber er hat gesagt, du wolltest nicht mal Anzeige erstatten! Kelly, das ist Wahnsinn! Du mußt es tun. Abgesehen von allem andern, es würde mir bei meinem Prozeß helfen. Das war ein tätlicher Angriff, und es muß zumindest festgehalten werden. Und außerdem könnten sie doch wiederkommen und dir noch mal was tun.«

Kelly konnte sich das jetzt nicht anhören. Sie wickelte die Telefonschnur um ihren Zeigefinger und starrte auf die Tapete vor sich. Sie mußten bald neu tapezieren, die Ecken lösten sich schon ab. Sie erinnerte sich an den Tag, als sie die Schule geschwänzt hatte, um mit ihrer Mutter in der Stadt diese Tapeten zu kaufen. Drei verschiedene Sorten hatten sie genommen, und sie hatte sie alle aussuchen dürfen. Sie wünschte sich plötzlich, daß ihre Mutter reinkäme und sagte: »Hi, Liebes, ich will in die Stadt, Tapeten kaufen, kommst du mit?«

»Phil«, unterbrach sie ihn scharf.

Er hielt inne. »Ja?«

»Bitte red jetzt nicht mehr davon.«

»Okay.«

»Danke.«

»Aber, Kel –«

»Ja?«

»Können wir uns bald mal sehen? Vielleicht ins Kino gehen oder was?«

Kellys Laune hob sich schlagartig. Sie war schon ewig nicht mehr weggewesen. Sie hatte Lust auf Kino, und sie hatte Lust, Phil zu sehen, obwohl sie sauer auf ihn war. Es war schließlich ihre eigene Schuld, daß sie niemandem von dem Überfall erzählt hatte. Sie hatte taktiert und gelogen, um die anderen nicht sehen zu müssen, und das war gar nicht ihre Art. Sie kam sich verlogen und neurotisch vor.

»Das fände ich toll.«

»Super! Wie wär's mit Donnerstag?«

»Klar, prima.«

»Sollen wir Liz und Carmen fragen, ob sie auch mit wollen? Ich hab sie heute auf der Straße getroffen. Carmen war offenbar mit einem neuen Typ zusammen, und sie sagten, sie hätten dich auch schon lang nicht mehr gesehen.«

Kelly schluckte. Wollte sie die beiden sehen? Sie dachte an Liz' kühles Lächeln bei Carmens Silvesterparty. Aber das war doch albern! Wieso war sie plötzlich eine verhuschte Maus, die Angst hatte, ihre Freundinnen zu treffen?

»Das ist eine tolle Idee, Phil. Ich ruf sie an, wenn du möchtest...«

Ein schrecklicher Gedanke ließ Kelly plötzlich verstummen. »Wissen sie... von...?«

»Wovon?«

»Was mir passiert ist?« Ihre Stimme klang dünn und angespannt, aber Phil antwortete ganz sachlich. »Ja, sie wissen es, Kel. Ich weiß nicht, woher, aber als ich sie getroffen habe, wußten sie alles.«

»Ah, na ja... okay.«

Sie einigten sich auf einen Film, verabschiedeten sich und legten auf. Kelly ging in ihr Zimmer zurück, nahm wieder ihre Haarbürste und setzte sich aufs Bett. Sie wußten es also. Wahrscheinlich hatten sie dagesessen und den französischen Champager von Liz' Mutter getrunken und über sie gelacht und die Lügengeschichten ausgetauscht, die sie ihnen aufgetischt hatte. Kelly warf die Bürste hin. Na und? Im großen Rahmen gesehen, war ihr kleines Problemchen nur ein Mückenschiß. Kelly legte ihren Morgenrock ab und schaltete das Licht aus.

Aber es machte ihr trotzdem zu schaffen. Sie fühlte sich verraten. Sie wußte, daß sie diejenige gewesen war, die gelogen hatte, und fühlte sich trotzdem verraten.

Ein Geräusch am Fenster ließ sie herumfahren. Nichts, nur der Wind vermutlich. Dann hörte sie ein leises Klopfen. Sie drehte sich um, plötzlich von panischer Angst erfaßt, und rannte zur Tür. Blieb noch einmal stehen, um zu horchen. Das Klopfen war verstummt. Hatte sie es sich nur eingebildet? Sie öffnete die Tür und rief in den Flur hinaus.

»Dad!« Sie hörte das gedämpfte Geräusch des Fernsehers drüben im Wohnzimmer, dann ihren Vater.

»Ja, Schatz... du müßtest diese Sendung mal sehen. Urkomisch!«

Kelly nahm sich zusammen, ging in ihr Zimmer zurück und guckte zum Fenster. Wieder Geklopfe, dann ein raschelndes Geräusch. Sie ergriff ihre schwere Nachttischlampe, ging rüber, zog mit einem Ruck das Rouleau hoch und erstarrte. Da stand Con in ihrem Garten. Sie sahen einander kurz an, ehe Kelly das Rouleau hastig wieder runterließ. Was in aller Welt machte er da? Wie konnte er es wagen, sie so zu erschrecken! Ein paar Sekunden vergingen, und Kelly konnte der Versuchung nicht widerstehen, noch einmal seitlich an dem Rouleau vorbeizuspähen.

Con hatte sich entfernt und stand jetzt jenseits des Zauns. Sie konnte sein enttäuschtes Gesicht erkennen. Es verwirrte sie. Gegen ihren Willen zog sie das Rouleau wieder hoch, und Con schaute gerade in diesem Moment rüber und sah, wie sie zu ihm rausguckte. Er lächelte unsicher, aber Kelly starrte ihn nur an, verzog keine Miene. Sie war wütend und wünschte gleichzeitig, Con einmal wirklich zu treffen. Die anderen Male war alles so verrückt gewesen, daß sie gar nichts verstanden hatte.

Mit einer einzigen katzenhaften Bewegung war Con wieder über dem Zaun und vor ihrem Fenster. Er bedeutete ihr, es zu öffnen. Sie tat es, wich aber seinem Blick noch immer aus. Die Sache mit Nick und Zeno hatte sie mißtrauisch gemacht. Sie konnte sich zwar kaum vorstellen, daß er etwas damit zu tun gehabt hatte, aber wenn doch?

»Hey, tut mir leid, daß ich einfach so geklopft hab. Hab ich dich erschreckt?«

»Ja.«

Er fuhr ein bißchen nervös fort: »Ist nur, weil ich wußte, daß dein Vater daheim ist. Ich wollte dich allein sprechen.« Er wollte ihre Hand nehmen, aber sie entzog sie ihm mit einem Ruck. Seine Stimme wurde sanft. »Tut mir leid wegen neulich nacht. Wegen diesen Typen.«

Seine Entschuldigung nahm ihr etwas den Wind aus den Segeln, aber trotzdem nahm sie ihn sich so scharf vor, wie sie irgend konnte.

»Was hast du mit diesen Typen zu tun? Sind sie Freunde von dir?«

»Nein! Freunde nicht. Ich kenn sie zwar irgendwie... aber...«

»Irgendwie?« wiederholte Kelly sarkastisch.

Con seufzte und guckte weg. Sie schwiegen ein paar Sekunden. Er trat näher heran, sprach leise, aber leidenschaftlich auf sie ein. »Vergiß sie. Sie sind Idioten. Ich schwör dir, sie werden dich nicht noch mal belästigen. Das hat nichts mit uns zu tun. Meine Gefühle für dich sind immer noch dieselben. Ich liebe dich, Kelly.«

Kelly schüttelte das Lustgefühl ab, das sie bei seinen Worten überkam, und ließ ihrem Zorn freien Lauf. »Was soll das heißen? Du kennst mich nicht, und ich kenne dich nicht! Denkst du, du kannst einfach hierherkommen und dieses ganze Zeug sagen... du weißt, ich...«

Er fiel ihr ins Wort. »Aber du liebst mich.«

Kelly schwieg verblüfft. Con nahm ihre Hand und sagte leise: »Ich weiß, daß du mich liebst.«

Kelly wußte nicht, was sie sagen sollte. »Ja« schien ebenso daneben wie »Nein«. Beides drückte in keiner Weise aus, was sie wirklich fühlte. »Woher weißt du das?« hauchte sie, froh, wenigstens ihre Stimme wiedergefunden zu haben.

Con nahm ihre Hand und küßte sanft ihre Finger. »Komm, wir gehen spazieren.«

»Mein Dad sitzt im Wohnzimmer.«

»Nur eine kleine Runde.«

Kelly zögerte und sah Con zum ersten Mal direkt ins Gesicht. »Warte hinten am Tor. Ich komme gleich.«

Kelly rief zu ihrem Vater hinüber, sie würde jetzt schlafen gehen. Sie platzte vor widersprüchlichen Gefühlen: kribblige Erregung, aber auch Gewissensbisse. Sie hatte ihren Vater noch nie angelogen. Aber sie wußte ja, wie er reagieren würde, wenn er wüßte, daß sie mit Con spazieren gehen wollte. Wozu ihn total aufregen, wenn sie selbst nicht wußte, was sie fühlte. Und dennoch... Offenheit und Ehrlichkeit, war es das nicht gewesen, was sie, Kelly Madden, ausgemacht hatte? Warum war sie in letzter Zeit zu allen so verdammt unehrlich? Sie zog sich an, kletterte aus dem Fenster und zog es, so leise wie möglich, wieder zu. Ich tu's tatsächlich, dachte sie. Ich muß verrückt sein.

Bis jetzt war die Sache mit Con eher wie ein Traum gewesen. Sie wollte endlich mal klarkriegen, was es mit diesem Typen wirklich auf sich hatte. Ein für allemal.

Verlegen und nahezu wortlos marschierten sie los, die betriebsame Nicholson Street runter, zu dem stillen, baumgesäumten Sträßchen auf der Nordseite des Zentralfriedhofs. Dort, im tiefen Schatten der Bäume, entspannten sie sich. Atemlos lachend, wagten sie es, die Arme umeinander zu legen.

Sie redeten immer noch nicht miteinander. Durch den Zaun schimmerten die großen Grabmale und steinernen Engel gespenstisch in dem immer dichter werdenden Dunkel. Sie blieben stehen und betrachteten ein Weilchen den Friedhof. Kelly spürte nur zu deutlich seinen Arm um ihren Rücken und seine Hand, die leicht ihre Taille streichelte, wobei ein Finger ab und zu die weiche Haut ihrer Ellbogenbeuge berührte. Es gab nichts auf der Welt außer den Wellen dieses berauschenden Gefühls. Sie war wieder das kleine Mädchen, das zu Besuch bei seiner Großmutter am Murray war und an einem glühendheißen Tag in das wundervoll kalte Wasser des Flusses getaucht wurde. Es war so erregend, so lustvoll.

Ihr Arm lag um seine Taille, und sie fühlte mit der Hand seinen Körper: warm und straff unter dem weiten T-Shirt. Als sie den Mut fand, ihn anzugucken, sah sie zu ihrer Überraschung ein ernstes Gesicht, als sei er eine Million Meilen weit weg. Als er ihren Blick spürte, sagte er leise: »Ich hab grad nachgedacht.«

»Worüber?«

Aber er wollte nicht antworten.

»Über alles.«

Wie von starken Magneten angezogen, wandten sie sich einander zu und begannen sich zu küssen. Zuerst auf den Mund, unendlich zärtlich, und dann küßte sich Con langsam ihren Hals hinunter. Zarte Schmetterlingsküßchen, von denen ihr gleichzeitig heiß und kalt wurde. Sie hob die Hände und berührte seine Ohren und seinen Nacken. Wie gut er roch! Nicht nach Rasierwasser, Haargel oder Schweiß. Einfach nur nach sich selbst. Wie ein Baum, oder wie Gras. Erst gar nichts, bis man ganz nah dran war, und dann dieser leise, würzige Duft, ein leichter Hauch.

Con fuhr mit den Fingern durch ihr langes, wuschliges Haar. Er raffte es mit beiden Händen zusammen und schlang es zu einem losen Knoten, genau wie damals, am

Abend ihrer Party. Kelly lachte mitten im Küssen. Ihre Münder berührten sich noch immer beinahe. Sie atmeten dieselbe Luft.

»Was machst du?«

Con löste den improvisierten Knoten wieder und vergrub sein Gesicht in ihrem Haar. »Ich träume von deinem Haar. Ich wache auf und seh dich rennen, und es weht hinter dir her ... wie eine Wolke.«

Als sie ihn küßte, drang plötzlich alles auf sie ein. Bilder, Erinnerungen, Gefühle verquickten sich zu einem Film, der wie ein Traum durch ihren Kopf flimmerte: Ihr Vater mit einer Küchenschürze, bei dem Versuch, das erste Weihnachtsessen nach dem Auszug ihrer Mutter zu kochen; Vasilios, wie er machomäßig durch die Tür der Pizzeria marschierte, mit seinen Zuhälterklamotten und seinem höhnischen Grinsen; ihr kleiner Bruder, wie er am letzten Abend daheim in ihr Bett krabbelte, um ihr zu sagen, daß er sie immer liebhaben würde.

Kellys weiche Brüste drängten sich gegen Cons flache, muskulöse Brust, und sie meinte, ihr Herz müsse bersten, von all dem, was sie fühlte und wußte. Wie verschieden männliche und weibliche Körper waren! Sie hatte es noch nie so deutlich gespürt. Nicht mal am Weihnachtsabend, als sie mit Phil im Bett gewesen war. Sie hatte hinterher Schuldgefühle gehabt, weil sie ihn in gewisser Weise nur benutzt hatte; sie hatte eigentlich mit Con zusammensein wollen und war dann zu Phil gefahren, weil Con nicht daheim gewesen war. Sie versuchte, diesen Gedanken zu verscheuchen. Sie fühlte sich zu mies.

Sie vergrub ihr Gesicht an Cons Hals und flüsterte: »Wenn ich mit dir zusammen bin, hab ich das Gefühl, ich gerate immer tiefer in irgendwas rein ...«

Sie erschauerte und zwang sich, sich von ihm zu lösen. »Laß uns weitergehen.«

Con lachte über ihr ernstes Gesicht, zupfte sie scherzhaft an der Nase und ging dann neben ihr her, den Arm um sie gelegt. Ab und zu küßte er sie auf den Scheitel. »Ich glaub's nicht«, sagte er grinsend.

»Was?«

»Daß du hier bist.«

Sie erreichten die Kreuzung am Ende des Friedhofs, blieben stehen und sahen zu, wie die Straßenlaternen automatisch angingen. Sie flackerten erst ein paar Sekunden wie die Augen eines erwachenden Kindes, ehe das Bewußtsein voll zurückkehrt. Die Nacht senkte sich langsam herab, und vor ihnen glühte ein dunkelrosa Himmel zwischen den dunklen Bäumen.

»Gehen wir einen Kaffee trinken?« fragte Con.

»Laß uns lieber hier sitzen und die Lichter angucken«, entgegnete Kelly. In Wahrheit hatte sie Angst, diesen Zauberbann zu brechen, der sie beide umfing. Wenn sie anfingen, ein Café zu suchen, könnte das alles verpfuschen. Sie beide umhüllte ein hauchfeiner Kokon, so zart und leicht, daß er jeden Moment zerbrechen konnte.

Sie setzten sich, mit dem Rücken an die Friedhofsmauer gelehnt, ins Gras und hielten Händchen.

»Ich wollte gar keinen Kaffee«, sagte Con.

»Warum hast du's dann vorgeschlagen?«

»Ich dachte, ich könnte das nicht länger verkraften.«

Sie lachten beide. Er legte sich hin, drehte sich zu ihr, den Kopf auf dem Ellbogen, riß einen Grashalm ab und begann darauf herumzukauen. Kelly sah zu, wie es rundherum immer dunkler wurde. Sie mußte mehr über ihn wissen. Was dachte er? Was war ihm wichtig? Sie warf einen raschen

Blick auf das hübsche Gesicht neben ihr, das jetzt gebannt eine winzige Ameise musterte, die den Grashalm in seinen Fingern hinaufkrabbelte. Woran dachte er jetzt gerade? Sie richtete den Blick wieder auf die Lichter, holte tief Luft. Es würde wahrscheinlich ganz schön idiotisch klingen.

»Was wünschst du dir am allermeisten auf der Welt? Ganz ehrlich.«

Er lachte sie nicht aus und sagte auch nicht, daß sie zu tiefsinnig wurde, sondern runzelte ein paar Sekunden nachdenklich die Stirn und antwortete dann leise: »Das ist leicht. Dich.«

Kelly beugte sich zu ihm und fuhr mit dem Finger leicht seine Nase entlang. »Und als zweites?«

Con seufzte unbehaglich. »Muß ich antworten?«

»Yep.«

Con stöhnte, streckte sich und sprang plötzlich nervös auf. Er ging zur nächsten Laterne und lehnte sich dagegen. Sein Gesicht war düster. »Ich will dich nicht anlügen. Aber ich will's dir auch nicht sagen.«

»Sag schon.«

»Es ist unsinnig.«

»Sag's mir, bitte.«

Con sah weg. Seine Stimme war leise und bewegt. »Ich will meinen Bruder wiederhaben.«

Kelly durchfuhr es eiskalt. Sie zog die Knie unters Kinn. Natürlich wollte er seinen Bruder wiederhaben! Was war daran so überraschend?

»Ich weiß, es ist bestimmt hart für dich«, begann sie sanft. »Aber es ist nun mal passiert, Con. Daran kann niemand mehr etwas ändern.« Da sie nicht wußte, was sie sonst sagen sollte, plapperte sie einfach weiter. »So ein schreckliches… so ein elendes Pech.«

»Mit Pech hat das gar nichts zu tun«, fauchte er.

»Aber es hätte auch leicht jemand anderen treffen können! Diese Flasche... Chris hätte blind werden können!«

Er trat ein paar Schritte auf sie zu. Seine Augen loderten. »Und wäre das schlimmer gewesen als der Tod meines Bruders?«

Kelly stand auf und trat ihm zornig entgegen. »Das habe ich nicht gesagt! Du weißt genau, daß er's selbst provoziert hat... indem er zu der Party zurückgekommen ist... er hat's nicht anders gewollt!«

Con schrie jetzt. »Das ist nicht wahr! Er hat nicht gewollt, daß ihn jemand mitten in den Verkehr stößt. Daß er auf der Straße stirbt wie ein Hund!«

In Kellys Innerem war nur noch Panik. Vor wenigen Minuten hatte sie noch in seinen Armen gelegen. Sie hatten sich geküßt, sie wußte, er wäre bereit gewesen, für sie zu sterben. Jetzt war sein Gesicht steinern. Sekunden vergingen. Kelly hob ihre Sommerjacke auf, versuchte, die Tränen zurückzuhalten, und sagte kalt: »Ich geh jetzt heim...«

»Ja, tu das«, sagte er. »Dein Freund wartet bestimmt schon auf dich.«

Kelly schloß die Augen. Sie konnte kaum glauben, wie höhnisch seine Stimme klang, als er jetzt sagte: »Weiß er, wo du grade bist?«

Kelly ging davon. Sie würde darauf nicht antworten. Dieser Idiot! Sie fühlte ihre Wangen zucken. Sie konnte nicht anders, als stehenzubleiben, sich umzudrehen und ihn anzuschreien: »Glaubst du vielleicht, das bringt dir deinen Bruder zurück? Du weißt, daß Phil ihm nichts tun wollte!«

Con sagte nichts. Kelly sah plötzlich so hübsch aus, dort im Dämmerlicht, daß er kein Wort herausbrachte. Sein Mund war staubtrocken, seine Zunge schwer. Das zornige

Gesicht unter dem roten Haar starrte ihn wartend an, forderte irgendeine Antwort, aber welche? Sie war so schön – unerreichbar – ein fernes Ideal. Schließlich antwortete er ruhig: »Ich weiß gar nichts. Er ist dein Freund. Sag du mir doch, was er sich gedacht hat, als er meinen Bruder auf die Straße gestoßen hat.«

Kelly warf aufgebracht die Arme hoch. Sie kam wieder ein paar Schritte heran und schrie wütend: »Was willst du damit sagen? Du weißt genau, daß es keine Absicht war!«

Auch Con trieb die Wut vorwärts. Jetzt war sowieso schon alles kaputt, wozu sich noch zurückhalten? »Du kannst deinem Freund ausrichten, ich würd ihm am liebsten den Schädel einschlagen. Und eines Tages werde ich's auch tun.«

Ehe sie sich abwandte, flüsterte Kelly heiser: »Dad hat recht. Du bist ein mieser Schläger.«

Con stand da und sah sie davonrennen. Eine unsichtbare Mauer zwischen ihnen hinderte ihn daran, ihr nachzulaufen oder sie sonst irgendwie zu erreichen. Er sah reglos zu, wie sie sich im Dämmerlicht entfernte, ein großes Mädchen mit rotem Haar, das immer kleiner und kleiner wurde. Sie hätte irgendwer sein können. Erst, als sie um die Ecke verschwand, kam er zu sich und rannte hinter ihr her.

Als er sie endlich fast eingeholt hatte, war sie schon auf der Nicholson Street. Sie blieb nicht stehen und sah sich nicht mal um, als er hinter ihr herkeuchte. Ihr Haus war nur noch ein paar Blocks entfernt, er wußte, ihm blieb nicht mehr viel Zeit. Als er sie am Ellbogen berührte und sie den Kopf wandte, sah er, daß sie nach Luft schnappte und daß ihr Gesicht ganz rot und tränenfeucht war.

»Was willst du?«

»Tut mir leid. Echt.«

Sie verlangsamte ihren Schritt. Con legte den Arm um sie, aber sie schüttelte ihn ab, die Arme trotzig vor der Brust verschränkt.

Sie spottete sarkastisch: »Sag nicht, du hast es nicht so gemeint.«

Con lachte leise. »Okay, ich sag's nicht.«

Kelly blieb stehen und sah ihn an, seufzte dann und ging weiter. Um nichts in der Welt würde sie zugeben, daß ihr sein bizarrer Humor gefiel, daß ihr schon wieder ein kleines bißchen nach Lachen zumute war. Das war doch verrückt! Sie biß sich auf die Lippe und setzte ihr undurchdringlichstes Gesicht auf.

Aber Con war jetzt ganz ernst. »Das hat doch alles überhaupt nichts mit uns beiden zu tun.«

Kelly sagte scharf: »Da irrst du dich. Das hat eine Menge mit mir zu tun ... und mit dir!

Con schüttelte den Kopf. »Nein.«

Sie blieben stehen.

»Doch«, sagte sie ruhig.

»Nein.«

Ohne es zu wollen, mußten sie beide lächeln. Con suchte hektisch nach irgendeiner Möglichkeit, das Thema zu wechseln, das Gespräch wieder auf eine lockere Ebene zu bringen.

»Das vorhin war nicht fair. Du hast mir nicht gesagt, was *du* dir am meisten wünschst.«

Kelly hatte sich mit dem Handrücken die letzte Träne weggewischt. Sie waren jetzt am Tor zum Hinterhof angekommen und standen verlegen davor. Con wagte es, sie anzufassen und an sich zu ziehen. Als sie nicht zurückwich, war er so erleichtert, daß er fast lachte, während er ihre bloßen Arme und ihren Rücken streichelte. Wie wunderbar sie sich anfühlte. Dieses ganze Zeug vorhin war doch nur ein

Mißverständnis gewesen. Als er spürte, wie sie sich in seinen Armen lockerte und ihr Gesicht an seinen Hals schmiegte, war er so froh, daß ihm die Tränen in die Augen schossen. Sie gehörten wieder zusammen. Er schob ihr zwei Finger unters Kinn, hob ihr Gesicht sachte an und küßte sie auf den Mund. Alles würde gut werden. Sie würde Phil aufgeben, und von jetzt an würden sie beide zusammensein.

Kelly löste sich ruhig aus seiner Umarmung und öffnete das Tor. »Ich will dich nicht mehr sehen«, sagte sie. Ihre Stimme klang erstickt und traurig.

»Warum nicht?«

»Wir kommen nicht miteinander klar.«

»Wa ... was?« stammelte er ungläubig.

»Wir verstehen einander nicht.« Sie sah ihn ernst an, damit er wußte, daß sie meinte, was sie sagte.

»Mach's gut, Con.« Kelly verschwand durch das Tor.

Con blieb eine Weile im Dunkeln stehen und starrte auf das Tor.

»Ich will dich nicht mehr sehen.«

Die Worte wirbelten in seinem Kopf herum wie Wäsche in der Waschmaschine: sie entglitten ihm, weigerten sich, stillzuhalten, damit er sie verstehen konnte. Schließlich wandte er sich ab und ging langsam in die Nacht davon.

Kelly kletterte durch ihr Zimmerfenster. Ihr Vater saß auf ihrem Bett.

»Wo bist du gewesen?« fragte er wütend. Er hatte getrunken.

»Spazieren«, antwortete sie, und es klang viel abgebrühter, als sie sich fühlte.

»Lüg mich nicht an«, brüllte er. »Ich weiß, wo du warst! Du warst mit diesem Kerl weg!«

»Und? Was geht's dich an?« entgegnete sie kalt.

Auf gar keinen Fall würde sie sich irgendwelches Zeug anhören, solange er betrunken war. Wenn er etwas mit ihr bereden wollte, dann mußte es eben warten, bis er wieder nüchtern war. Ihre coole Haltung machte ihren Vater nur noch wütender. Er kam mit drohend erhobener Hand auf sie zu.

»Wie kannst du dich mit einem von diesen Tieren einlassen, die dich geschlagen haben?«

Von der Alkoholfahne ihres Vaters wurde ihr ganz übel, aber sie sah ihm fest ins Gesicht. Er war betrunken, das war alles, und morgen früh würde es ihm leid tun. Keith ließ prompt die Hand sinken, eingeschüchtert durch ihren geraden Blick.

»Er hat mich nicht geschlagen! Das waren die anderen. Freunde von seinem Bruder. Außerdem ist es jetzt sowieso vorbei. Schluß, aus.«

»Er treibt sich mit ihnen rum. Ich weiß es«, knurrte ihr Vater.

»Ich hab dir doch gesagt, ich werd ihn nicht wiedersehen. Und ihm hab ich's auch gesagt.«

Keith schien sie nicht zu hören, wandte sich ab. »Du kannst doch jeden haben. Herrgott noch mal, du gehst mit dem Sohn des mächtigsten Richters im Land – und er würde alles für dich tun. Ich weiß, das kümmert dich nicht weiter, aber er hat vorhin angerufen, wollte dich sprechen. Aber du warst weg! Mit einem griechischen Taugenichts, der in der Gosse landen wird.«

Irgendwas in Kelly platzte. Sie rannte zur Tür, riß sie auf und packte den dürren Ellbogen ihres Vaters.

»Geh raus! Ich habe jahrelang selbst auf mich aufgepaßt, und du hast irgendwo gesessen und getrunken... weißt du das denn nicht mehr, Dad? Ich habe immer selbst auf mich aufgepaßt! Ich bin jetzt siebzehn, also behandle mich nicht plötzlich wie ein kleines Mädchen!«

Die zornige Entschlossenheit in ihrer Stimme überrumpelte Keith, und er ließ sich hinausbugsieren, obwohl er immer noch irgendwas von »Gangstern« und »Griechen« vor sich hin murmelte.

Kelly knallte die Tür hinter ihm zu, schloß sie von innen ab, lehnte sich keuchend dagegen und ließ den Tränen der Wut und Enttäuschung freien Lauf. Wie konnte er es wagen, einfach in ihr Zimmer einzudringen und auf sie zu warten, als sei sie eine Verbrecherin! Und Con. Was war er für ein mieser Typ. Gab Phil die Schuld am Tod seines Bruders, obwohl er so gut wie jeder andere wußte, daß es ein Unfall gewesen war und daß Vasilios ihn selbst provoziert hatte. Sie würde dafür sorgen, daß sie ihm nie wieder begegnete! Aber hinter den Tränen rumorten unbeantwortete Fragen. Warum war sie überhaupt mit Con weggegangen? Und warum hatte sie ihren Vater angelogen? Was hatte sie wirklich gemeint, als sie Con gesagt hatte, sie wolle ihn nie wiedersehen? Warum, warum um Himmels willen fühlte sie sich so schrecklich mies?

Das Telefon klingelte. Fast halb elf, und es klingelte noch weiter. Konnte man sie denn nie in Ruhe lassen? Kelly stürmte in den Flur und nahm ab. Sie würde ihnen allen sagen, sie könnten sie …

»Hallo, hier Kelly!«

Fernes Piepen, dann eine Jungenstimme.

»Kel! Ich bin's!« Die Stimme kam ihr bekannt vor, aber irgendwie brachte ihr Hirn nicht die richtigen Schaltungen zustande.

»Hallo … äh, wer ist ›ich‹?«

Ein übertrieben-genervter Seufzer kam vom anderen Ende. »Oh, Mann! Ich bin's, Jay. Dein lang vermißter Bruder, du Hirni.«

Kellys ganzer Körper sackte in sich zusammen. Es war, als hätte jemand den Stock rausgezogen, der ihr als Rückgrat diente, sie aufrecht und auf Kurs hielt. Sie kniete zitternd auf dem Boden, den Hörer gierig umklammert. Sie versuchte etwas zu sagen, aber es kam nichts heraus. Schweigen knisterte in der Leitung, Sekunde um Sekunde. Ewig lange. Von allem anderen abgesehen, kostete es einen Haufen Geld. Schließlich schaffte sie es zu sagen: »Tag, Jay. Wie geht's dir?«

»Okay. Gut. Danke für deinen Brief und ... alles. Ist erst heute gekommen. Hat ewig gebraucht. Die Post ist echt ein Saftladen, was?«

Kelly murmelte etwas Zustimmendes. Sie hatten ihren Brief also heute erst gekriegt! Sie war sicher gewesen, daß sie ihn schon tagelang hatten, aber daß er ihnen gar nicht soviel bedeutet hatte. Jetzt erst merkte sie, wieviel sie an die beiden gedacht hatte, neben allem anderen.

»Sind die T-Shirts okay?« Ihre Stimme klang halb erstickt. Als spielte das blöde Zeug, das sie ihnen geschickt hatte, irgendeine Rolle! Aber plötzlich war es wichtig, irgendwas zu sagen. Sonst würde er womöglich noch auflegen.

»Nee! Zu klein.«

»Was? Die waren doch M!«

Er lachte kurz auf. Das alte rotzfreche Lachen. Sie sah sein Gesicht vor sich: die sommersprossige Nase und das widerspenstige blonde Haar, das ihm in die klaren, leuchtend blauen Augen fiel. Jasons glasblaue Augen, die ihren so ähnlich waren. Alle hatten das immer gesagt. Sie konnte sich sogar seine Hand vorstellen, die den Hörer hielt: braun, schmal und kräftig. Die andere Hand pulte wahrscheinlich ungeduldig Farbe von der Wand, während er zuhörte.

»Na ja, heutzutage trägt man sie groß. Ganz groß und schlabbrig. Das ist in ... Ich bin jetzt unter die Surfer gegangen.«

»Ah ja, klar.« Das hätte sie wissen müssen. »Und da mußt du natürlich auch modisch voll im Trend sein, was?« Sie zog ihn auf, und er wußte es.

»Ach, hör auf, Kelly. Ärger mich nicht.«

»Ist Mum da?« platzte sie nervös heraus. Wenn sie nun da war und auch ans Telefon kam und ... worüber sollten sie reden?

»Ja. Aber sie ist drüben im andern Zimmer.«

»Oh. Weiß sie, daß du –«

Er unterbrach sie hastig, ebenfalls nervös. »Ja, sie weiß, daß ich mit dir telefoniere. Aber sie will jetzt noch nicht mit dir reden. Sie schreibt dir gerade einen Brief.«

»Okay.« Kelly war erleichtert und enttäuscht zugleich.

»Ich glaub, das wird der längste Brief aller Zeiten, Kel.« In seiner Stimme war wieder dieser Kleine-Jungen-Stolz, den sie so liebte. Es erinnerte sie an ihre Unterhaltungen von früher, über die längste Straße, den größten Hai, das höchste Gebäude, das breiteste Meer der Welt. Er hatte sie immer Dinge gefragt wie: *»Hey, Kel, wer ist stärker, ein Hai oder ein Krokodil?«*

»... sie schreibt immer weiter! Er paßt garantiert nicht in den Briefkasten!«

Kelly lachte, Tränen in den Augen. »Sag ihr, ich freu mich drauf, okay?«

»Okay.«

»Und, Jay ...« Sie weinte jetzt, und sie wußte, daß er es merken würde. »Ich vermiß dich sehr.«

»Ich weiß. Wir vermissen dich auch.« Seine Stimme war jetzt ebenfalls zittrig. Kelly war schon lange nicht mehr so glücklich gewesen.

»Hey, Kel, ich soll dich noch was von Mum fragen.«

»Was denn?«

»Wie's dem Bruder von diesem toten Typ geht.« Kelly stieß einen kurzen Laut der Überraschung aus.

»... du weißt schon, der, von dem du geschrieben hast.«

Kelly lachte beinahe. Sie hatte es ganz vergessen: diese fast schon unheimliche Fähigkeit ihrer Mutter, zwischen den Zeilen zu lesen.

»Okay. Ich glaub, es geht ihm ganz gut.«

»Ich werd's Mum sagen.«

»Okay.«

18

Con wußte nicht, wohin er ging. Er wußte nur, daß er nicht nach Hause wollte. Ihr Gesicht tauchte immer wieder vor ihm auf. Wenn er schlafen ging, würde sie immer noch da sein, in seinen Träumen.

»Ich will dich nicht mehr sehen.« Es hatte todernst und endgültig geklungen. Außerdem war Kelly kein Mädchen, das irgendwelche Spielchen spielte. Das hatte ihn ja so zur ihr hingezogen. Sie meinte, was sie sagte.

»Ich will dich nicht mehr sehen.«

»Wir verstehen uns nicht.«

Die Hände tief in den Taschen, steuerte Con auf die kleine Reihe von Geschäften drüben auf der anderen Straßenseite zu. Er starrte durch das Fenster eines vollen griechischen Cafés und überlegte, ob er sich unter die Männer dort drinnen mischen sollte. Er hörte auch Musik.

»Ich will dich nicht mehr sehen.«

Auf einmal wollte er unbedingt Menschen um sich haben, selbst wenn es alles Fremde waren. Immer nur allein zu sein machte einen verrückt. Er würde noch ein bißchen hier herumhängen und zumindest für ein Weilchen diesen ganzen Mist vergessen.

Bevor er das Café betrat, versuchte er sich die Ereignisse dieses Abends noch einmal der Reihe nach zu vergegenwärtigen. Unmöglich. Es war nur ein einziges Durcheinander. Wann hatte er das letzte Mal mit jemandem geredet, außer mit ihr? Das war so total schiefgegangen. Was war er doch für ein Idiot! Da hatte er einmal die Chance gehabt, und prompt hatte er alles vermasselt.

Er ging zum Tresen und bestellte sich einen Kaffee.

»Hey, Con! Hier sind wir!«

Er erkannte die Stimme sofort. Drehte sich um. Da saßen Nick und Zeno, beim Kartenspiel mit einem Typen, den er nicht kannte. Sie winkten ihn an ihren Tisch. Con trug langsam seinen Kaffee hinüber.

Nick war die Freundlichkeit in Person. »Setz dich!« sagte er. »Setz dich her. Wir haben eben von dir geredet. Du siehst nicht gerade glücklich aus.«

Con nahm einen Schluck von seinem heißen Kaffee. »Ich bin okay.«

Zeno stieß Nick in die Rippen. »Wie geht's dem Mädchen?«

Con verzog keine Miene. Wenn diese Idioten irgendwas über Kelly sagten, würde er ihnen die Fresse einschlagen.

Nick grinste sarkastisch. »Lohnt sich nicht, hä?«

Con weigerte sich, in irgendeiner Weise über Kelly zu reden. Er bemerkte, daß Zeno aufgeregt und nervös wirkte. Was kochten die beiden aus?

Zeno konnte nicht länger an sich halten. »Hör zu, wir wissen jetzt, wo ihr Freund steckt! Bei seinen Eltern in einer gottverdammten Villa in Kew. Aber das ist noch nicht alles. Wir wissen auch, daß er einen Ferienjob in der City hat. Fängt nächste Woche an. Als Packer, in einem der großen Kaufhäuser.«

Nick mischte sich ein. »Er fährt jeden Tag mit dem Zug heim.«

Con nickte nur wortlos. Sie warteten auf eine Reaktion. Schließlich sagte Nick: »Und? Hast du nachgedacht?«

Con seufzte. Er hatte drüber nachgedacht, wie Kellys

Hals geschmeckt und sich angefühlt hatte. So weich, mit einem klitzekleinen Hauch von Schweiß. Sie zu küssen war das Erregendste gewesen, was er je erlebt hatte. Nur dran zu denken, machte ihn schon ganz scharf. Ein leises Lächeln um die Lippen, sah er Nick an.

»Ich denk die ganze Zeit nach, Nick.«

»Und? Was sagst du? Sollen wir ihn demnächst mal alle zusammen vom Zug abholen und ihn in eine kleine Seitenstraße treiben und es ihm geben?«

Zeno platzte dazwischen. »Und dann erst mal ein Weilchen abtauchen, bis Gras drüber gewachsen ist.«

Was sie da vorschlugen, beunruhigte Con mehr, als er zugeben oder sich auch nur selbst eingestehen wollte. Er knallte seine Tasse auf die Untertasse, stand auf, kramte ein bißchen Geld aus seiner Tasche, schmiß es auf den Tisch und sagte barsch: »Ich überleg's mir.«

Nick knurrte wütend: »Was heißt, du überlegst's dir? Wir tun das doch für dich. Herrgott noch mal, sei ein Mann! Er war dein gottverdammter Bruder, und dieser Scheißkerl kommt einfach so davon!«

Aber Con war schon an der Tür. Bei Nicks letzten Worten drehte er sich jäh um und ging wieder zu dem Tisch zurück. Das Gerede ringsum erstarb, und alle sahen zu, wie Con seinen Zeigefinger in Nicks Schulter bohrte.

»Und schreibt mir nicht mehr! Ihr jämmerlichen Feiglinge. Ich steh nicht auf anonyme Briefe, kapiert? Wenn ihr mir was zu sagen habt, dann sagt's mir gefälligst ins Gesicht.«

Nick und Zeno guckten weg, plötzlich verlegen, weil das ganze Restaurant herstarrte. Con fuhr laut fort: »Habt ihr mich verstanden?«

Nick und Zeno nickten verdrossen und sahen Con nach, der jetzt hinausging.

Nick zog listig-triumphierend die Augenbrauen hoch. »Ich glaub, wir haben ihn«, flüsterte er.

Zeno verstand wie so häufig gar nichts. »Wieso? Er sah nicht grad begeistert aus.«

Aber Nick machte sich nicht die Mühe, ihm irgendwas zu erklären. Er nahm den Kartenstapel in die Hand und sah die beiden anderen an, konnte das siegessichere Grinsen kaum unterdrücken. »Was ist? Spielen wir weiter?«

Als Con am nächsten Abend heimkam, saß seine Mutter auf dem Wohnzimmersofa, ein großes gerahmtes Foto von Vasilios auf dem Schoß, und weinte. Er wußte nicht, was er sagen sollte. Er hatte sie seit ihrem gestrigen Streit nicht gesehen, und er wußte, er hätte sie trösten sollen, aber statt dessen sagte er den erstbesten Blödsinn, der ihm einfiel.

»Wo ist Dad?«

Elena zuckte die Achseln und weinte leise weiter. »Im Bett. Sein Sohn ist tot, und er geht ins Bett.«

Con hatte bis in den Nachmittag geschlafen, und als er aufgestanden war, waren seine Eltern schon weg gewesen. Jetzt fiel ihm wieder ein, wo sie gewesen waren, und er ging schuldbewußt zu seiner Mutter und berührte sie unbeholfen an der Schulter.

»Wart ihr bei Georgia, Mom?«

Elena wischte sich die Augen und sah ihn vorwurfsvoll an. »Alle haben nach dir gefragt. Ich weiß nicht, was ich sagen soll. Alle Cousins und Cousinen waren da. Georges ganze Familie. Alle sagen: Wo ist sein Bruder? Wie kommt Con dies Jahr an der Uni zurecht? Ich schäme mich zu sehr, um ihnen zu sagen, daß du nicht mehr studierst.«

Con bemühte sich, ruhig zu bleiben. Die Schuldgefühle

machten es noch schwerer. »Ich will das alles nicht noch mal durchkauen, Mum …«

Sie sprach verbittert weiter, als hätte sie ihn gar nicht gehört. »Was soll ich den Leuten sagen? Daß mein Sohn ein fauler Rumtreiber ist, der nicht mal zu einem Gedenkgottesdienst für seinen Bruder kommt?«

Con stöhnte wütend und stapfte aus dem Zimmer. Über die Schulter rief er ihr zu: »Sag ihnen, was du willst!«

Er knallte seine Tür zu und warf sich aufs Bett. Was sollte er tun? Was konnte er tun? War es nicht für alle besser, wenn er einfach verschwand? Klar, seine Eltern würden traurig sein, jedem erzählen, sie hätten zwei Söhne verloren und so weiter. Aber war es auf lange Sicht nicht auch für sie besser? Was hatten seine Eltern schon an ihm? An der Uni hatte er Australier gekannt, die mit ihren Eltern praktisch nichts mehr zu tun hatten, ab und zu mal ein Anruf und vielleicht ein Besuch zu Weihnachten. Vielleicht sollte er es auch so halten. Viele Leute gingen einfach ›rauf in den Norden‹ und suchten sich Jobs. Jetzt, da es mit Kelly aus und vorbei war, sollte er das vielleicht auch tun.

Er beugte sich zu seinem Kassettenregal, wählte eine alte U-2-Kassette und steckte sie in sein Tapedeck. Er legte sich wieder hin und ließ die Musik durch sich hindurchfluten.

»When all I want is you …«

Genau. Die Typen hatten es erfaßt. Sie hatten das Gefühl ganz genau eingefangen. Seine Augen brannten vor Traurigkeit.

Con stand lustlos auf, setzte sich an seinen Schreibtisch, nahm ein frisches Blatt Papier und ein paar Stifte heraus und knipste die Lampe an. Er war wohl doch mehr Grieche, als ihm bewußt war. Er konnte seiner Familie nicht einfach den

Rücken kehren. Von allem anderen mal abgesehen, würden es ihm die Griechen in dieser Stadt nie verzeihen. Auch dann nicht, wenn er später zurückkäme. Er begann zu zeichnen und entspannte sich ein bißchen. Immer wieder versuchte er Kellys Gesicht hinzukriegen. Die Augen hatte er schon ganz gut getroffen, und er erinnerte sich ganz genau an die Form ihrer Nase und den Schwung ihrer Wangen, aber es war so schwer, alles zu einem stimmigen Porträt zusammenzukriegen. Ah! Beim sechsten Mal klappte es schon ganz gut. Wenn sie hier wäre, ihm gegenübersäße, wäre es viel leichter. Er versuchte es sich vorzustellen. Kelly hier in seinem Zimmer ... in seinem Bett.

»When all I want is you ...«

Er arbeitete immer weiter, bis in die Nacht, und dachte über die Liebe nach. Warum Kelly, und nicht das Mädchen von letztem Jahr oder die in dem roten Rock, die er neulich in der Kneipe kennengelernt hatte? Liebe hatte also nicht nur mit tollem Aussehen zu tun. Aber womit dann?

Warum Kelly?

Warum wollten manche Leute unbedingt auf den Mond, während anderen schon ein paar Treppen angst machten? Warum wollten manche Leute malen und andere reiten? Warum hatten die meisten seiner Mitstudenten die Buchhaltungsvorlesungen interessant gefunden? Warum waren manche Leute Arschlöcher und andere ganz okay?

Con schmunzelte vor sich hin, während er seine Zeichnung fertig machte und sich fragte, in welche Kategorie er wohl fiel. Zeichnen tat ihm immer gut.

Am nächsten Tag stand er einigermaßen früh auf, entschlossen, dafür zu sorgen, daß sich die Situation besserte. Er ging in die Küche. Seine Mutter sah verloren aus dem Fenster, während sie wartete, daß irgendwas auf dem Herd zum Kochen kam, und sein Vater frühstückte und hörte mit einem Ohr seinem jüngeren Cousin Peter zu, der ihn überreden wollte, die Pizzeria zu modernisieren. Con sagte sich, daß alles schon besser aussah. Eine positive Einstellung, das war es, was er brauchte. Die beiden Männer nickten Con zu und setzten ihr Gespräch fort. Con setzte sich an den Tisch, der mit Prospekten für neue Pizza-Öfen, Mobiliar und Lampen übersät war.

»Okay, George, denk in Ruhe drüber nach. Meine Preise sind die günstigsten in der ganzen Stadt. Und du weißt ja, diese Lage hier ist perfekt...« Con mußte beinahe lächeln, als ihm einfiel, daß sein Vater diesem Cousin noch nie getraut hatte. Er nannte ihn immer »das Großmaul aus Keilor«.

Peter winkte vage in Cons Richtung und stand auf.

»Und außerdem würde es dich auch auf andere Gedanken bringen...«

Sichtlich erleichtert stand George ebenfalls auf und half ihm, die Prospekte zusammenzufalten, wobei er murmelte, er werde gründlich über alles nachdenken. Con mußte wieder fast lachen. Peter ahnte ja nicht, daß das die Art seines Vaters war, zum Ausdruck zu bringen, daß er gar nicht dran dachte, irgendwas in dieser Richtung zu unternehmen. Im Grunde war das schade, Peter hatte vermutlich recht. Das Restaurant konnte ein kleines Face-Lifting vertragen, und die Lage war tatsächlich ideal, um Leute mit Geld anzuziehen.

Peter sagte jetzt zu Elena: »Bis bald dann. Du kommst doch zu Annas Hochzeit?«

Elena zuckte abwesend die Achseln und guckte weiter aus dem Fenster. Con stand auf, um sich Kaffee zu nehmen.

Er haßte es, daß sie ihr Unglück immer vor Besuchern zur Schau stellen mußte. Glaubte sie vielleicht, er und sein Vater empfänden nicht genauso? Glaubte sie, Vasilios sei irgendwo dort oben und beobachtete sie und machte jedesmal irgendwo einen Strich, wenn sie lächelte? Und ein Häkchen für jede Träne?

Peter faßte ihn am Arm. »Du mußt jetzt gut auf deine Mutter aufpassen, Con. Du bist alles, was sie noch hat.«

Con nickte kaum merklich, ehe er sich Kaffee eingoß. Ein paar Tropfen kleckerten auf seinen Daumen, brühheiß. Wie kam dieser Typ dazu, ihm Ratschläge zu erteilen? Er knallte den Becher auf den Tisch, setzte sich hin, ohne irgendwen anzugucken – obwohl er wußte, daß sie ihn alle anstarrten –, schlug die Zeitung auf und tat so, als läse er.

Endlich ging sein Vater mit Peter hinaus. Con fing an, einen Artikel über internationale Finanzpolitik zu lesen. Noch vor einem Jahr hatte ihn dieses Zeug interessiert. Jetzt konnte er sich kaum noch erinnern, was die ganzen Ausdrücke bedeuteten. In einer Stunde ging die Arbeit im Restaurant los: Teig machen und Belag vorbereiten.

Seine Mutter stellte einen großen Teller mit Essen vor ihn hin: Bratkartoffeln, Eier, Tomaten und gegrilltes Fleisch. Con guckte drauf. Er hatte keinen Hunger. Warum konnte sie ihn nicht fragen, bevor sie ihm so ein Riesenmahl vorsetzte? Aber er sagte freundlich: »Mum, tut mir leid, aber ich kann das nicht essen.«

Sie war beleidigt. »Warum nicht? Du hast doch noch nichts gegessen . . .«

»Stell's beiseite«, sagte er. »Ich eß es später.«

Elena schnappte ihm ärgerlich den Teller weg, nahm ein großes Brotmesser und schabte das Essen theatralisch in den Mülleimer. »Nein! Nein. Ich werf es weg. Warum nicht?

Dir bedeutet es doch nichts... Geh doch und iß mit deinen Freunden.«

»Was redest du da? Ich hab überhaupt keine Freunde!«

»Wo gehst du dann hin, he? Die ganze Nacht nur trinken. Wieso warst du nicht da, um deinem Bruder zu helfen?«

Con umklammerte die Tischkante, so fest er konnte. Er spürte, wie seine Knöchel weiß wurden und sein Gesicht sich verhärtete. Er fühlte sich wie ein riesiges Fangeisen, das jeden Moment zuschnappen konnte. Seine Mutter wußte, daß sie zu weit gegangen war, aber anstelle einer Entschuldigung begann sie zu weinen.

»Wenn doch nur jemand versucht hätte, ihm zu helfen!«

Con fuhr dazwischen. »Was redest du? Du weißt doch nichts über Vasilios! Niemand hätte ihm helfen können. Er hat immer nur Streit gesucht. So war er nun mal. Hör doch auf, so zu tun, als sei er was anderes gewesen als ein Schläger...«

Jetzt war es draußen. Zitternd setzte Con sich hin, ohne sich erinnern zu können, wann er aufgestanden war. Ein seltsames Hochgefühl erfüllte ihn. Das seiner Mutter gesagt zu haben, war eine enorme Befreiung gewesen. Seine Mutter weinte jetzt laut.

»Nein! Nein. Zweiundzwanzig Jahre. Fast noch ein Kind.«

Cons Vater kam wieder in die Küche.

»Was ist los?«

Cons Augen flammten. Er konnte jetzt nicht aufhören. Es tat so verdammt gut. »Er war selbst schuld! Er wollte unbedingt dort hingehen. Er und niemand anders. Er hat Streit gesucht. Es ist nach hinten losgegangen... weiter gar nichts.«

George fuhr zornig dazwischen. »Wie kannst du so von deinem Bruder reden? Du bringst diese Schande über unser

Haus, und dann verbreitest du noch Lügen über deinen armen Bruder.« Außer sich vor Wut, sprang Con auf und feuerte seine Kaffeetasse an die Wand. Er ging auf seinen Vater zu und schrie: »Schande? Welche Schande?«

Nur Zentimeter trennten sein Gesicht von dem seines Vaters. Con hatte keine Angst. Im Gegenteil, er hatte sich nie besser gefühlt. Frei. So fühlte er sich. Als könnte er alles tun.

»Du hast dein Studium ohne Grund aufgegeben. Nur, weil dir danach war. Und dann tust du nichts für deinen Bruder. Wenn du ein Mann wärst...« Sein Vater hielt inne. Con wiederholte leise seine Worte. »Wenn ich ein Mann wär... Was würde ich dann tun? Los, sag's mir.«

Seine Mutter versuchte ihn am Arm zu fassen. »Con. Dein Vater meint's nicht so. Wir beide –«

Er schüttelte sie ab, nahm das lange Brotmesser, das sie auf den Tisch gelegt hatte, fuchtelte drohend damit herum und brüllte sie an: »Was soll ich tun? Ist es das, was ihr wollt? Soll ich den Kerl abstechen, der ihn auf die Straße gestoßen hat?«

Sie sahen auf das Messer in der Hand ihres Sohnes. George legte den Arm um Elena. Was passierte mit seiner Familie?

»Wie ein echter Grieche, hä?« rief Con höhnisch. »Ist es das? Okay, ich werd's tun. Ist jedenfalls besser, als hier rumzusitzen und mir euer Gejammere anzuhören!«

Con rammte das Messer in die Wand. Es federte hin und her und fiel dann klappernd auf den Fußboden. Er hob es auf, stürmte raus und knallte die Tür hinter sich zu. George und Elena sahen ihm bestürzt nach.

19

Zum erstenmal seit Ewigkeiten hatte Kelly Lust, sich hübsch zu machen: Parfüm, richtige Schuhe mit Absätzen, Make-up, alles, was dazu gehörte. Sie durchforstete ihre Schränke, probierte dies und jenes an, prüfte verschiedene Kombinationen. Am Ende entschied sie sich für ihre weite, wadenlange schwarze Seidenhose, ein ärmelloses grünes Seidentop und die schwarzen, hochhackigen Sandalen, die ihr Mutter dagelassen hatte. Sie musterte ihr linkes Augenlid, das bereits hellgrün schimmerte, und schminkte dann das rechte. Sie würde auch ihren neuen leuchtend roten Lippenstift auflegen und das goldene Armband tragen, das Phil ihr geschenkt hatte. Es war gar nicht so übel, wenn man es mit ein paar anderen Sachen aufpeppte. Es war Zeit, wieder ins Leben einzusteigen. Sie würde heute abend ihre Freundinnen und Freunde treffen, und sich hübsch zu machen war ihre Art, ihnen mitzuteilen, daß sie einen Neuanfang machen wollte – vor allem mit Phil. Sie waren alle sehr geduldig mit ihr gewesen, hatten ihre kühle Art am Telefon und ihre Verschlossenheit hingenommen. Von jetzt an würde sie wieder eine gute Freundin sein und eine nette Partnerin für Phil.

Sie hatte mit Carmen und Liz ausgemacht, daß sie sich am Kino treffen würden, und als Phil sie in dem marineblauen Saab seiner Mutter abholen kam, pfiff er anerkennend. Sie sah wirklich umwerfend aus, vor allem wegen ihrer Frisur: Sie hatte ihr Haar oben auf dem Kopf zu einem

Knoten geschlungen und nur ein paar Strähnen lose ums Gesicht hängen lassen. Die ganze Mühe hatte sich allein schon dafür gelohnt, das Gesicht ihres Vaters zu sehen, als sie in die Küche gekommen war.

»Du meine Güte, dieser Bursche ist wirklich ein Glückspilz, Kelly! Du siehst großartig aus, Schatz, einfach umwerfend!« Als sie den Gang hinunterlief, hörte sie ihn noch sagen: »Ich wollte, deine Mutter könnte dich sehen. In diesen Schuhen. Sie wäre so stolz auf dich ...«

Sie fragte sich, nicht zum erstenmal an diesem Tag, warum der Brief von ihrer Mutter noch nicht da war. So lange brauchte sie doch wohl nicht, um ihn fertigzukriegen. Vielleicht hatte sie ja beschlossen, doch nicht zurückzuschreiben.

Phil legte den Arm um Kelly, als die Musik am Schluß des Films anschwoll. Es war gar nicht leicht, sich wieder an alles zu gewöhnen: Phils Berührungen, das Gekicher und coole Gerede der anderen. Sie war erst ein paar Stunden mit ihnen zusammen und schon genervt. Carmen, Liz, Dave und Phil waren gute Freunde von ihr, aber sie fühlte sich ihnen irgendwie fern und wußte selbst nicht, warum. Carmen beugte sich an Phil vorbei.

»Hat's dir gefallen, Kel?«

Kelly bemühte sich, Begeisterung zu zeigen. Sie hatte die anderen die ganze Zeit lachen hören, sich aber selbst nicht besonders gut amüsiert.

»War okay. Was sagt ihr?«

Es kam lahmer heraus, als sie beabsichtigt hatte, und sie sah, wie Liz mit hochgezogener Augenbraue zu Carmen rüberguckte. Kelly war unbehaglich zumute. Sie hätte mit Phil allein ausgehen sollen. Aber der frostige Moment war sofort vorbei, und alle waren wieder guter Dinge, als sie ins Foyer hinausgingen.

Phil nahm ihre Hand und flüsterte: »Toll, dich wiederzusehen.«

Kelly drückte seine Hand und entspannte sich ein bißchen. Sie brauchte Zeit, das war alles; Zeit, erst mal nur dabeizusitzen, den ganzen neuen Klatsch zu hören und rauszukriegen, was so passierte. Die letzten Wochen hatte sie viel zu oft allein rumgesessen und gegrübelt. Aber es war schwer. Als die anderen aufs Klo gingen und Liz dicht an sie herantrat und flüsterte: »Super, euch wieder zusammen zu sehen, dich und Phil«, war alles, was sie sagen konnte: »Hmm, danke, Liz.«

Das Essen verlief ganz angenehm. Liz' neuer Freund Henry verstand sich gut mit Phil und Dave; zu dritt unterhielten sie den ganzen Tisch, indem sie einen Unidozenten parodierten, den sie im Vorjahr gehabt hatten. Dave konnte den europäischen Akzent und die sprachlichen Macken des alten Profs lebensecht nachahmen.

»Und nun, meinö liebön Freundö, möschte isch Ihnen etwas ganz besondrös zeigön. Bittö zügöln sie Ihrö Erregung, währönd isch in diesö exzellentö Publikation nachguckö...«

Dave griff sich Carmens Handtasche und tat so, als sei sie ein dickes Buch, das der Dozent ins Auditorium mitgebracht hatte. »Ah! 'ier 'abön wir einö interresantö Detail...« Er zog Carmens schickes kleines Adreßbuch heraus und gab vor, es genauestens zu inspizieren. »Wirklisch bemerkönswert, nischt wahr? Um Sie zu erinnörn, welsche Wunder ist diesö unsrö Welt.«

Als dieses Thema erschöpft war, sprachen Liz und Carmen von der Abschlußprüfung. Sie waren besorgt, ob ihre

Noten auch ausreichen würden, um in Melbourne zum Jurastudium zugelassen zu werden.

»Ich will einfach nirgends anders hin. Ich meine, alles andere ist doch tiefste Provinz. Und in Melbourne ist das Niveau einfach auch besser.« Liz' klare Stimme hallte über den Tisch. Wie konnte irgend jemand an dem zweifeln, was sie sagte, selbst wenn es im Grund nichts als elitäres Gerede war? Sie lächelte vage in Kellys Richtung. »Meinst du nicht, Kelly?«

Kelly nickte unbehaglich. Kürzlich hatte ihr jemand gesagt, es sei verrückt, nicht auch andere Universitäten in Betracht zu ziehen. Die juristische Fakultät in Melbourne sei momentan ein bißchen lahm, weil die Dozenten alle schon viel zu lange dort seien. Aber sie wußte, Carmen und Liz erwarteten von ihr Bestätigung ihrer Ansichten und Pläne. Sie wußte, sie hatte selbst signalisiert, daß sie wieder in Freundschaft aufgenommen werden wollte, aber es war schwierig, weil das Gespräch einfach nicht viel hergab, was sie begeistert aufnehmen konnte.

»Ich denke, es wäre schrecklich, an die Uni zu gehen und das Gefühl zu haben, daß man sich mit etwas begnügen muß, was zweite Wahl ist.«

Die anderen bekundeten murmelnd ihre Zustimmung, und Kelly fragte sich, wie lange sie wohl noch bei diesem Thema bleiben würden. Zweite Wahl. Was wußten sie schon davon, wie es war, sich mit Dingen zufriedengeben zu müssen, die zweite Wahl waren? War ihnen überhaupt klar, daß es Menschen gab, die sich in ihrem ganzen Leben mit zweiter Wahl begnügen mußten – bei ihren Partnern, ihrer Wohnung, ihrem Job? Es war so großkotzig, einfach so zu reden, als hätten sie immer und überall das angeborene Recht auf das Beste vom Besten.

»Ich glaube, ich würde lieber noch ein Jahr auf die Schule gehen, als so was zu machen.« Carmen sah Kelly direkt an, also sagte Kelly »Ja.«

Ihr fiel nichts ein, was sie sonst sagen könnte. Die beiden wußten natürlich, daß sie's geschafft hatten. Sie waren sehr gute Schülerinnen gewesen, warum spielten sie jetzt dieses langweilige Untertreibungs-Spiel?

»Zitterst du auch wegen deiner Noten, Kelly?« fragte Dave freundlich, um sie einzubeziehen. Sie wußte, sie wirkte außergewöhnlich still, und sie zögerte kurz, weil sie niemanden kränken wollte. Ach, verdammt! Mußte sie deswegen alles nachbeten? Es war schon schlimm genug, hier rumzusitzen und sich zu langweilen.

»Nein. Ich hab eigentlich überhaupt nicht darüber nachgedacht«, entgegnete sie, den Mund voller Brot.

Dieses ehrliche Eingeständnis dämpfte die muntere Unterhaltung; die Augenbrauen wurden hochgezogen, und das Thema wechselte. Als sich alle mit Eis vollgestopft hatten und die Entscheidung anstand, ob sie nach Hause oder noch in eine Disco gehen sollten, merkte Kelly, daß sich wieder eine gewisse Kühle breitgemacht hatte. Hier wurde irgendein seltsam abgehobenes Spiel gespielt, und sie wußte nicht, ob sie mit von der Partie war oder nicht. Die anderen waren freundlich, aber irgendwie stand sie außerhalb.

Als das Gespräch gerade einmal stagnierte, fühlte sie zu ihrer Erleichterung, wie Phils Hand unterm Tisch ihr Knie suchte und es leicht und spielerisch drückte. Sie zeigte keine Reaktion, hätte ihn aber für diese warme Geste küssen können. Er beugte sich zu ihr und flüsterte ihr ins Ohr: »Ich hätte nichts dagegen, bald zu gehen. Und du?«

Nichts wollte sie lieber. »Ja. Ich auch.«

Sie entschuldigten und verabschiedeten sich und brachen gemeinsam auf. Irgendwie war es okay, daß sie beide früher gingen. Wenn sie allein gewesen und jetzt schon gegangen wäre, hätte sie abschätzige Blicke und allenfalls ein pikiertes Lächeln geerntet. Gehörst du zu diesem Club oder nicht, Kelly Madden? Sie und Phil gingen Hand in Hand und in freundschaftlichem Schweigen zum Auto.

Sie wollte sowieso noch ein bißchen mit ihm allein sein. Morgen früh würde sie Carmen und Liz anrufen und klären, was los war. Und wenn sie sie nun aus ihrer Clique ausstoßen wollten? Dann wäre sie ganz allein, ohne irgend jemanden, mit dem sie reden, auf den sie sich verlassen konnte. Würde es genügen, nur Phil zu haben?

Statt sie direkt heimzufahren, hielt Phil ein paar Ecken weiter in der Rathdowne Street, vor dem Haus, in dem er bis zu dem Unfall mit anderen Studenten gewohnt hatte.

»Die Jungs sind alle an den Strand gefahren«, erklärte er. »Ich hab meinen Schlüssel noch. Wir können reingehen und ein Weilchen allein sein.«

Kelly hatte nicht vorgehabt, die Nacht mit Phil zu verbringen und wollte es auch nicht, wußte aber nicht recht, wie sie es ihm sagen sollte. Nach ein paar stolpernden Anläufen nahm sie schließlich seine Hand, um ihm gleichzeitig ihre Zuneigung zu signalisieren.

»Nein, heute nicht. Ich muß heim.«

»Ich hab dich ewig nicht gesehen. Morgen muß ich wieder arbeiten. Ich kann dich ja nachher heimfahren.«

Kelly zögerte. Es klang nur fair. Er war ihr Freund, und sie war am Weihnachtsabend mit ihm im Bett gewesen. Woher sollte er wissen, wie mies sie sich dabei gefühlt hatte? Sie hatte ihm nichts gesagt. Sie hatte Phil in letzter Zeit wirklich ungerecht behandelt. Sie mochte ihn gern, er war ein guter Freund, vielleicht war es ja wirklich Zeit, daß sie versuchten, sich wieder aneinander zu gewöhnen. Aber sie wollte heute nacht nicht mit Phil zusammensein. Sie wollte nur heim, allein. Sie konnte einfach nicht so tun, als sei dieses Gefühl nicht da, nur um ihm einen Gefallen zu tun.

»Ich muß noch ein paar Sachen erledigen.«

Phil trommelte einen kleinen, regelmäßigen Rhythmus auf dem Lenkrad. »Du willst nicht mit mir zusammensein.«

»Das hab ich nicht gesagt«, sagte Kelly sanft.

Phil seufzte tief und stellte den Motor ab. »Was ist los, Kelly? Das geht jetzt schon seit Wochen so. Willst du, daß wir Schluß machen, oder was?«

Kelly sagte scharf und viel sicherer, als sie sich fühlte: »Du warst die ganze Zeit mit deiner Familie und deinen Verwandten beschäftigt. Warum muß immer ich irgendwas sagen? Du sagst nie was. Was fühlst du denn für mich?«

Phil war irritiert. »Wie meinst du das?«

Kelly wußte, daß sie unfair war, wußte, daß sie nur dem eigentlichen Problem auswich, das Phil anzusprechen versuchte, aber sie konnte nicht anders. »Hast du mich vermißt?«

Phil nickte und nahm ihre Hand, aber Kelly entzog sie ihm wieder. »Was empfindest du für mich, Phil? Ich meine ...« Sie schloß kurz die Augen. »Willst du mich, Phil? Als deine Freundin, mit allem drum und dran?«

»Klar.«

Kelly äffte seine knappe Antwort sarkastisch nach. »Klar ... Und das ist alles, was du zu sagen hast?«

Das Licht der Straßenlaterne fiel durchs Fenster auf Phils Gesicht. Sein Mund war ganz schmal und verkniffen. Phil zog seine Hand weg und begann wieder rhythmisch auf das Lenkrad einzutrommeln.

»Was soll ich denn sagen? Sorry, daß ich's nicht so bringe wie dieser schmierige Grieche, den du offenbar so toll findest...«

Kelly stockte der Atem. Er wußte es. Ach, verdammt, was gab es denn schon zu wissen? Sie sah ihn mit hartem Blick an und öffnete dann die Wagentür. Sie hatte keine Lust, hier sitzenzubleiben und Genaueres in Erfahrung zu bringen. Sie würde morgen früh drüber nachdenken. Für heute hatte sie genug.

»Okay, Phil. Danke für den Abend«, sagte sie zähneknirschend.

Phil packte sie am Arm und versuchte sie festzuhalten. »Kelly, wir müssen reden.«

»Mir ist jetzt nicht nach Reden.« Sie schaffte es, sich seinem Griff zu entwinden und auszusteigen. Sie schlug rasch die Tür hinter sich zu. Phil sprang aus dem Wagen, folgte ihr und versuchte, sie am Arm zu fassen.

»Ich will jetzt reden!«

»Ich nicht.«

Sie blieben stehen, beide verletzt und wütend. Schließlich sagte Phil ruhig: »Ich fahr dich heim. Es ist zu gefährlich, um diese Zeit zu Fuß zu gehen.«

»Nein, danke«, sagte Kelly. »Ich laufe. Ist ja nur um die Ecke und dann die Straße rauf.«

Phil blieb stehen und sah ihr unglücklich nach.

Im Restaurant hatte Kelly das Gähnen kaum unterdrücken können, aber jetzt saß sie hellwach im Bett. Sie wählte eine Kassette aus, steckte sie in den Recorder, stellte die Lautstärke ein. Eins der Brandenburgischen Konzerte von Bach erfüllte majestätisch den Raum. Kelly seufzte glücklich auf. Ja, das war es. Das war es, was sie wollte. Alle anderen konnten sie mal. Sie, Kelly Madden, war ein eigenständiger Mensch. Sie war die Tochter ihrer Mutter. Irene Maddens Tochter, die wußte, was sie wollte. Ihre Mum hätte genau dasselbe getan wie sie jetzt. Kein Zweifel.

Sie nahm den Karton mit ihrem besten Briefpapier von der Kommode, setzte sich an ihren Schreibtisch und begann zu schreiben. Gelegentlich sah sie nachdenklich auf, und ein leises Lächeln spielte um ihre Mundwinkel.

Ich schreibe Dir einen Brief, weil ich mich nicht traue, Dir das, was ich sagen will, ins Gesicht zu sagen. Es war wunderschön neulich nacht, als wir zusammen spazieren gegangen sind – meistenteils. Obwohl ich nicht genau weiß, warum. Schade, daß es so enden mußte. Ich verstehe es auch nicht. Ich weiß nur, daß Phil wirklich ein guter Mensch ist und Deinem Bruder nichts antun wollte. Trotzdem bist Du (verständlicherweise) immer noch verbittert, weil Dir das Deinen Bruder auch nicht zurückbringt . . .

Kelly seufzte, als sie es noch einmal durchlas, knüllte dann das Blatt zusammen und begann neu. Ihr zweiter Versuch war schlichter und direkter.

Ich glaube, daß ich neulich nacht einen Fehler gemacht habe, und ich würde von Herzen gern mit Dir befreundet sein, wenn Du akzeptieren könntest, daß Phil Deinem Bruder nichts tun wollte . . . Kelly

Auch diesen Brief zerriß Kelly. Was sollte sie jemandem wie Con schreiben? Was wußte sie denn schon über ihn? Was wollte sie wirklich sagen? Daß sie keine Ahnung hatte, warum, daß es aber ein wunderbares Gefühl gewesen war, ihn zu küssen? Schmalz! Kelly kicherte vor sich hin.

Sie schrieb noch mindestens eine Stunde weiter. Immer neue Briefentwürfe. Als sie schließlich zufrieden war, rieb sie sich die brennenden Augen, steckte den Brief in einen Umschlag, kroch ins Bett und fiel in einen tiefen, entspannten Schlaf.

Am Morgen versuchte sie ihrem Vater auszuweichen. Seine freundlichen Fragen zum gestrigen Abend waren ihr schrecklich unangenehm. Sie schlang ihr Frühstück hinunter und versteckte sich hinter der Zeitung. Nach der zweiten Tasse Tee stand sie auf und drückte sich zur Tür.

»Bis dann, Dad. Ich geh jetzt zu McDonald's wegen dem Job.«

Er sah überrascht auf. »Du mußt das nicht tun, wenn du nicht möchtest, Schatz.«

Aber sie war schon draußen. Ihr Termin war um zwei. Sie war ein bißchen früh dran, aber das machte nichts. Sie wollte hier raus. Sie würde ein bißchen herumspazieren, zu dem Vorstellungsgespräch gehen und dann... Sie nahm den Umschlag von ihrem ordentlichen Schreibtisch und steckte ihn in ihre Umhängetasche. Nach dem Vorstellungsgespräch hatte sie noch etwas zu tun. Nichts würde sie davon abhalten. Schließlich war sie Irenes Tochter.

Der Geschäftsführer bei McDonald's war ganz okay. Die Bezahlung war nicht so toll, aber die Arbeit war wohl auch ziemlich simpel. Es würde schon ausreichen, bis sich etwas Besseres bot. Würg! Wer wollte denn Zeug essen, das einem so hingeknallt wurde? Glaubten diese Leute tatsächlich an ihr eigenes Gesülze? Schließlich sagte er, sie könne Donnerstag und Freitag abend und den ganzen Samstag arbeiten, wenn sie wollte. Kelly war einverstanden. Diese Arbeitszeiten würden sich ja wohl mit dem Studium vereinbaren lassen.

Vom McDonald's ging Kelly zur Pizzeria. George und Elena hatten schon alle Hände voll zu tun, obwohl es erst vier Uhr nachmittags war. Kelly stand nervös am Tresen. Sie hatte bisher weder mit George noch mit Elena über den Tod ihres Sohnes gesprochen, und sie war sich nicht mal sicher, ob sie wußten, daß der Unfall bei ihrer Party passiert war. George sah auf und nickte ihr knapp zu, ehe er weiterarbeitete. Seine kühle Art sagte ihr alles. Sie wäre am liebsten sofort wieder gegangen, riß sich aber zusammen. Verdammt! Sie hatte keinen Grund, sich zu schämen.

»Ist Con da, George? Ich möchte ihn gern sprechen.«

George unterbrach seine Tätigkeit. »Was wollen Sie von meinem Sohn?«

Kelly kramte in ihrer Tasche und zog den Brief heraus. »Ich möchte ihm... äh... etwas geben.«

Zu ihrem Erstaunen ignorierte George den Brief völlig. »Dieser Phil«, sagte er, »ist der ein Freund von Ihnen?«

Kelly fühlte, wie sich die Muskeln um ihren Magen zusammenzogen. Himmel! Woher wußte er von Phil und... Panik packte sie. Was ging hier vor?

»Ja«, sagte sie piepsig.

»Wir machen uns große Sorgen. Bitte, gehen Sie zu ihm und sagen Sie ihm, er soll aufpassen. Mein Sohn...«

Elena kam vom Abwaschbecken herüber, trat neben ihren Mann und musterte Kelly mit ängstlichem Blick. »Unser Sohn Con ist gestern von hier verschwunden. Wie ein Wahnsinniger. Er sagt, er will Ihren Freund Phil töten. Mit dem Messer, verstehen Sie. Wegen Vasilios.«

Kelly schüttelte den Kopf, lächelte dümmlich. »Was?« flüsterte sie.

George fuhr in scharfem Ton fort: »Con hat manchmal schlechten Umgang. Wissen Sie, wo Phil wohnt?«

»Ja, aber …«

»Gehen Sie hin. Bitte.« Der alte Mann flehte sie förmlich an. »Ich hoffe, daß Con sich beruhigt, bevor er ihn findet. Sonst passiert noch etwas Schlimmes …«

Kelly versuchte zu überlegen, wo Phil jetzt wohl war. Dann fiel es ihr ein, und sie sagte erleichtert: »Phil ist bei der Arbeit. Sein Ferienjob hat heute wieder angefangen.«

»Wo arbeitet er?«

»In der City. Er jobbt als Lagerarbeiter bei David Jones.«

Die beiden sahen sie an, warteten auf irgendwas. Kelly sah auf ihre Uhr und sagte irritiert: »Kann sein, daß er schon auf dem Heimweg ist. Ich rufe an.«

George zeigte auf das rote Telefon in der Ecke des Restaurants und zog dreißig Cents aus der Tasche seiner weißen Schürze. Kelly kramte in ihrer Handtasche nach ihrem Adreßbuch, aber dann fiel ihr die Nummer wieder ein.

Wie lange war es her, dachte sie, daß sie Phil angerufen hatte, um einfach nur »Hallo« zu sagen. Es schien eine ganze Ewigkeit, aber in Wahrheit waren es nur ein paar Wochen. Phil hatte letztes Jahr jeden Samstag bei *David Jones* gearbeitet, und sie hatte ihn oft in der Mittagspause angerufen, um einfach nur ein bißchen zu schwatzen oder etwas für den Abend vorzuschlagen. Kelly trommelte ungeduldig auf den Tresen, während sie wartete, daß jemand abnahm. Dann sah sie zu George und Elena hinüber und versuchte sie zu beruhigen.

»Con würde so was nie machen.«

Keine Reaktion.

»Hallo. Kann ich bitte Phil Boyd sprechen? Es ist sehr dringend.« Sie lauschte ein paar Sekunden und antwortete dann: »Verstehe, vielen Dank. Auf Wiederhören.«

Sie legte auf. »Ich fürchte, er ist gerade gegangen.«

Georges ledrig-trockene Hand umklammerte plötzlich ihren Ellbogen. »Wissen Sie, wo er wohnt? Bitte, gehen Sie hin. Sagen Sie ihm Bescheid.«

Kelly versuchte nachzudenken und murmelte vor sich hin: »Da würden sie doch nicht hingehen. Zum Haus seiner Eltern.«

»Sie?« zischte Elena. »Glauben Sie, Con will das mit anderen zusammen tun?«

Kelly zuckte die Achseln. »Ich weiß nicht. Ich dachte, das hätten Sie gemeint.«

Sie sah auf den Umschlag in ihrer Hand und seufzte unglücklich. »Er ist Ihr Sohn.« Ihre Stimme zitterte ein bißchen. »Hat er was mit diesen anderen Typen zu schaffen?«

George lächelte nicht direkt, aber Kelly sah so etwas wie ein Zwinkern in seinen Augen, als er sagte: »Kann sein. Aber ich glaube, er gibt mehr auf Sie ...«

Kelly sah verlegen weg und überlegte, was sie tun sollte. Phil würde in einer Stunde zu Hause bei seinen Eltern sein. Aber wollte sie wirklich zum Haus seiner Eltern fahren, gerade jetzt, wo die Situation zwischen ihnen so gespannt war? Sie konnte ihn ja anrufen. Oder sie konnte bis morgen warten und ihn bei der Arbeit anrufen. Aber angenommen, George und Elena hatten recht, und Con hatte sich mit diesen beiden Idioten zusammengetan, die sie angegriffen hatten? Sie mußte Phil so schnell wie möglich warnen, das war das mindeste, was sie ihm schuldete.

Aber würde Con ...? Sie konnte diesen Gedanken kaum denken. Der Con, dem sie die ganze Nacht geschrieben hatte? Das war unmöglich. Aber die letzten Wochen hatten sie gelehrt, daß unmögliche Dinge passieren konnten. Nick und Zeno wußten von Phils Ferienjob; sie hatten es an dem

Abend gesagt, als sie gewaltsam in ihr Haus eingedrungen waren. Aber sie würden es nie wagen, Phil im Haus seiner Eltern anzugreifen. Was folgte daraus? Sie sah wieder auf die Uhr, nahm ihre Tasche und strebte zur Tür. Das war das einzige, was sie tun konnte: Phil am Bahnhof abfangen. Die Züge fuhren alle zehn Minuten. Phil würde eine Viertelstunde von der Arbeit zur Bahn brauchen. Grob überschlagen, blieben ihr zwanzig Minuten, um zur Hawthorn-Station zu gelangen.

»Ich versuch ihn zu finden. Bis später.«

Kelly eilte nach draußen und sah sich um. Auf der anderen Straßenseite rollte ein Taxi vorbei, aber der Fahrer sah sie nicht. Sie lief auf die Straße und winkte hektisch. Das Taxi bremste, wendete mit quietschenden Reifen. Kelly rannte hin und öffnete die Wagentür.

»So kommen Sie noch unter die Räder, Mädel.«

Kelly keuchte. »Tut mir leid. Bahnstation Hawthorn bitte. Es ist eilig.«

20

Con saß in Nicks Valiant auf dem Beifahrersitz, sah auf das Messer, das in seiner Hand auf- und wieder zuschnappte, und hörte Nick zu, der zum dritten Mal ihre Strategie durchging.

»Dann sitzt er in der Falle, und du kannst auf ihn losgehen. Kapiert?«

Con, der sehr blaß war, nickte vage, antwortete aber nicht, sondern starrte nur weiter wie hypnotisiert auf die Messerklinge, die in seiner Hand aufblitzte und wieder verschwand. Nick wandte sich Zeno zu, und die beiden wechselten einen weiteren besorgten Blick. Con wirkte total ausgeklinkt. Er hatte kaum ein Wort gesagt, und als sie sich vorhin etwas zu essen geholt hatten, hatte er nur einmal von seinem Hamburger abgebissen und ihn dann weggeworfen, obwohl er gesagt hatte, er sei hungrig und habe nichts mehr gegessen, seit er gestern von daheim weggegangen sei. Würde er im entscheidenden Moment kneifen, oder, schlimmer noch, zu weit gehen? Wenn er den Typen umbrachte, würden sie alle bis zum Hals in der Scheiße stecken.

Nick winkte Zeno auffordernd zu. »Können wir?«

Sie stiegen aus und marschierten zu der Station hinauf. Kurz vor der Sperre legte Nick freundschaftlich den Arm um Cons Schultern. »Okay, Con«, sagte er, »richte ihn nur ein bißchen zu. Verpaß dem hübschen Knaben paar Narben, damit er uns nie vergißt, okay? Nicht zu tief. Grad so, daß er's ordentlich spürt. Aber nichts Ernstes, verstanden?«

Con antwortete nicht, schüttelte nur Nicks Arm ab und ließ das Messer in seine Jackentasche gleiten. Wortlos nahmen ihn Nick und Zeno enger zwischen sich; sie würden ihn genau überwachen müssen, wenn alles nach Plan ablaufen sollte.

Im Schutz des Wartehäuschens beobachteten Nick, Zeno und Con, wie der Zug aus der Innenstadt einfuhr. Die Türen öffneten sich, Leute stiegen aus und strömten langsam zum Ausgang. Nick wippte auf den Zehenspitzen, während er das Gedränge absuchte. Ab und zu warf er einen raschen Seitenblick auf Con. Der war totenbleich, und seine Hände zitterten. Mist! Sie mußten es hinter sich bringen, und zwar schleunigst. Endlich tauchte Phil auf. Nick grinste Zeno an, und alle drei traten zurück, damit er sie nicht sah, als er die Sperre passierte.

Sie folgten Phil durch die Sperre und halb die Aufgangsrampe hinunter, ehe sie ihn rasch umzingelten.

Nicks Stimme zischte ihm sarkastisch-drohend ins Ohr: »Wir wollen ein paar Wörtchen mit dir reden.«

Phil war total überrumpelt und erschrocken. Er erkannte Nick sofort, dann Zeno an seiner anderen Seite. Die Ereignisse der letzten Wochen blitzten in seinem Kopf auf wie Schnippschnapp-Karten: der Fahrradsturz, Kellys Party, der Unfall, die Polizei, die Anwälte; jeweils eine Karte wurde kurz vor seinen Augen aufgeblättert, verschwand wieder – *Schnipp* – und wurde durch die nächste ersetzt. Was sollte das Ganze? *Schnipp*! Die Karte tauchte vor seinen Augen auf. Rache. Er spürte, daß hinter ihm noch ein dritter Kerl war, und geriet in Panik. Die anderen Fahrgäste waren schon weg, und er war ganz allein mit diesen Verrückten. Phil bemühte sich verzweifelt um Gelassenheit. Schließlich war immer noch hellichter Tag. Was konnten sie ihm schon tun?

»Ich hab euch nichts zu sagen. Wenn ihr mir was zu sagen habt, sagt es hier oder geht zu meinem Anwalt.«

Zeno fuhr ihn höhnisch an: »Ach, ja? Dein Anwalt hat wohl schon alles geregelt, hä?«

»Ich glaub nicht, daß wir das wollen«, sagte Nick gehässig. »Gibt für alles einen Ort.«

Als sie ans Ende der Rampe kamen, versuchte Phil zu flüchten, aber Nick und Zeno verstellten ihm den Weg zu dem kleinen Einkaufs-Center gleich neben dem Bahnhof. Ihm blieb nur noch, in die Gegenrichtung zu rennen, in einen kleinen Durchgangsweg mit einem hohen Drahtzaun zum Bahndamm hin und Hinterhofzäunen auf der anderen Seite.

Nick und Zeno grinsten sich an. Es lief alles wie am Schnürchen! Con folgte ihnen, als sie hinter Phil hersetzten. Am Ende des Wegs fand sich Phil vor einer hohen Backsteinmauer. Er rannte zu dem Drahtzaun und versuchte hochzuklettern, aber sie erwischten ihn, ehe er weit gekommen war. Nick und Zeno zerrten ihn runter, packten ihn jeweils an einem Arm und warteten auf Con, der mit steinernem Gesicht ein paar Meter weiter stand. Con trat langsam und schwer atmend auf Phil zu.

»Du hast meinen Bruder umgebracht. Ich mach dich fertig, du Wichser!«

Es war der erste zusammenhängende Satz, den er an diesem Tag gesagt hatte. Nick grinste Con ermunternd an, war aber immer noch sichtlich beunruhigt. »Cool bleiben, Con. Denk dran, was abgemacht war«, kommandierte er leise.

Aber wenn Con es gehört hatte, schien er es nicht weiter zur Kenntnis zu nehmen.

Das Taxi hielt vor dem Bahnhof. Kelly rannte die Rampe hinauf und auf den Bahnsteig. Da war niemand, außer einem gelangweilt dreinschauenden Bahnbeamten, der die Abfalleimer leerte. Sie lief zu ihm hin.

»Wann kommt der nächste Zug aus der Innenstadt, bitte?«

»In zwanzig Minuten etwa.«

»Verdammt!« stöhnte Kelly. Sie hatte ihn verpaßt. Noch immer keuchend und unsicher, was sie jetzt tun sollte, trat sie an den Rand der Rampe und schaute hinunter auf das Einkaufs-Center. Sie mußte so schnell wie möglich zu Phil nach Hause gehen. Es war nicht besonders weit, und wenn sie Glück hatte, würden seine Eltern da sein. Sie wandte sich zur Rampe und sah unten auf der Straße einen roten Valiant stehen.

Kelly rannte die Rampe hinunter und auf die Straße, sah sich hektisch um. Der Wagen war leer. Als sie durch die Scheiben schaute, entdeckte sie lediglich einen Stadtplan auf dem Vordersitz und eine Sonnenbrille auf dem Armaturenbrett. Auf der Straße war auch nichts zu sehen. Das kleine Einkaufs-Center war ruhig und verschlafen. Zwei gutgekleidete alte Damen gingen mit ihren Einkaufswägelchen vorbei, dann eine Horde Schulkinder, die langsam zum Bahnhof schlenderten und sich, kichernd und lange Kaugummifäden aus ihren Mündern ziehend, über irgendwelche Fernsehsendungen unterhielten.

Kelly drehte sich um und ging in die andere Richtung. Ein alter Mann, der auf einer Bank am Straßenrand in der Sonne saß, winkte sie zu sich heran. »Suchst du jemand, Mädel?« sagte er. »Ein paar Burschen sind da den kleinen Weg reingerannt, grad vor ein paar Minuten.«

Kelly lief den Weg entlang. War sie dabei durchzudrehen? Es war schließlich erst fünf Uhr nachmittags an einem ganz gewöhnlichen Tag. Was in aller Welt erwartete sie hier zu finden?

Da sah sie sie, etwa zehn Meter weiter. Sie blieb stehen. Phil stand an der Mauer, die Hände vor dem Gesicht, umzingelt von Nick, Zeno und Con, die ihr allesamt den Rücken zukehrten. Kelly sah das funkelnde Schnappmesser in Cons Hand und öffnete den Mund zum Schreien, aber es kam nichts heraus. Mit wild pochendem Herzen ging sie langsam näher heran. Sie betete – zum erstenmal seit zehn Jahren –, daß sie den Mut haben würde weiterzugehen.

Nick beschimpfte Phil. »Jemand muß dir eine Lektion erteilen, du feige Ratte.«

Zenos Stimme war schrill vor Erregung, als er Con vorwärtsschubste. »Los! Zeig ihm, wie sich das anfühlt.«

Phil stöhnte und jammerte, als er durch die Finger Con auf sich zukommen sah. »Nein! Bitte. Ich tu alles, was ihr wollt.«

Als Kelly Phils Flehen hörte, fand sie ihre Stimme wieder. Sie rannte auf das Grüppchen zu und schrie: »Aufhören! Laßt ihn in Ruhe, verdammt noch mal!«

Die drei wichen erschrocken zurück und starrten mit offenen Mündern auf das rothaarige Mädchen, das keuchend und mit glühenden Wangen in dem kleinen Durchgang stand. Ein paar Sekunden herrschte Stille, bis Nick sich abwandte und angewidert auf den Boden spuckte. Con sah, wie Nick vor Kelly hintrat.

»Hör zu, Tuss. Verpiß dich, wenn du nicht selbst mächtig Ärger kriegen willst«, zischte er sie an.

Kellys Atem ging stoßweise. Sie wußte, daß sie Angst hatte, aber sie merkte auch, wie irgendein stahlharter, grimmiger Teil ihrer selbst in Aktion trat. Sie war fest entschlossen, auf irgendeine Art zu Con durchzudringen. Sie trat langsam auf ihn zu. Er konnte ihrem Blick nicht länger als eine Sekunde standhalten und guckte dann weg, aber seine Augen glitten immer wieder zu ihrem Gesicht zurück, als könnte er nichts dagegen tun. Plötzlich drehte er sich mit einem Ruck weg und schrie verzweifelt: »Hau ab, Kelly! Das geht dich nichts an! Verschwinde!«

Ein paar Sekunden später drehte er sich wieder zurück und sah sie an. Sie zeigte auf Nick und Zeno. »Erzähl mir nicht, du willst so werden wie die da.«

Die beiden zuckten vor so viel eisiger Verachtung zurück, aber Cons Mund kräuselte sich spöttisch. »Was juckt's dich, was aus mir wird?«

Nick und Zeno schüttelten die Demütigung rasch ab, versuchten Kelly wegzuschubsen und schrien Con zu: »Los! Mach schon! Kümmer dich nicht um dieses verrückte kleine Biest. Das hat nichts mit ihr zu tun! Los, gib's ihm!«

Doch noch während sie auf ihn einschrien, ließ Con das Messer fallen. Als es klappernd auf dem Asphalt landete, verstummten alle. Con stürzte plötzlich auf Phil los, verpaßte ihm ein paar kräftige Hiebe gegen Brust und Bauch und schrie dabei laut.

»Nichts bringt mir meinen Bruder zurück! Gar nichts! Kapiert ihr? Gar nichts!«

Phil sackte zusammen. Kelly rannte sofort hin, um ihm aufzuhelfen. Con stolperte zu dem Drahtzaun und kickte unterwegs das Messer beiseite. Er stand mit dem Rücken zu ihnen, die erhobenen Hände in den Zaun gekrallt, und rang nach Luft. Nick und Zeno hackten auf ihm herum.

»Bist du ein Waschlappen!«

»Komm schon, Mann! Wir waren uns einig, was wir machen...«

Zeno lief hin und hob das Messer auf. »Du hast noch Zeit.« Er hielt es Con hin. »Das Messer, Con.«

Phil legte den Arm um Kelly. »Danke, Kel«, murmelte er zittrig. »Laß uns verschwinden.«

Als sie ihn nicht zu hören schien, versuchte er ihre Hand zu nehmen, aber Kelly schüttelte ihn ab. Verwirrt stolperte er allein den Weg entlang, in Richtung Straße, doch auf der Hälfte blieb er stehen und guckte sich wartend um.

Kelly stand allein da, wartete, daß Con sich umdrehte. Sie beobachtete, wie Nick und Zeno leise auf ihn einredeten. Sie sagten irgendwas von »zusammenreißen« und »die Sache durchziehen«.

Die Angst war weg, aber dafür war da jetzt etwas anderes: Ihr ganzer Körper war erfüllt von einem schmerzlichen Sehnen, einer Art körperlichem Verlangen, so tief und stark, daß sie dachte, es müsse greifbar oder zumindest für die anderen sichtbar sein. Eine mächtige, orangegelbe Flamme war in ihr aufgelodert, verzehrte sie, verbrannte sie bei lebendigem Leib. Warum drehte er sich nicht zu ihr um? Sie hätte nie gedacht, daß ein Mensch so lange unbeweglich dastehen konnte. Eine Ewigkeit schien zu vergehen. Endlich rührte sich Con; er richtete sich auf, drehte sich um und stieß Nick und Zeno wütend zur Seite.

»Verpißt euch, alle beide.«

Sie traten einen Schritt zurück. »He, was soll das, Mann...?«

Con trat erbost ein paar Schritte auf Kelly zu. »Und du auch. Wieso haust du nicht ab?« Er zeigte auf Phil, der immer noch auf der Hälfte des Wegs auf sie wartete. »Du hast doch, was du wolltest. Deswegen bist du doch gekommen. Wieso bringst du ihn nicht heim?«

»Ich bin deinetwegen gekommen«, sagte Kelly ruhig.

Con sah weg, in die Sonne. Er stand mit zusammengezogenen Augenbrauen da, als suchte er irgend etwas schrecklich Wichtiges am Himmel. »Ach, ja?« sagte er schließlich.

»Ja.«

Sie verarschte ihn nicht. Sie meinte es ernst. Er sah auf den Boden und begann, mit dem Fuß Steine auf einen Haufen zu schieben.

Phils besorgte Stimme schrie dazwischen: »Kelly! Komm jetzt! Ich besorge uns ein Taxi...«

Kelly schaute kurz in Phils Richtung, schien ihn aber gar nicht zu sehen. Sie drehte sich wieder zurück, und schließlich sah Con auf und lächelte sie an. Sie verschlangen einander mit den Augen, wagten aber immer noch nicht, sich zu rühren. Nick und Zeno guckten ärgerlich zu, fanden sich endlich damit ab, daß das Spiel vorbei war.

»Komm! Ich muß was für heut abend organisieren...«

Nick rief Con höhnisch zu: »Mitfahrgelegenheit gefällig?«

Con antwortete nicht.

Kelly und Con traten aufeinander zu. Dann standen sie Arm in Arm auf dem schmalen Weg. Eng umschlungen drehten sie sich auf der Stelle, immer herum und herum, weinten und lachten und küßten sich. Es war so verblüffend wunderschön für sie beide, daß sie kaum glaubten, daß es Wirklichkeit war. Phil sah sie aus wenigen Metern Entfernung, und es traf sein Herz und seinen Stolz. Er hatte genau das vermutet, es sich aber nicht eingestehen wollen. Er eilte zu dem Einkaufs-Center, um sich ein Taxi zu suchen. Was sollte er noch hier rumstehen und auf wohlformulierte Entschuldigungen und Erklärungen warten?

Kelly vergrub ihr Gesicht an Cons Hals. »Ich liebe dich«, brummelte sie in das weiche Dreieck zwischen Hals und Schlüsselbein, und plötzlich fiel ihr ein, wie es einmal nach einer langen Dürreperiode zu regnen begonnen hatte und ihre Mutter sich plötzlich alle Kleider vom Leib gerissen hatte und raus in den Hof gelaufen war und in dem Gemüsegärtchen gestanden und gelacht hatte, während sie klatschnaß wurde und bis zu den Knöcheln im Matsch versank. »Komm!« hatte sie gerufen, als sie die dreizehnjährige Kelly verblüfft am Küchenfenster hatte stehen sehen. »Zieh deine Sachen aus und komm her!« Kelly hatte nur kurz gezögert und war dann zu ihr Mutter nach draußen gelaufen. Nackt und zitternd hatten sie sich an den Händen gefaßt und auf dem kleinen Matschviereck herumgetanzt, um sich warmzuhalten. Der Regen, der auf ihre Körper prasselte, hatte sie entzückt aufkreischen lassen. Jason war ebenfalls nach draußen gekommen, um nachzugucken, was los war. Ganze neun Jahre alt und nur allzu bereit, seine Mutter und seine Schwester als verrückte Weiber abzutun, hatte er schließlich – obwohl sie ihn nicht dazu kriegen konnten, sich auszuziehen – doch mitgemacht, verlockt durch den Dreck und das wilde Gelächter...

»Und sie lieb ich auch«, hörte sich Kelly flüstern.

»Wen?« fragte Con sanft.

»Meine Mutter.«

Er runzelte die Stirn. »Ich wußte gar nicht, daß du eine Mutter hast.«

Kelly löste sich aus seinen Armen. Sie nahm seine Hand und führte ihn in Richtung Einkaufs-Center.

Ein ganzes Stück vor sich sahen sie Nick und Zeno die Straße erreichen. Ihre Stimmen waren kaum noch zu hören. Phil war schon verschwunden.

»Es gibt vieles, was du nicht weißt.«

Con küßte sie auf den Scheitel und lachte. »Erzähl«, sagte er einfach nur. »Ich will alles wissen.«

Frankfurter Rundschau
Mehr als
nur schwarz-weiß...
...mit den Seiten
Umwelt & Wissenschaft
am Dienstag und
Wissenschaft & Technik
am Samstag.
Zwei Wochen kostenlos und
unverbindlich.
Jetzt anrufen.
Zum Nulltarif:
0130/86 66 86